CÁRTEL

LA TRAMA

CÁRTEL
LILI ST. GERMAIN

EDICIONES B

MÉXICO · BARCELONA · BOGOTÁ · BUENOS AIRES · CARACAS
MADRID · MONTEVIDEO · MIAMI · SANTIAGO DE CHILE

Cártel

Primera edición, junio 2016

D.R. © 2015, Lili St. Germain
   Publicado por primera vez en Sydney, Australia por
   HarperCollins Publishers Australia Pty Limited
   en 2015. Esta edición en español es publicada en
   acuerdo con HarperCollins Publishers Australia
   Pty Limited.
   La autora reivindica su derecho a ser reconocida
   como la autora de este trabajo.

D.R. © 2016, Ediciones B México, S.A. de C.V.
   Bradley 52, Anzures DF-11590, MÉXICO
   www.edicionesb.mx
   editorial@edicionesb.com

ISBN 978 - 607 - 530 - 020 - 7

Impreso en México | *Printed in Mexico*

Deseo las cosas que al final me destruirán

SYLVIA PLATH

Mariana

De todas las cosas en la vida, el amor es lo más confuso. Lo que más nos consume, lo que nos hace respirar. La luz de nuestra oscuridad.

A los dieciséis, el amor me devastó, con su perfecta naricita y su irresistible aroma dulce a bebé, antes de que mi padre me lo quitara de los brazos y lo ocultara en la noche. A los diecinueve, el amor me salvó, ahora en un hombre peligroso con una pasión determinada a poseer la mía. A los veintinueve, el amor casi me libera… pero al final, me destrozó.

Me encantaría decir que las cosas fueron distintas, pero estaría mintiendo. No sé si se arrepienta de lo que me hizo, o si es feliz; realmente ya no importa.

Eso no cambia el hecho de que el hombre que me amó se convirtió en el mismo hombre que me destruyó.

1

Emilio

Bogotá, Colombia
Diciembre 1998

El hijo de puta le debía dinero.

Emilio Ross marchaba por el porche que flanqueaba la casa de su hermano. A sus pies, la ciudad de Bogotá se extendía en un despliegue de luces, una ciudad salpicada de rascacielos y frondosas montañas verdes que se elevaban en la distancia como un manto protector.

Era hermosa, pero él no podía esperar a largarse.

—¿Cuánto? —preguntó Emilio mientras chupaba el cigarro y dejaba que el humo abandonara su boca con un quejido.

Julián, su hermano menor, estiró las piernas y dejó su copa de brandy a un lado.

—Treinta.

Los puños de Emilio se tensaron sobre su trago; una delgada fisura apareció en el frágil cristal.

—¿Treinta?

—Era un cargamento grande, jefe.

Julián siempre lo llamaba jefe cuando hablaban de negocios.

Emilio sujetó el cigarro con los dientes e intentó tranquilizarse. Era el capo del cártel Il Sangue, el maldito dueño de un imperio de coca que abarcaba desde las profundidades de Colombia hasta el golfo, con ramificaciones que llegaban al norte de California y más lejos.

Era miembro de la mafia italiana —*la familia*—, y cuando él tomaba decisiones, las hachas caían y las cabezas rodaban. La vida y muerte de los matones y gánsteres que contrataba era irrelevante para un hombre como Emilio Ross.

Pero la familia… ah, sí, con la familia era distinto. Existía una regla implícita entre los cárteles de Sudamérica.

La familia no se toca. Después de todo, Il Sangue significaba «la sangre» en italiano, y la sangre llama en el cártel. Por una razón. *Il Sangue è sacro. Famiglia è sacra.* Ésas eran las palabras que regían su vida.

Si hacías enfadar a la banda, te tocaba una bala, así de sencillo; pero a tu familia, a tu mujer y a tus hijos los dejaban en paz. En tu funeral, un lacayo del cártel le entregaría a tu esposa unos cuantos cientos de dólares como ayuda, tal vez más si tenías mucha antigüedad; habrías dicho tus últimas palabras sabiendo que por lo menos tu familia estaría bien después de enterrarte.

Pero treinta mil dólares en coca era una cagada enorme. Una cagada absolutamente grande, porque los treinta mil dólares que costaba producir, empacar y mover el mejor polvo blanco de Colombia se transformarían en una ganancia neta de medio millón de dólares para cuando la coca llegara a las calles de Los Ángeles y se repartiera entre los traficantes y proveedores aficionados.

Quinientos mil dólares de ingreso potencial y Marco Rodríguez había llevado la camioneta justo hacia las manos de la agencia antidrogas. La coca de Emilio estaba decomisada en algún almacén del gobierno, los distribuidores de Los Ángeles exigían más producto para subsanar carencias y el propio Emilio estaba corto por medio millón de billetes.

Le lanzó una mirada irritada a Julián, quién dejó de masticar el hielo y lo detuvo sobre su lengua.

—¿Podemos meternos a la bodega de la agencia? —preguntó Emilio a pesar de saber la respuesta.

Julián negó con la cabeza al tragarse el hielo.

—No.

Emilio asintió con resignación.

—Entonces, ya sabes qué tenemos que hacer.

—¿Visitar a Marco?

La sola mención del nombre de ese hijo de puta hizo que Emilio quisiera golpearlo hasta que le explotaran los ojos y los dientes se le hicieran polvo.

—Visitar a Marco —confirmó Emilio— y a su familia —agregó—. Tiene hijos, ¿no? ¿Esposa?

Le daría una lección a ese malnacido; una muy buena lección. Y después le dispararía para que se desangrara como castigo.

—Tres hijos —dijo Julián con sigilo—. Una esposa.

—Bien —respondió Emilio—. Pues esta noche recibirán una visita que recordarán por mucho tiempo.

Julián parecía consternado.

—Ya sabes lo que dicen sobre las situaciones excepcionales —caviló Emilio con una chupada de su cigarro—: que requieren medidas excepcionales.

—¿Quieres que joda a la familia? —preguntó Julián.

—No —respondió Emilio con una sonrisa tan estirada que dejó ver sus dientes—. Eso déjamelo a mí.

2

Mariana

PUM.

Este y yo veíamos los fuegos artificiales sobre el despejado cielo nocturno cuando el primer tiro sonó.

Los disparos eran comunes en Villanueva, la ciudad donde vivía. Además, era casi imposible escuchar un disparo con todo el caos de cohetes del Día de las Velitas, la celebración de luces que señalaba el inicio de la temporada navideña.

Y bueno, cuando digo que veíamos los fuegos artificiales, a lo que me refiero es a que él me tenía aprisionada contra la pared de un callejón, con el vestido revuelto sobre las caderas, mientras encendíamos nuestra propia pirotecnia.

Sí. Sin duda alguien nos iba a pillar en cualquier momento, pero al diablo: ese hombre me hacía desear cosas que jamás había experimentado con nadie. Sus labios y los míos mezclaban el dulce sabor a anís y ron en las lenguas al ritmo de nuestro movimiento constante. Gemí dentro de su boca al tiempo que él hacía algo con sus caderas que realmente me volvía loca.

PUM.

Ladeé la cabeza por un momento, no muy segura de lo que había oído.

PUM. PUM.

Mi pecho dio un vuelco y empujé a Este. Reconocía el sonido de un disparo y de alguna manera sabía que, esta vez, las balas llevaban mi nombre. Este no entendía qué pasaba, pero se percató del terror que gobernaba mi rostro. En lugar de protestar, se guardó en su pantalón y lo abrochó mientras yo jadeaba y me bajaba el ligero vestido negro para cubrirme los muslos.

—Amor —susurré sobresaltada—, alguien está disparando muy cerca, ¿lo escuchas?

A los diecinueve años, no tendría por qué saber cómo suenan los disparos, por no decir que en general estaba íntimamente familiarizada con ellos, pero yo no era una chica ordinaria: desde que nací, mi vida estuvo llena de horror y violencia. En ese momento visualicé a mi padre y mi corazón se desbocó. Mi padre era un hombre complejo que llevaba una vida complicada, y cuando se detonaba alguna arma solía ser por algo que él había hecho, o porque necesitaba castigar a alguien que había hecho algo.

Este se pasó una mano por el oscuro cabello que se le encogía por la humedad en las puntas a la vez que se agachaba para recoger la lámpara de papel a sus pies. La vela titiló con vértigo antes de estabilizarse de nuevo en una constante flama uniforme. Levanté mi propia lámpara y abandoné la oscuridad y relativa privacidad que un aparato de aire acondicionado ofrecía tras asomarme con cautela al callejón. La calle contigua estaba abarrotada de gente que observaba las brillantes chispas de colores que iluminaban el firmamento.

Este me acercó a sí y me regaló una sonrisa forzada; sus ojos avellana resplandecían con los bailes de la tenue luz de las velas mientras me hablaba en el español con el que estaba familiarizado.

—Eche, no se apure, mami. Seguro es un gonorrea echando plomo al aire.

Que no nos lluevan balas encima, rogué en silencio.

—¡Este! —lo reprendí—. Ya habla bien, ¿sí?

Tras poner los ojos en blanco, su delicada sonrisa me reconfortó y mi tensión se desvaneció por un momento.

—Amor, todavía te faltan tres años de universidad aquí. Tengo suficiente tiempo para adaptarme al idioma —pronunció cada palabra lenta y deliberadamente, saboreando los sonidos que escapaban de sus labios. Cualquiera podía notar que éste no era su modo natural de hablar. Esteban no había tenido el privilegio de estudiar en una escuela privada como yo. De hecho, Esteban no había tenido el privilegio de estudiar después de cumplir quince sino de conseguir trabajo para apoyar a su familia. Su entonación era vacilante y su acento colombiano muy notorio, mientras que el mío sólo se percibía por un dejo que podía desactivar a voluntad.

Sacudí la cabeza de forma desafiante.

—Saldremos de aquí antes —le dije—. Ya verás que te otorgan la beca.

Me regodeé en mi fantasía por un instante. Contemplé la playa y un muelle, y sentí la arena bajo mis pies. Casi podía saborear la libertad que otros países ofrecían a personas como yo, lejos de las miradas sospechosas y los actos brutales de los cárteles, y de la intromisión de mi aquejado padre.

PUM. PUM. PUM.

Mis ojos se encontraron con los de Este y mi ilusión fortuita se extinguió.

PUM. PUM. PUM. PUM.

La piel se me erizó y vigilé mis espaldas. Los disparos se oían cada vez más fuerte.

Más cerca.

—Tenemos que irnos —dijo Este con la mirada fija en la calle.

Aunque estaba asustaba, me aferraba a la idea de que las detonaciones no eran más que borrachos disparándole a la nada.

Cuando empezaron los gritos, mi corazón se detuvo. De repente no podía respirar.

Tres hombres armados hasta los dientes rompieron entre las filas de gente al final del callejón; casi me desplomo. Se veían violentos y aburridos, si eso es posible. Iban de negro con camisas y pantalones pesados; llevaban unas armas impresionantes.

Ninguno parecía colombiano. De hecho, por la piel aceitunada, habría dicho que eran europeos. Habría dicho que eran italianos, más específicamente, porque en alguna parte de mi mente las piezas embonaban.

Mis rodillas flaquearon por un momento; me atraganté con mi propio aire.

Los reconocí.

—Tenemos que salir de aquí —exclamé girándome y jalando a Este de la muñeca. Un disparo estalló tremendamente cerca de mí y de súbito el peso de Esteban comenzó a detenerme más, más, más, hasta que yo también estaba en el suelo. Me esforcé por distinguir qué sucedía en la oscuridad. La lámpara de Este yacía en el suelo; la flama se había extinguido: levanté mi propia lámpara para ver. Me asfixié al notar la veloz mancha roja que florecía en su pecho y que se anegaba en su viva playera azul.

—¡Este! —le grité arrodillada a su lado. Presioné mis manos contra su pecho tratando de contener el flujo de sangre que brotaba y se derramaba por sus costados y que corría entre los resbaladizos adoquines bajo nosotros.

El disparo probablemente lo había matado de manera instantánea. La parte racional de mi mente hizo esa observación, y con horror la rechacé. No. No estaba muerto. ¡No podía estar muerto!

El pecho se me entumía. Sus ojos difusos permanecían abiertos y ciegos, y una extraña palidez engullía todo el color de su piel bronceada. Mierda. ¿Qué podía hacer? ¿Cómo podría repararlo?

Tuve un arrebato de ira al girarme para encarar al bastardo que había plantado la bala en el hombre a quien había llamado mi amante por cuatro años. Mi amor.

Lo habían matado.

Combatí el violento impulso de vomitar.

Estuvimos tan cerca de escaparnos de esta vida, lejos de Colombia, lejos de mi padre. Tan jodidamente cerca.

No lo suficiente.

Con espasmos, me puse de pie e hice de mis manos dos puños.

—¡Le dispararon! —grité, y la garganta me lastimó por el repentino esfuerzo. Mi furia me dotó de una falsa bravuconería al tiempo que escupía un arroyo de obscenidades contra los tres hombres. Se mantuvieron en gran medida imperturbables mientras apuntaban sus armas a mi pecho.

Esto no podía estar pasando. Sostuve la mirada del asesino de en medio y traté de fulminarlo con ella.

—¡Vamos, matón! —vociferé con el pecho presionado contra el cañón de su rifle de asalto—. ¿Me vas a disparar a mí también? ¡Vamos, aprieta el maldito gatillo, cabrón! ¿Qué demonios esperas?

Por un instante pensé que lo haría, pero después levantó la culata para hacerla descender sobre mi cráneo con un fuerte chasquido. Mi visión se nubló y me derrumbé sobre el piso como una muñeca de trapo.

Todo a mi alrededor se desvaneció con lentitud mientras me derretía, sin poder hacer nada, hacia un abismo de sombras y dolor agonizante.

Lo habían matado.

Nada volvería a ser lo mismo.

3

Emilio

Prendía un cigarro cuando la chica inconsciente aterrizó junto a él en el asiento con un golpe seco.

—Lo siento, jefe —se disculpó Carlos mientras la cabeza de la muchacha se dejaba caer sobre el hombro de Emilio, quien le lanzó una mirada asesina a Carlos y se quitó de encima a la hija de Marco. La frente de la niña golpeó el vidrio del lado opuesto con un ruido sordo antes de acomodarse en el rincón entre la ventana y el asiento trasero.

Chupó el cigarro e inspeccionó a la chica. Era bastante guapa. El cabello largo de color café le caía en la cara, ocultándosela en parte. Él ya sabía de qué color eran sus ojos cerrados: ambos poseían la tonalidad cerúlea exacta del océano junto a la casa de su infancia en Italia. Ésa era la única característica memorable cuando la conoció de pequeña, cuando Marco era mucho más capaz y mucho menos borracho.

Tenía las manos atadas frente a ella, y la apacible falta de conciencia suavizaba sus rasgos, con lo cual se veía más joven de lo que él sabía que era.

Diecinueve. Y no vería la luz de su vigésimo cumpleaños.

Se estiró como por impulso para retirarle el cabello de la cara con el dorso de la mano. Entornó los ojos, analizándola. Labios carnosos. La piel bronceada que las chicas colombianas sabían lucir. No era su tipo, pero tuvo que admitir que era bonita.

Hizo una pistola con la mano izquierda y la presionó contra su sien. Tras otra chupada, le sopló una nube de humo en la cara mientras simulaba que le destrozaba los sesos con un movimiento de la muñeca.

Sería una lástima arruinar esa linda cara con una bala.

4

Mariana

Cuando recobré el conocimiento, un dolor intenso y aturdidor me dio la bienvenida. Apreté lo ojos para tratar de volver a ese lugar donde las penumbras habían consumido mis extremidades con ligereza y consuelo. Pero ya no había paz.

Estaba en movimiento: me sacudía sin ritmo en lo que parecía ser el asiento trasero de un auto ostentoso que se desplazaba a buena velocidad sobre un camino accidentado. Mis manos estaban atadas con una cuerda tosca que se veía fuera de lugar alrededor de mis muñecas.

Me di cuenta de que el carro era lujoso incluso antes de abrir los ojos. El olor a aromatizante artificial invadió mi nariz al mismo tiempo que sentía el cuero suave y mullido en mi espalda y bajo mis muslos.

Las personas como yo no viajábamos en autos con asientos de piel, a menos que éstos estuvieran agrietados, rígidos y con la superficie tan raída y áspera que te obligaba a querer ahorrar para un cubreasiento cuando el cuero se te enterraba en el cuerpo y te preocupabas por tu espalda y tu trasero.

Me incorporé justo a tiempo para alcanzar a ver pasar por la ventana un enorme conjunto de apartamentos conocido como Hacienda La Casucha. Este barrio pobre se extendía por varias cuadras de altos edificios derruidos que compartían patios y un interminable basurero de jeringas, cristales rotos y maleantes locales que agredían a todo aquel que se atreviera a caminar por ahí. Se trataba de un lugar al que no muchos se acercaban, pero cuando tu familia pertenecía a un cártel, no podías evitar conocer bien a todos los que vivían en La Casucha. El corazón me dio un vuelco y casi se me sale cuando reconocí la ruta.

Nos dirigíamos a mi casa.

No había permanecido erguida ni por tres segundos cuando una mano me tomó de la coleta y la jaló hacia abajo, hasta que un costado de mi rostro se posó sobre las piernas de un hombre. Algún tipo de tela costosa me acariciaba la mejilla y percibí el olor a tabaco y menta entre las delicadas fibras. Cualquiera que fuera el material del que estaban hechos estos tejidos gruesos no se parecía a los trajes ásperos y corrientes de mi padre. Y mi padre ni siquiera usaba loción para después de afeitar; probablemente sólo se echaba tequila.

Horrorizada y sorprendida por el movimiento brusco, me resistí tanto como pude... lo cual no fue mucho por la posición en que me encontraba y con las manos atadas frente a mí. Aun así, hice lo que pude: giré la cabeza e hinqué los dientes en el muslo de quien sujetaba mi cabeza dolorosamente cerca de su entrepierna. Me ahogué con el sabor seco a algodón mientras unas uñas se enterraban en mi nuca.

—¡Mierda! —aulló el hombre, apartándome con violencia de su pierna. Una mano me aventó con fuerza hacia el otro lado del asiento, en donde aterricé con un golpe en la cabeza contra la ventana.

Me llevé las manos a la cara y traté de deshacerme de los residuos de algodón en mi boca. En ese momento, miré al hombre que se convertiría en mi perdición.

Supe en ese instante con quién estaba, y la verdadera naturaleza de mi situación comenzó a hundirse en mis entrañas, quemándome y desgarrándome por dentro: era Emilio Ross, el infame capo del cártel más poderoso de México, Il Sangue, quien desde hacía tiempo empleaba a mi padre. Con sus ojos oscuros y su puntiaguda nariz europea, me recordaba a un lobo. *Y yo era un cordero.* Bueno, pues este cordero no iba a rendirse sin luchar, incluso si moría en el intento.

—Supongo que no te meteré la verga en la boca sin una pistola en tu cabeza —dijo para provocarme. Sentí nauseas tan sólo de imaginarme cualquier cosa suya cerca de mi boca. Sus ojos eran café oscuro con minúsculas motas ámbar; ámbar que me recordaba el color del fuego. *Pendejo.*

—Eso suena muy chimba —respondí con al acento más colombiano que logré y con un sarcasmo tan espeso que casi se me escurre por la boca—. Me pregunto si me va a dar chumbimba antes de que le arranque la verga de un solo bocado.

Mamá siempre decía que mi boca me metería en problemas, y mamá siempre tenía la razón.

El hombre con ojos de fuego se rio, su voz profunda y sonora.

—Hacía mucho que no te veía, Mariana —dijo Emilio Ross de manera casual—; desde que eras una niña.

Todavía recordaba la última vez que nos habíamos encontrado. Yo no tendría más de ocho años y él visitaba a mi padre. Me escabullí a mi habitación después de que papá me obligara a saludar. El hecho de que Emilio tuviera presente aquel encuentro me perturbaba bastante.

—Eso pa' mí no fue nada —repliqué de nuevo con un acento marcado.

Frunció el ceño mientras sonreía. Lo estaba divirtiendo.

—¿No hablas otro tipo de español, zorra?

—Lo que hablo es vete a la mierda —contesté en el español al que se refería.

Soltó una risita.

—No eres nada como tu padre —dijo, su mirada deambulaba de mis ojos hacia abajo, deteniéndose un momento en mis labios, en mis pechos, antes de regresar a mi rostro. Una sonrisa de superioridad creció en su boca como una herida abierta.

—No —respondí sin emoción, ya sin acento—. No lo soy.

Después de un año en un internado del extranjero y dos años más en una universidad internacional, mi español neutro era tan natural como mi dialecto colombiano.

—Debes saber que tu padre me debe muchísimo dinero, zorra.

Insistía en decirme así. Supuse que se debía a que ésa era de las pocas groserías que dominaba en español.

—¿Ah, sí?

Mis nervios comenzaron a crisparse, al igual que mis pensamientos. *Papá y su estúpido y egoísta vicio por las apuestas.*

Yo era inteligente y buena para los números, así que había estado haciendo un poco de contabilidad con las finanzas de mi padre durante algunos años, pero no había forma de negar que le debía mucho dinero a mucha gente.

La actitud despreocupada de mi padre hacia esta situación me hervía la sangre. No había problema en arriesgar tu vida cuando estabas soltero y libre de responsabilidades, pero él tenía una esposa y tres hijos en los que pensar. Pero eso no parecía importarle. Continuó apostando y recurriendo a prestamistas hasta que lo perdió todo. Cuando ya no podía pagarle a los corredores de apuestas, la situación se le salió de las manos.

Comenzaron con sus dedos. Tres meses atrás había perdido un dedo índice, y un mes después un dedo medio; era cuestión de tiempo para que le quitaran los demás. Fue entonces cuando a mi hermano Pablo le dispararon en el muslo. Después, unos hombres siguieron a mi hermana menor hasta la casa: ya estaban cansados de lanzar amenazas y decidieron cobrar sus deudas por medio de las aterradas súplicas de mi hermana. No la violaron, pero la amenaza fue clara: podían hacerlo y lo harían si mi padre no liquidaba cuanto antes lo que debía. En ese instante abandoné la relativa seguridad de mi universidad para volver a casa; para tratar de ayudar a mi padre a recuperar algo de control antes de que nos mataran y colgaran a todos bajo algún puente como recordatorio de lo que pasaba si hacías enojar al cártel. Apenas llevaba tres semanas de vuelta, intentando canalizar los fondos de las cuentas que le había escondido a mi padre justo para esto, y tratando de pagarles a los cobradores más despiadados de la lista.

Claramente, ya era demasiado tarde. Emilio Ross nos destruiría a todos si eso quería.

Me desplomé sobre el asiento, ya sin ganas de luchar. Fijé la vista en el respaldo del asiento frente a mí y apreté la quijada.

—¿Te sorprende? —preguntó Emilio.

Negué con la cabeza; no me sorprendía. Me esforcé por no dejar que el enojo se notara en mi semblante, pero fracasé. La rabia me quemaba, pero no contra el hombre a mi lado. No: la ira de mi cuerpo era exclusivamente contra mi padre. Para la persona que debía protegerme y quien había prometido mantenerme a salvo en la infancia. La persona que bebía más de lo que debía y me hacía, nos hacía, enfrentar sus puños cuando pasaba el límite. Dicen que todas las niñas quieren casarse con sus padres, pero yo quería que el mío se evaporara.

Era un idiota. Un maldito imbécil de mierda. Y ahora yo iba a pagar por sus pecados.

—¿Vas a matarme? —inquirí con calma, como si preguntara quién había ganado el partido de futbol.

Me respondió en el mismo tono casual.

—Sí, desde luego —frunció el ceño—. No creas que es personal, cabroncita.

Ahora parecía conferirme cierta rudeza. Me mordí el labio y asentí: la tristeza de mi pecho permanecía ahí, encerrada. Me negué a mostrarme débil, especialmente frente al hombre que con seguridad estaba a punto de terminar mi existencia.

Esteban. Su rostro se proyectó en mi mente y reprimí el pensamiento. Algunas manchas de su sangre permanecían sobre mis rodillas desnudas. Ya no importaba; ya nada importaba.

—¿Cuánto te debe? —solté—. ¿Estás seguro de que no puede hacer algo para liquidar la deuda?

Las cejas de Emilio se elevaron y escuché que el conductor tosía para no reírse. Me pregunté qué tipo de castigo me acababa de ganar por atreverme a cuestionar al siniestro narcotraficante.

—Dime —expresó Emilio con calma, mofándome—, ¿qué podría hacer que valiera quinientos mil dólares?

Oh.

Volví a centrar mi atención en el respaldo frente a mí.

—Es muchísimo dinero, cabroncita —dijo Emilio, acercando su mano a la mía para darle un apretón. Su compasión buscaba provocarme: un gesto macabro para orillarme al borde de la desesperación.

—No me digas —farfullé; el tacto de su palma grasienta sobre mi mano era nauseabundo—. Muchísimo dinero.

Bajé la mirada hacia las ataduras de mis muñecas y me sobresalté al ver con cuánta violencia temblaban. No era miedo: mi vida como hija de un traficante de drogas me había hecho insensible a muchos horrores, reales o imaginarios.

Era rabia.

Sabía muy bien lo que era la rabia. Mi madre decía que yo era una guerrera. Mi padre prefería términos como «malagradecida» o «puta». Era claro que lo encolerizaba que, cuando tomaba demasiado y me golpeaba, yo no me quedara quieta como todos los demás, sino que buscaba protegerme. Me defendía hasta con los dientes y, por lo general, lograba poner a mi muy alcoholizado padre en su lugar. Sí, estaba furiosa. Llevaba mi furia a flor de piel; lo había hecho por años.

Pero Emilio no estaba al tanto de eso. Probablemente pensaba que sólo estaba asustada.

La ira sería mucho más útil para tratar de vencerlo en caso de que bajara la guardia.

—¿A dónde nos dirigimos? —pregunté con voz queda, tratando de parecer más asustada e indefensa de lo que en realidad estaba. Yo era menuda, medía un metro sesenta y no tenía otra arma más que mis dientes y dos manos amarradas.

—A casa —respondió Emilio sin parecer irritado por mi insistente cuestionamiento. Me sorprendió que fuera tan locuaz, casi al punto de la frivolidad, dado que estaba a punto de masacrarme con mi familia.

—Tal vez podría…

Emilio me interrumpió con la mano.

—No. No hay nada que puedas hacer, cabroncita. Voy a matar a tu padre lentamente, pero te prometo que el resto de tu familia morirá rápido y sin dolor; el problema no es con ustedes.

Asentí, casi sin creer lo que escuchaba. ¿Qué se suponía que dijera? *¿Gracias por matarme de un tiro? ¿Gracias por no violarme frente a mi padre? ¿Gracias por no desollarme mientras mi madre grita ante el espectáculo?*

Un destello plateado en la cadera del conductor llamó mi atención cuando pasamos bajo una fila de postes de luz, y parpadeé tratando de imaginar qué era.

Sí. Era una pistola plateada y brillante. Mis manos seguían atadas, pero si lograba distraer a Emilio lo suficiente para tomar el arma podría dispararles a ambos y rezar por que el auto no se estrellara con mucha violencia.

Valía la pena intentarlo. Acabábamos de salir de la curva pronunciada que marcaba el inicio de la pequeña ciudad donde vivía; estábamos a menos de diez minutos de mi casa.

A menos de diez minutos de la muerte.

Pero Emilio era astuto y, mientras lo miraba de reojo, me di cuenta de que ya había anticipado mi plan.

—Ni se te ocurra —me dijo con un movimiento de la cabeza—. Puedo hacer tu muerte muy dolorosa, cabroncita. Puedo usar esa misma pistola para violar a tu madre. Mientras observas. ¿Eso quieres?

¡Maldita sea! Podía lastimar a mi padre si así lo quería, e incluso diría que el cabrón se lo merecía, ¿pero y mi madre? No. No permitiría que mi madre sufriera por mi culpa.

—No —respondí lastimeramente y sin ánimos—. No será necesario.

—Muy bien —continuó Emilio—. Lleguemos sanos y salvos, ¿te parece? Quién sabe qué pasará cuando estemos ahí. A lo mejor tu padre por fin ganó la lotería —se rio mientras sacaba un periódico y buscaba la sección de economía.

Los segundos se arrastraron con dolor al tiempo que el terror germinaba abundante y feroz en mi pecho. Se enredó en mi corazón como un zarcillo, constriñéndolo hasta que pensé que me daría un infarto.

Concéntrate. Oblígalo a sentir compasión por ti. ¡Haz algo! La voz dentro de mi cabeza me exhortaba a ponerme en acción. Juega con sus reglas. ¿Con qué moneda se manejaban los hombres como Emilio Ross?

Con dinero, por supuesto. No tenía nada. ¿Drogas? Tampoco. ¿Sexo?

Me estremecí ante la idea de ofrecerle mi cuerpo al hombre que estaba a punto de ejecutar a toda mi familia. No estaba sexualmente cohibida: había comenzado a experimentar desde muy pequeña y ahora que estaba de vuelta en casa, Este y yo habíamos sido muy intrépidos en la cama. Y en el auto. Y en un callejón bajo fuegos artificiales hacía apenas unas horas.

Bajé la mirada hacia mi regazo y estiré los brazos vacilantes en su dirección mientras me lamía los labios.

—Sin duda debe haber alguna manera para hacerte reconsiderar. Podría…

Sólo me fulminó con una mirada mordaz que me encogió el corazón. Ni siquiera necesitó decir que no.

Puse los ojos en blanco y me hundí en el asiento de piel.

—Todas las zorras son iguales —dijo con un tono gélido—. ¿Te crees que tienes un coño de oro, cabroncita? ¿Crees que no tengo acceso a muchos hermosos chochos colombianos? —sonrió—. ¿Crees que si quisiera el tuyo, me esperaría a que me lo ofrecieras? No. Si quisiera follarte, ya estarías de espaldas gritando mi nombre. Si quisiera que me chuparas la verga, te estarías ahogando con ella en este momento. Si te quisiera matar en este auto, ya estarías muerta.

Me controlé para no escupirle una respuesta ingeniosa.

Y su último comentario me puso a pensar. ¿A cuántas personas ya había matado? ¿Cuánta sangre manchaba sus manos?

Mientras me limpiaba mis propias manos sangrientas con el vestido, llegué a la conclusión de que no quería saberlo.

El camino de terracería que conducía a mi casa era sinuoso e irregular, con miles de piedritas que salían despedidas y volaban contra el lujoso automóvil, por lo que con nosotros iba un constante golpeteo metálico. Excelente. Esperaba que se rayara la pintura y el resultado fuera desastroso.

Los diez minutos parecieron diez años por cómo se seguían arrastrando. Las palmas de mis manos estaban sudorosas a pesar de que continuaba restregándolas con ansias en mi vestido negro.

—Estás muy lejos de Italia —dije por fin, sintiendo que la curiosidad me traicionaba—. ¿Colombia? ¿En serio?

Se rio entre dientes mientras volvía a su periódico.

—Me gusta la humedad.

—Apuesto a que le ayuda a las plantas de coca a crecer altas y saludables —respondí irritada por su tono indiferente.

—Sí —contestó despacio, sin despegar los ojos del papel—. Las plantas de coca que pagaron tu educación privada, cabroncita. Las plantas de coca con las que tu padre decidió apostar. *Mis* plantas de coca, cabroncita.

Abrí los labios para decir algo más.

—Suficiente —me dijo—. No más. Estoy harto de escuchar tu voz.

Cerré la boca y miré hacia afuera. Estábamos pasando por el acceso a mi casa.

Llegábamos a mi muerte.

5

Mariana

Un largo Mercedes negro con pinta de coche fúnebre se estacionó detrás de nosotros, y observé nerviosa mientras los tres hombres del tiroteo salían y caminaban hacia nuestro auto. Uno de los individuos que le había disparado a Esteban se acercó a mi puerta; el anillo de ónix negro que llevaba se retorcía entre mis dedos ansiosamente. *Esto va de mal en peor.* Consideré resistirme por un instante, pero el hombre apretó la punta de su revólver contra mi garganta y me sacó del vehículo.

—Por favor —le imploré a Emilio. Odio rogar; sólo lo había hecho otra vez sin lograr nada. Según yo, sólo los débiles rogaban. Sin embargo, mi primitivo instinto de supervivencia me sacudía con violencia. No quería ser ejecutada de rodillas y descartada dentro de algún hoyo en la tierra.

No quería morir, y por eso rogué.

Emilio se limitó a sonreír. Sus colmillos se asomaron entre sus labios: parecía dispuesto a devorarme.

Tal vez lo estaba.

Quien me había arrancado del auto me empujó en la espalda.

—Camina —me ordenó con brusquedad y con un acento marcado.

Traté de mantener el equilibrio al resbalar por los escalones de la puerta principal: no tenía deseos de caerme frente a estos tipos.

Ya me habían humillado lo suficiente, y caer sólo me pondría al alcance de sus botas.

Clavé los ojos en la casa donde había crecido. Tal vez ésa sería la última vez. *Oh, por dios. Esto no puede estar pasando. En verdad nos van a asesinar.*

La construcción no tenía nada especial: una villa con muros de caliza que se fundían con la colina al igual que las demás casas a su alrededor. Un mar de familias de clase media, en mejores circunstancias que quienes vivían en barrios pobres, pero no mucho mejor. El dinero que mi padre había ganado con el tráfico de sustancias y de personas podría para entonces haberle comprado una mansión en las calles adosadas de los millonarios, de no ser por su destructiva obsesión por apostarlo todo cada noche.

De haber sido más inteligente con sus ganancias —de haber hecho lo que le sugerí años atrás— podría amortizar su estúpida deuda con este despreciable capo, y mi familia no se vería obligada a morir.

Sobre los derruidos escalones embaldosados con los cuales mi madre siempre atosigaba a mi padre, me hice una promesa. Juré que antes de que mi padre recibiera una bala entre las cejas le haría ver cuán imbécil e imprudente había sido con nuestras vidas.

Segundos después me forzaron dentro de la casa. Al instante escuché los sollozos de mi madre. Mi hogar era como un ungüento refrescante comparado con la caliente noche veraniega de afuera. Bajé la mirada hacia los mosaicos naranjas que cubrían el piso y recordé que, de pequeños, nos tendíamos sobre ellos con los estómagos desnudos para absorber de entre los poros recónditos hasta la última pizca de frescura durante los días más calurosos.

Y ahora nuestra sangre inundaría esas mismas losetas, manchándolas para siempre.

—Sigue caminando —musitó el hombre detrás de mí, enterrando aún más su cañón en mi cuello; hice una mueca de dolor y caminé más rápido por temor a que sintiera impulsos de juguetear con el gatillo en el vestíbulo.

Rodeé el espacio y vi a mi madre desplomada en la mesa del comedor, llorando y abrazando con fuerza a mi hermana. Karina sólo era diez meses menor que yo, por lo cual dos meses de cada año teníamos la misma edad. Éramos un dúo dinámico, dos caras de la misma moneda siempre peleando por tener poder sobre la otra. Discutíamos más de lo que jugábamos, pero la amaba con locura. Ver el pánico en sus ojos empañados mientras trataba de consolar a mi madre me rompió el maldito corazón. Un hombre al que no había visto estaba detrás de ellas con expresión aburrida y ropa negra de camuflaje militar; apuntaba su metralleta Beretta a la cabeza de mi hermana.

—Ana —exclamó mi madre con sorpresa cuando me vio. Hizo un amago de levantarse y correr hacia mí, pero unas manos grandes se posaron sobre sus hombros y la inmovilizaron en su silla.

Me atraganté con todo lo que quería pero no podría decir en ese momento.

Emilio apareció frente a mí, ocultándome de mi madre y mi hermana.

—Llévala con ellos —ordenó, y el terror se apoderó de mí al preguntarme quiénes eran ellos. Permanecí clavada en el piso a pesar de que el tipo a mis espaldas me empujaba con su arma. No les resultaría tan fácil llevarme con hombres que probablemente me someterían y me lastimarían.

Cuando Emilio sonrió, su diente de oro atrapó la luz del viejo candelabro de latón que colgaba sobre la mesa.

—Cabroncita —dijo burlón, dedicándome su gesto—; ¿no quieres despedirte de tu padre?

Ah. Ellos. Mi padre y mi hermano.

Me estremecí con todo y la calurosa noche de Villanueva, sin ganas de responder su pregunta pero siguiéndolo hacia la cocina. Se me cayó el alma a los pies al ver a mi hermano y a mi padre arrodillados uno junto al otro frente al refrigerador; había otro hombre delante de ellos también con una Beretta. El rostro de mi hermano estaba destrozado y lleno de sangre, y tenía la boca sellada con cinta adhesiva gruesa. Imaginé por el modo en que oscilaba de un lado a otro que había tratado de pelear. Y había perdido.

En un rincón, un tanto apartado, había un tipo vestido con un impecable traje gris revisándose las uñas. Mi piel se erizó una vez más cuando regresé mi atención hacia el matón que apuntaba sin interés a los hombres de mi familia, como si éste fuera un día cualquiera en la oficina. Yo estaba acostumbrada a ver guardias y mercenarios con fusiles AK en los hombros, no con estas metralletas.

De cualquier modo, tenía sentido. Emilio era italiano, un mafioso, y seguramente se enorgullecía de serlo.

Detuve mi atención en el arma y me concentré en mi padre y mi hermano. Pablo era un año más grande que yo y siempre habíamos sido muy cercanos. Él era menos arrebatado que mi hermana o que yo, mucho más gentil, y por su temperamento despreocupado nos llevábamos muy bien la mayor parte del tiempo.

—¿Papá? —dije con dificultad. El asco y la desesperación me consumieron al contemplar al hombre que me había criado. En términos físicos, él era todo lo opuesto a Emilio: calvo, obeso; arrodillado en uno de los trajes baratos que siempre usaba como uniformes, un brillo de sudor le adornaba la frente. Planeaba salir a algún lado, a juzgar por su escaso cabello relamido y porque a esta hora seguía bien vestido.

Los hombres de Emilio probablemente llegaron justo cuando ya estaba ansioso por irse a perder lo que tuviera de dinero en alguna mala apuesta. Su mayor debilidad eran las cartas (el póker, en concreto), pero se decía que apostaba en lo que fuera. Además nunca ganaba dinero; si lo hacía, lo volvía a apostar todo. La casa siempre ganaba. Nuestra casa siempre perdía.

Emilio hizo un movimiento con la cabeza y el guardia frente a mi padre y mi hermano respondió sin dudarlo: apuntó su Beretta con profesionalismo entre las cejas de mi padre.

—¡Espera! —chillé, y el matón me lanzó una mirada burlona antes de volver a fijarse en mi padre. Observé horrorizada cómo sometía el gatillo a la presión de su dedo, apenas a milímetros de descargar el cañón contra la cabeza de papá.

—Emilio —dijo mi padre agitadamente, juntando sus manos gordas como para decir una plegaria desesperada—, por favor, créeme que me emboscaron esos hijos de puta. ¡Alguien les avisó!

Contuve el aliento mientras Emilio sostenía la mirada de mi padre.

—Nos hiciste perder muchísimo dinero, Marco. Mucho dinero. Y estabas ebrio. ¿Entiendes?

—Lo sé —gimoteó, aún con las manos juntas. Yo dudaba que Emilio se compadeciera con sus ruegos—. Te lo juro, Emilio; te juro que te pagaré. Todo lo que tengo es tuyo ahora. ¡Toma mi casa; todo!

Emilio torció la boca con desagrado. Miró a su alrededor, al tapiz despegado, al refrigerador abollado, y luego me miró a mí.

—La tomaré a ella —dijo con los ojos encendidos al señalarme.

El corazón se me detuvo. *¿Qué va a hacer qué?* Mi padre puso los ojos como platos.

—No, por favor. Lo que sea, Emilio, menos mi familia. Por favor, mi familia no.

La tristeza me embargó cuando escuché a mi padre suplicar por mi vida. Podría haber estado enojada con él, tal vez era un padre mediocre, pero no se merecía morir de rodillas, ejecutado: sería como despojarlo de la poca dignidad que le quedaba y utilizarla para cavar su tumba. Ésas parecían ser sus únicas dos opciones: morir en la suciedad o dejar que Emilio me llevara para hacer conmigo lo que le placiera.

—Entonces los mataré a todos ahora —dijo Emilio con un movimiento de la cabeza al tipo que apuntaba a la cabeza de papá.

—¡Detente! —exigí con estridencia al tiempo que me estiraba para tomar a Emilio del brazo con mis manos atadas—. Llévame. Haré lo que quieras. Sólo no los mates, por favor.

Las palabras sabían a cenizas; me fijé en los ojos de este hombre: desalmados. *Lo estaba disfrutando.*

—Tu padre me faltó al respeto gravemente —dijo con una sacudida del brazo, como si mis manos fueran un insecto repugnante—. Ya sea que te lleve o no, cabroncita, tiene que pagar el precio de sus errores.

—Por favor —imploré—. Sólo llévame y déjalos en paz —mi corazón dio un salto cuando en los ojos de Emilio apareció un destello de *algo*; luego éste levantó una mano hacia el guardia, quien bajó su arma con calma y retiró el dedo del gatillo—. Podrías matarlo —proseguí—. Tal vez incluso se lo merece, por todo lo que ha hecho. ¿Pero no sería mucho mejor dejarlo vivo? ¿Para que sepa, cada día del resto de su vida, que sus pecados se expiaron con la vida de su hija? ¿Para que sufra porque todo es culpa suya?

Estaba furiosa, pero no podía ver cómo ejecutaban a mi padre; a toda mi familia.

Un minúsculo rayo de esperanza me envolvió el pecho y me apretó con dolor: Emilio me escuchaba.

—¿No sería mejor —continué— destruirlo completamente en lugar de sólo meterle una bala en la cabeza? ¿No sería ésa una venganza demasiado amarga? Tu cartel se llama Il Sangue. ¿Qué es más importante para un hombre que la sangre de su familia?

Los labios de Emilio se curvaron.

—Si las cosas no funcionan, aún podrás asesinarnos a todos —agregué—. Por favor. Mi madre y mis hermanos no merecen morir por los errores de mi padre.

—No, amor —dijo mi padre con aprensión—. Prefiero que me maten aquí y ahora a que te pongan un dedo encima. No quiero eso para ti.

Entorné los ojos; la ira me quemaba en el pecho.

—Ésa no es una alternativa. O nos matan a todos —le lancé una mirada a Emilio—, o este hombre tiene la suficiente inteligencia para darse cuenta de cuánto dinero puedo ayudarle a obtener. —Me tragué lo que quedaba de mi persistente miedo y me erguí.

—Limpiaré tu casa, contrabandearé, te chuparé la verga, llevaré tus cuentas. Me acostaré con tus muchachos y te lameré los pies si eso es lo que quieres. Pero, por favor —esas horribles palabras de nuevo—, por favor, no los mates.

—¡Mariana! —gritó mi padre—. ¡Cállate!

Emilio frunció el ceño sin prestarle atención a mi padre.

—Me gustan más las rubias.

Traté de no torcer los ojos y de no pensar en qué le gustaba hacer con las rubias a este viejo.

—Por ti —afirmé con voz dulce— me pondría una peluca.

Soltó una risita silenciosa.

—Me agrada —le dijo a mi padre mientras me apuntaba con un pulgar—. Tu hija es una auténtica cabroncita. Me pregunto qué tan ruda será después de que mis chicos se turnen para follarse ese carnoso culo colombiano.

Mi padre se abalanzó contra él pero no llegó muy lejos, ya que el guardia lo golpeó justo en medio de la cara con la culata de su metralleta.

—¡Vaya! Esta noche ha estado llena de giros inesperados. Cabroncita, admiro tu lealtad a tu familia; eso es algo que claramente le falta a tu padre —le lanzó una mirada asesina—. Y bueno, aunque tu vida no se equipara con el valor comercial de mi cocaína, supongo que al menos cubrirá el costo de producción. Puedo recobrar mi inversión inicial y, al mismo tiempo, ponerte de ejemplo, Marco.

La bestia se veía emocionada en exceso.

—¡Ya te dije! —gritó mi padre—. ¡Te puedo dar treinta mil dólares estadounidenses! ¡Pagaré mi deuda y mataré a esos malnacidos de la agencia antidrogas que sabotearon el traslado!

El corazón me dio un vuelco. Treinta mil dólares. Un poco menos de cuatrocientos mil pesos. No era nada. Lo era todo. Yo valía sólo eso en este mundo despiadado.

Emilio chasqueó la lengua y agitó su largo y huesudo dedo frente al rostro de mi padre.

—Treinta mil es lo que costó producirla. ¿Sabes cuánto dinero me hiciste perder? Medio millón de los grandes en las calles, hermano. Medio... millón... de dólares.

Levantó un puño y lo estrelló contra la nariz de mi padre. Cualquier otra chica hubiera gritado y tratado de acercarse a su padre, tal vez limpiarle la sangre del rostro para besarle la frente.

Pero yo no era otra chica. Yo tenía mucha furia contenida. Este. *Ay, Dios*. Me agarré del pequeño crucifijo que colgaba de mi cuello y recé en silencio por el alma de Esteban.

Contuve el impulso de llorar. Los sollozos apagados de mi madre se escuchaban desde la otra habitación; llené mis pulmones del airé caliente y pesado y traté de hacer que el cuarto dejara de girar.

—Te estás entregando a mí, ¿cierto? —preguntó Emilio. El puño con que acababa de golpear a mi padre se abría y se cerraba.

Asentí con la cabeza. *Oh, mierda. ¿Qué estoy haciendo?*

—Habla, cabroncita. Los ademanes no significan nada en mi mundo.

—Sí —dije en son de reto con la frente y la barbilla en alto.

—¿Por cuánto tiempo? —me estaba poniendo a prueba. El aire se atoró en mi garganta.

—Por el tiempo que eximas a mi familia.

Hizo un gesto de aprobación y comenzó a pasearse por el espacio que me separaba de mi padre.

—¿Y te comprometes a hacer todo lo que te diga?

Esta vez fue más difícil.

—Sí… Espera —agregué con voz entrecortada. Oh, dios—. ¿Prometes no matarme?

Era tonto preguntarle eso a un hombre que no se manejaba con promesas, sino con el derramamiento de sangre y vidas humanas, pero tenía que hacerlo de todas formas. No soportaba la idea de ofrecerle mi existencia sólo para verla terminada; no quería alimentar esperanzas inútiles.

Emilio se frotó la barba pensativamente.

—Puedo prometerte que si me obedeces en todo, no morirás por mi mano —dijo—. Pero no te aseguro que no me rogarás que te mate a final de cuentas.

Sus palabras me laceraron el alma, y eso era justo lo que él quería.

Me mordí el labio; me maldije por haber mostrado alguna reacción. Emilio esperó paciente, sus ojos clavados en mí al tiempo que mi padre sangraba y mi madre lloraba en silencio en la sala contigua.

—¿Qué dices, cabroncita? —me preguntó—. Nadie te juzgará si cambias de parecer. Una bala sería mucho menos dolorosa.

—Soy tuya —concedí por fin con voz tenue pero firme—. Haz lo que quieras conmigo.

En ese instante, una patética e inadecuada interpretación digital de la «Sinfonía 40» de Mozart se escuchó, zumbando desde algún lugar del cuerpo de Emilio; lo miré confundida. Se llevó la mano a un bolsillo del saco y extrajo un teléfono celular.

—*Pronto* —contestó en italiano, y antes de que terminara de decir la palabra, una voz del otro lado de la línea comenzó a chillar de forma estridente.

Emilio colocó una mano sobre el auricular y le hizo un gesto al hombre del traje, el que admiraba sus uñas mientras hablábamos de asuntos delicados, a quien yo había olvidado por completo.

En verdad iba a atender la llamada en medio de nuestra conversación sobre mi vida. Emilio ni siquiera me miró; sólo dio zancadas hacia la otra habitación a la vez que hablaba en una constante ráfaga de italiano que no comprendí.

El hombre del rincón habló. El Traje, decidí llamarlo. Ahora lo miré con detenimiento. Era alto y desgarbado, sus ojos eran azul zafiro, tenía un mechón enmarañado de cabello castaño y su estatura era imponente. En otro contexto podría haberme parecido atractivo; sin embargo, algo en sus ojos me incomodaba. Los miré de cerca y noté que nunca se quedaban quietos: cada pequeño cambio de humor y cada pensamiento se mostraba en esos extraños ojos gélidos, en los sutiles movimientos de los músculos de su cuello y en el modo en que sus largos dedos jugaban con un botón de su saco.

Abrochado. Desabrochado. Abrochado. Desabrochado. El individuo no podría permanecer inmóvil, y cuando lo escuché aspirar con fuerza imaginé por qué.

Había estado probando la mercancía.

—Si dejara que las llamadas se fueran al buzón cada vez que está a punto de dispararle a alguien —dijo el Traje—, bueno, pues tendría muchísimos malditos mensajes de voz —ladeó la cabeza al hablar, lo cual aumentaba la vibra psicótica que despedía. Su acento era estadounidense.

Le lancé una mirada de asco antes de prestarle atención a mi padre. *Lo siento*, articuló éste, y logré no mostrarle mi desprecio. Era un poco tarde para disculpas, además de que se veía patético tratando de pedir perdón arrodillado a punta de pistola. Sacudí un poco la cabeza y mejor miré fijo al techo, no sin mantener al Traje dentro de mi campo visual. De ninguna manera le daría la espalda a este loco bastardo.

Emilio regresó a la cocina guardando su teléfono en el saco mientras caminaba con decisión.

—Hora de irnos —ladró.

—¿Puedo al menos empacar algunas cosas? —inquirí aunque el cerebro me gritaba que detuviera lo que estaba pasando. *¿Qué diablos sucedía?* Probablemente Este seguía tendido en el callejón; mi vida se desintegraba frente a mis ojos.

Y lo peor era que ni siquiera me sorprendía. Esperaba este momento desde que supe lo que mi padre hacía en realidad.

Emilio casi suelta una carcajada.

—No son vacaciones, *bambina*. Ya no eres una persona, ¿entiendes? Te acabas de convertir en un artículo de mi propiedad. Mi propiedad.

El pánico hizo efervescencia en mi interior.

—Tu propiedad se va a congelar de noche sin su abrigo —dije con terquedad—. Por favor…

—No —intervino Emilio—. No me obligues a dispararles a todos, cabroncita. Me vas a obedecer.

Mi cabeza daba vueltas, y por un instante mi vista se nubló.

—¿Puedo al menos despedirme?

—No —chasqueó los dedos en mi dirección y el Traje se alejó de la pared que lo sujetaba y se dirigió a mí—. ¡No!

Por el rabillo del ojo vi que el Traje sonreía; fue un gesto tan diminuto que apenas lo percibí, pero ahí estaba. Mis manos comenzaron a temblar.

—¿Te estás divirtiendo? —le grité sin poder reprimirme.

Soltó una risa simulando estar muy entretenido, pero los varios músculos tensos de su cuello indicaban otra cosa.

—De regreso te irás conmigo en el asiento trasero —dijo, sus ojos raros cada vez más abiertos—, así que sí, me estoy divirtiendo.

Su sonrisa se esfumó y dio lugar a un claro gesto de enojo cuando pasó junto a mí para chocarme con deliberación. *Hijo de puta.* De repente, el guardia que vigilaba a mi hermano y a mi padre estaba junto a mí.

—Camina —me dijo con un empujón de su arma en las costillas. Reculé detrás de Emilio y el Traje.

—Estaré bien, mamá —traté de gritar con una voz temblorosa que rayaba en la histeria.

No miré a mi madre al salir de la casa de mi infancia. La casa donde había pasado gran parte de mi vida. No podía verla a los ojos porque, si lo hacía, me vería obligada a incumplir el trato para correr a sus brazos mientras las balas nos desgarraban los cuerpos.

En lugar de eso miré hacia el suelo y traté con desesperación de ignorar sus sollozos, las protestas de mi hermana, las maldiciones apagadas de mi padre. Apagué mis sentidos a todo para concentrarme sólo en las baldosas brillantes del piso.

El Traje se plantó frente a mí con una expresión de entusiasmo y con un pedazo de arpillera negra en las manos.

Una bolsa. Y ya sabía dónde la colocaría.

—Nos vamos a divertir mucho —sonrió.

Mi dolor floreció hasta convertirse en una furia creciente al ver cuánto se deleitaba con la miseria de mi familia. Anhelé poder atacarlo, canalizar mi ira con un puño hacia su cara, enterrar mi uñas en sus ojos hasta escuchar dos explosiones húmedas, pero me controlé; lo pospuse. Más tarde. Hazlo más tarde. En lugar de eso, presenté la cabeza para recibir la bolsa negra que me envolvió. El universo se oscureció y casi no consigo modular mi pánico cuando las cuerdas al final de la bolsa se tensaron alrededor de mi cuello, dificultando mi respiración. Una punzada en la espalda me indicó que era momento de alejarme del único hogar que conocía; lo último que escuché fue a mi madre gritando mi nombre y a mi padre maldiciendo al cártel.

6

Mariana

Usar una capucha en la parte trasera de un auto, sin saber a dónde me llevaban, fue muy perturbador. Aún peor era no saber quién iba conmigo. Supuse que, dado el fuerte aroma a sándalo, el Traje estaba ahí, pero no estaba segura de quién más nos acompañaba. Mis piernas podían estirarse hacia el frente sin obstáculos, lo cual me sugirió que estábamos en una especie de limosina. El automóvil avanzó por lo que parecieron horas antes de que alguien hablara.

—¿Estás emocionada? —preguntó el Traje con sarcasmo espeso. Se encontraba en algún punto delante de mí; definitivamente era una limosina. Imaginé la sonrisa despreciable que debía estar luciendo y jugueteé con la idea de saltar de mi asiento y embestirlo, pero no estaba muy segura de si se hallaba justo frente a mí o más lejos. Comenzaba a lamentar la manera impulsiva en que me entregué, pero aun así no quería que me dispararan en la cabeza.

En vez de replicar me mordí el labio para permanecer en silencio.

—No estás de humor, ¿eh? —aventuró con indiferencia. Me mordí con más fuerza para no otorgarle ninguna arma.

Unos dedos fríos me tocaron la rodilla desnuda y me sobresalté. Se rio, pero dejó su mano sobre mi pierna, apretándola.

—Tienes una cara bonita, Ana —dijo; mi nombre sonaba mal en sus labios. Pero no tan mal como lo que dijo a continuación.

—Me gustó ver tu orgasmo —susurró mientras le daba efecto a sus palabras inyectando más fuerza a mi rodilla.

—¿Qué? —corté con aspereza; había caído en su juego. *Mierda*.

—En el callejón —dijo arrastrando las palabras, deslizando la mano hacia arriba de mi pierna. Apreté las rodillas tanto como pude dado que no podría detenerlo. Recordé el momento en que Este me empujó contra la pared, detrás de una tienda de recuerdos, y me folló —me hizo el amor— con fuerza y presteza; los fuegos artificiales en el pasaje ardían tan brillantes como los que se recortaban contra el cielo. Los ojos me hirvieron en lágrimas al pensar que hacía sólo unas cuantas horas él había estado con vida, tibio al contacto de mi cuerpo; ahora estaba muerto.

—¿Nos estaban espiando? —pregunté con incredulidad: la vergüenza y la indignación se asomaron en mi rostro. En ese momento agradecí la bolsa negra que ocultaba mi rubor.

—No estaban precisamente escondidos —contestó, colocando ambas manos sobre mis rodillas y separándolas; grité horrorizada—. Imagino que querrás seguir divirtiéndote.

No me importaban las reglas, o si se suponía que ahora que era un «artículo de propiedad» debía prestarme a esto y permitirle a este tipo poseerme. Mis manos ya no estaban atadas, así que empujé las del repulsivo personaje tan fuerte como pude, arañándole la piel para ser más clara.

Todo su cuerpo se tensó y yo me quedé rígida en mi asiento, esperando un golpe que nunca llegó.

—No —una voz rasgó la tensión. Emilio.

—Te voy a matar, pequeña perra —escupió el Traje.

—¡Detente! —la voz de Emilio resonó de nuevo para llenar el auto.

Sentí cómo corría el alivio por mis extremidades al darme cuenta de que estaba en el carro. Enseguida me embargó la confusión y luego la vergüenza por alegrarme de que mi nuevo dueño y posible asesino estuviera presente.

—La perra me hizo sangrar —protestó el Traje, y escuché a Emilio chasquear la lengua.

—Deberías tener más cuidado, Murphy.

¿Murphy? Qué nombre tan estúpido para un hombre tan despreciable.

Aspiré con fuerza; llevé las manos hacia mis muslos para cubrir con el vestido tanta piel como fuera posible.

—¿Estás llorando ahí adentro, encanto? —se burló Murphy—. Porque a donde vamos las lágrimas son una debilidad. Los chicos te van a despedazar, y yo disfrutaré el espectáculo.

—Vete a la mierda —dije con rencor, aunque la tela amortiguó mi voz; me encorvé de nuevo en mi asiento.

—Ahí es a donde tú irás —articuló con calma; pude visualizar su sonrisa de triunfo—. Gritarás mientras te cogen, y yo estaré en primera fila.

Jamás me había sentido tan sola, y las cosas empeorarían mucho más antes de comenzar a mejorar.

El viaje pareció extenderse por días. Semanas. Años. Una sed terrible me ahogaba, pero no me atreví a pedir agua. No me atreví a pedir nada. Cuando me relajaba, cuando sentía que me perdía en un sueño de conmoción paralizada, recordaba quién iba en el automóvil conmigo. Eso me obligaba a erguirme: mi ritmo cardiaco se salía de control y mis palmas se lubricaban con sudor fresco. Estaba cansada, aterrada y en extrema necesidad de usar un baño.

Cuando por fin el vehículo se detuvo, no estaba preparada para la repentina inmovilidad. Caí hacia el frente y di un resoplido al aterrizar sobre mis manos y rodillas en el suelo alfombrado.

Murphy se rio; sentí sus largos y helados dedos en mi cuello: estaba desatando los nudos que mantenían la bolsa sobre mi cabeza. Cuando me la arrancó hice un gesto de rechazo, su cara fue lo primero que mis ojos encontraron.

Me di cuenta de que estaba en cuatro patas, con mi rostro demasiado cerca de su entrepierna. De inmediato y con dificultad regresé a mi asiento justo en el momento en que mi puerta se abría. Una mano me apretó el brazo y me dio un tirón.

—Fuera.

Me controlé para no gritar y salí de la limosina; di un brinco cuando la puerta se azotó a mis espaldas.

—¡Nunio! —dijo Emilio con aspereza—. No es un maldito juguete; ¿por qué lo tratas así?

Nunio miró con pesar a Emilio, quien lo había reprendido por aventar la puerta.

—Lo lamento, jefe —respondió mientras me jalaba. Contemplé el alto edificio ante el cual nos encontrábamos; los vehículos estaban estacionados en un amplio y opulento patio circular.

—¿Aquí vives? —le pregunté a Emilio.

Me observó como si fuera una idiota.

—Éste es un hotel —respondió al tiempo que señalaba el gran letrero rojo y dorado sobre las puertas de cristal—. Pensé que eras inteligente, cabroncita.

Preferí no responder y entré al hotel flanqueada por Nunio y Murphy con Emilio a la cabeza de nuestro extraño séquito. Miré hacia atrás, preguntándome si podría escapar, pero me encontré con las miradas furiosas de los tres hombres que habían estado en mi casa y que ahora vigilaban la entrada. Genial.

El lujoso vestíbulo del hotel se hallaba desierto cuando lo atravesamos; mis sandalias azules golpeteaban con cada paso que daba sobre el mármol. Apreté los puños tratando de contener las ganas de rendirme y orinarme en ese piso brillante. No obstante, si mojaba los pies de Murphy, eso sería una ganancia.

Sonreí para mis adentros al imaginar la situación mientras Emilio llamaba al elevador con un botón. Entré con un empujón firme y di un traspié para evitar caer de frente.

—¿De qué demonios te ríes? —preguntó Murphy.

Emilio se veía molesto.

—Murphy —intervino mientras las puertas se cerraban y nos suspendíamos en el aire—, contrólate.

—Quiero saber qué es lo que a este coño colombiano le parece tan gracioso.

¿Me dijo coño? Sí. Pendejo.

Emilio suspiró y se masajeó las sienes.

—Y yo quiero un poco de paz y tranquilidad, así que cállate de una puta vez. Te dejé venir sólo porque dijiste que no intervendrías.

Murphy hizo una mueca con sus raros ojos mientras las puertas se abrían con suavidad. Traté de no encogerme cuando las manos se posaron nuevamente en mí para arrearme hacia un pasillo alfombrado.

—Dije que no intervendría cuando pensé que los íbamos a eliminar —respondió—. Ni siquiera pude jugar con su sexy hermana.

Emilio se detuvo y giró de golpe; me estrellé contra su pecho. Tenía una mirada de fastidio que no le parecía ajena.

—Vamos —aduló Murphy a la vez que Nunio pasaba una tarjeta junto a la puerta frente a la cual nos encontrábamos—, ¿puedo al menos poner mi verga en su boca? ¡Mira esos labios, Emilio!

—Mira estos dientes —agregué mientras Nunio me hacía entrar. Si Murphy quería poner algo cerca de mi boca, se encontraría con una desagradable sorpresa.

Emilio señaló un deforme sillón de piel que dominaba la vista de la ciudad.

—Siéntate —ordenó con un tono que no me inspiró deseos de discutir.

—¿Puedo ir al baño antes? —pregunté fastidiada por tener que pedir permiso para algo tan elemental.

Emilio sacudió la mano y yo lo interpreté como un sí. Caminé por el corredor de la espléndida habitación en la dirección que él había indicado. Encontré el baño y prácticamente me abalancé hacia él. Era posible que la peor parte de mi vida estuviera por comenzar, pero al menos me evitaría la indignación de orinarme frente a estos bastardos.

Al girarme para cerrar la puerta, en efecto casi mojo mi ropa interior: Murphy estaba en el portal; la luz brillante del baño rebo-

taba en sus extraños ojos y lo hacía parecer un verdadero psicópata. Sonrió con malicia, abriendo la boca para hablar, pero cerré la
puerta de golpe, tan rápido y tan fuerte como pude y puse el seguro.

—¡Perra! —escuché desde el otro lado.

—¡Aléjate! —grité. Llegué al inodoro de un salto, lancé la tapa,
bajé mis pantis con violencia y suspiré por el dichoso alivio que siguió.

Cuando terminé, me lavé las manos con un jabón de olor
penetrante. Me sequé con una toalla costosa, blanca y esponjosa,
y admiré la opulencia de un cuarto diseñado exclusivamente para
asearse y eliminar desperdicios corporales. Un cuarto que parecía
más lujoso que toda mi casa en Villanueva.

Un hombre con el suficiente dinero para gastarlo en cuartos
de hotel como éste no debería echar de menos treinta mil dólares.
Sentí ganas de gritar:

Este. Lo saqué de mi mente en ese momento, porque pensar
en él me haría perder la cabeza tan rápido que no sería capaz de
recuperarla.

*Lo lamento, Este, amor. Te amo tanto. Haré que estos bastardos
paguen por lo que te hicieron. Los haré sufrir.*

Sonreí, mirándome por un instante en el espejo de marcos
dorados que colgaba sobre el lavabo. Sí. Sería una fiel servidora, un
artículo de propiedad, la niña esclava. Aguardaría mi momento.
Mantendría mi tristeza encerrada. Alejaría los recuerdos de mis
seres queridos hacia los rincones más recónditos de mi memoria.

Sería un coño obediente. Y una vez que ganara su confianza, así
se me fuera la vida en ello, encontraría la manera de hacer pagar
a los malnacidos.

7

Mariana

Salí rápido del baño; sabía que si me relajaba mucho tiempo, uno de ellos rompería la puerta para sacarme.

Tuve varias ideas violentas mientras regresaba al área principal de la lujosa habitación. Era tarde: casi todas las luces en las colinas estaban encendidas, lo cual indicaba que mucha gente ya descansaba en sus camas. Yo, por otra parte, trataba de sobrevivir mis primeras horas como propiedad de Emilio. El contraste me erizó la piel. Una parte de mí quería gritar y escapar, abrir la puerta y correr hacia la calle. Buscar un lugar seguro y encerrarme para que nadie me encontrara.

Pero no lo hice. Seguí con la cabeza en alto y me obligué a respirar con calma, a sabiendas de que estos hombres eran como perros: podían oler mi miedo a kilómetros.

Emilio estaba de pie frente a la ventana, la cual también hacía de pared. Aunque tenía las manos en los bolsillos y me daba la espalda, su presencia era abrumadora.

—Come algo —me dijo sin girarse. Supuse que me veía en el reflejo del cristal. Busqué con la mirada y encontré una charola de tamales, empanadas y una botella de salsa.

Siempre comía por estrés. Los traumas me abrían el apetito. Comencé a salivar sólo de caminar «sin interés» hacia la comida, pues lo que realmente quería era abalanzarme sobre ella y ver cuántas piezas podía meterme en la boca de una sola vez.

De un montón de servilletas tomé una para sostener dos tamales y una empanada. Mordí uno de los primeros, envuelto en hoja de plátano, y mis papilas gustativas se encendieron con el delicioso sabor de la masa rellena de pollo y especias. La felicidad absoluta.

Bueno, la felicidad para una chica hambrienta que acababa de venderle su alma al hombre que había matado a su amado y que tenía a su padre en la mira. Felicidad absoluta relativa, supongo.

Jugueteé, sin prestar mucha atención, con el guardapelo en forma de corazón que llevaba al cuello. Pendía de una cadena de oro junto con un crucifijo que mi madre me dio cuando era pequeña, en mi confirmación. Tuve un ataque de pánico cuando pensé en lo que guardaba el medallón… porque de repente se me ocurrió que Emilio no sabía de la existencia de mi hijo.

Luis tenía tres años. Cuando éramos más jóvenes y cogíamos a la menor provocación, Este y yo habíamos sido lo suficientemente estúpidos como para no protegernos. Y, vaya… me embaracé en menos de un mes y tuve un hijo al que llamé Luis, como el difunto padre de Esteban.

Pero no me permitieron quedarme con mi bebé; lo único que tenía eran las fotos y las cartas que cada año me llegaban para informarme sobre él. La fotografía más reciente estaba dentro del guardapelo, y la posibilidad de que Emilio la encontrara y usara a Luis en mi contra me paralizó.

Miré a Emilio. Parecía estar ensimismado y aproveché el momento para abrir el dije y sacar el retrato. Lo arrugué en mi puño, reprendiéndome por no anticipar la situación en el baño, donde podría haberle robado una última mirada a la foto, pero debía ser fuerte; era una buena decisión.

Nunca les contaría de Luis.

Me acerqué con cautela al basurero entre el refrigerador y la pared, tiré la imagen y pateé el contenedor para asegurarme de que la fotografía se fuera al fondo, debajo de las botellas y las servilletas arrugadas que yacían dentro.

Alterada y con un nuevo vacío en el corazón, regresé donde la comida y miré a Emilio. No se había movido en absoluto. *Gracias a Dios por estos pequeños milagros.*

Seguí devorando más empanadas, luego me serví un vaso de agua. Cuando me sentí satisfecha, permanecí frente a la barra de la cocina, haciendo con manos temblorosas diferentes figuras de papel. Una mariposa. Una estrella. Cuando terminé de darle forma a una pistola con dos servilletas, Emilio me observaba con un interés que no trató de ocultar.

—Eres una chica muy peculiar —dijo mientras me observaba con atención—. ¿Quién te enseñó a hacer eso?

Mi novio. Al que ordenaste matar.

Recordé el día en que me enseñó: yo tenía dieciséis años, agonizaba por el interminable parto y las perras entrometidas que se hacían llamar enfermeras se negaban a darme analgésicos. Para darme una lección. Yo ya había aprendido mi lección desde que mi padre dijo que no podría quedarme con el bebé, pero esas perras aun así se dieron el gusto de ver cómo mi pequeño cuerpo se retorcía con las contracciones.

Este sostuvo mi mano mientras yo gritaba, y entre una contracción y otra me enseñó a hacer cientos de figuras con servilletas. Cuando comencé a pujar, ya había aprendido a hacer cisnes, estrellas y todos los animales.

Y armas, porque, después de todo, éramos hijos de mafiosos.

—Mi novio —respondí—. Tus hombres lo asesinaron.

Emilio acercó la pistola de papel hacia sí y la levantó, sus labios retorciéndose ligeramente como si estuviera impresionado con mis armas ociosas.

—¿Sabes cómo me convertí en el hombre más poderoso de la costa oeste? —preguntó mientras colocaba las servilletas dobladas sobre el banco entre los dos—. ¿Cómo les arranqué el poder a mis enemigos para volverme el maldito capo de la cocaína?

—¿Manipulando a los menos poderosos? —aventuré con voz monótona—. ¿Secuestrando a sus hijas?

Ahogó su risa.

—Eres una niña inteligente, aun si crees que la gente vive en hoteles.

Permanecimos quietos por unos momentos, ambos ensimismados. Fue extraño; no me inspiraba el miedo que debería. Me sentía titubeante, sí, pero a pesar de lo repulsivo que me parecía, comprendí. Mi padre lo había decepcionado en una industria donde no puedes decepcionar a tu jefe.

—Y mi padre… —dije como sin interés, inspeccionando el filo de una servilleta— en verdad metió la pata, ¿no?

Emilio asintió; sus ojos oscuros no me permitieron ver si mis preguntas ya lo habían fastidiado.

—¿Por qué detuviste al hombre que me iba a violar? —inquirí, arrepintiéndome al instante por cómo sonaba la pregunta.

Los labios de Emilio se curvaron con entretenimiento.

—¿Querías que te violara, cabroncita?

—¡No! —dije de inmediato—. No, no, no. Sólo tenía curiosidad. ¿Por qué protegerme cuando podrías haberlo dejado? ¿Por qué ser amable conmigo?

Al ver su sonrisa luché contra las ganas de alejarme, pues parecía que mis palabras habían despertado algo en su interior. Ay, mierda. Se estiró sobre el mostrador y me acomodó el cabello detrás de la oreja; dejó la mano ahí por un instante demasiado largo e incómodo.

—No lo dejé violarte porque no le perteneces a él. Me perteneces a mí, cabroncita, y yo te usaré como me plazca. Por lo pronto, te quiero lejos de las manos de todos, limpia y hermosa.

¿Por lo pronto? Sentí un vacío en el estómago sólo de preguntarme lo que esas palabras aparentemente bondadosas podrían significar para un hombre como Emilio Ross.

—¿Qué vas a hacer conmigo? —susurré. Me estremecí con su respuesta.

—Voy a recuperar lo que pueda de mis pérdidas.

No te aseguro que no me rogarás que te mate a final de cuentas.

Ya no podía aparentar ser valiente ni un segundo más. Mis rodillas comenzaron a temblar y tuve que sujetarme del banco para no desplomarme.

—Abre la boca —dijo Emilio; en su mano habían aparecido como por arte de magia un vaso de agua y una pastilla.

Vacilé más de lo permitido, así que me gané una bofetada que me lanzó hacia el otro extremo de la cocina con los oídos zumbando. Azotó el vaso sobre el asiento, mirándome fijamente.

—Pude haberte golpeado con el puño —dijo al tiempo que rodeaba el banco y se agachaba sobre mí—, pero quiero que te veas bonita.

Me apretó la mandíbula para abrirme la boca y dejó caer la pastilla hasta el fondo; luego me la cerró para taparme con sus dedos gruesos tanto la boca como la nariz.

—Trágatela —ordenó. Traté de apartar la cabeza, pero él era fuerte. Sus manos no me dejaron mover ni un milímetro. Tragué. Sentí cómo la píldora me raspaba la garganta y traté de no toser.

—Buena chica —dijo soltándome—. La primera noche siempre es la más pesada.

—¿La primera noche de qué? —pregunté con voz ronca.

Mi mirada de pánico no pasó desapercibida.

—La primera noche del resto de tu vida —respondió mientras me ofrecía una mano—. Ya no eres una estudiante universitaria, cabroncita. No eres la hija de nadie. No eres la noviecita de nadie. Eres la propiedad de alguien. No eres nada. Eres *mía*.

Al poco tiempo daba vueltas y luchaba contra las sábanas tiesas del hotel, atrapada entre el sueño y el terror. La cápsula que Emilio me había dado probablemente era una pastilla para dormir, a juzgar por lo atontada que estaba, pero me negaba a conciliar el sueño en caso de que algún otro pendejo tuviera a bien intentar hacerme algo. La puerta estaba asegurada desde afuera. Un hombre hacía guardia cuando entré al dormitorio, y sin duda ahí seguía, vigilándome. Las ventanas estaban cerca del techo y enrejadas, completamente distintas a las de la estancia, las cuales se habrían quebrado con facilidad para saltar desde ahí.

No había ninguna decoración en el cuarto. Un armario pequeño ocupaba un espacio, vacío a excepción de un tubo del cual probablemente nunca nada había colgado. Las sábanas y el edredón de la cama matrimonial eran blancos. Las almohadas blancas de plumas eran demasiado grandes y rígidas. Las paredes eran beige.

El dormitorio era como una celda de aislamiento, pero menos seguro, porque del otro lado de la puerta yacía algo peligroso.

Mis ojos estaban cerrados y mi cuerpo pesaba de dolor, pero aun así no podía dormir. Era como si me hubiesen encerrado en un cuerpo inmóvil para ver si aprendía a sobrevivir. El somnífero consumía los límites de mi conciencia, ofreciéndome alivio si simplemente me entregaba al sueño negro y profundo, pero no me rendiría. Sabía que el lugar donde me encontraba no era seguro.

Las horas parecían avanzar, pero afuera aún dominaba la oscuridad: alcanzaba a ver una delgada línea de cielo a través de la ventana elevada y fortificada.

Observé con interés el armario y sus puertas abiertas. Sí, pensé. Tomé las sofocantes almohadas y el edredón blanco y me escurrí fuera de la cama, arrastrándome hasta el mueble para encerrarme. Al menos aquí podría escuchar si alguien entraba en la oscuridad. Con una almohada detrás de la cabeza, me acomodé entre acostada y recargada contra la parte trasera del armario y me dejé absorber por el narcotizado y adormecido vacío.

8

Mariana

Tal vez el cuarto era a prueba a escapes, pero definitivamente no era a prueba de sonido. Desperté en la oscuridad, confundida por unos instantes. La negrura a mi alrededor era total; a mis espaldas había un muro y en mis piernas una sábana enredada. Olí sangre vieja y me pregunté si era mía.

¿Estoy muerta? ¿Me enterraron?

Los acontecimientos del día anterior me llegaron de golpe. Me atraganté con un suspiro profundo cuando la imagen del cuerpo sangriento de Este me atacó como una patada en el estómago.

Así, el resto de la noche se precipitó en mi memoria, imparable, incluso mientras mi cerebro drogado trataba de ubicarse. Emilio. El trayecto a casa. El tipo raro del traje. *Ahora me perteneces.*

De no estar tan seca, habría llorado sin consuelo, pero no podía rendirme. Me sentía aprisionada, mi corazón palpitaba con fuerza en mis oídos y mis manos temblaban cada vez que algún sonido lejano entraba por la puerta del armario.

Los autos en las calles bajo la ventana. Sus bocinas resonantes. La sirena de reversa de un camión, ruidosa y obstinante cuando todavía parecía ser muy temprano.

Un golpe en la puerta del dormitorio antes de que ésta se abriera hizo que me levantara con premura. Dentro del armario había una repisa a unos ciento veinte centímetros del suelo, así que golpearme la cabeza no fue difícil.

—Ouch —farfullé, mientras con las manos buscaba sostenerme de algo. Recobré el equilibrio apoyándome en la puerta justo cuando alguien la abría de golpe, y caí sobre la persona que estaba ahí parada.

Murphy sonrió ante mi apariencia desaliñada y mi lastimera guarida.

—Qué mal te ves —dijo. Entrecerré los ojos para barrerlo con la mirada al tiempo que me desembarazaba de él. Ya no llevaba su traje. Se veía fuera de lugar, como un turista de Florida o alguna ciudad tropical, con sus shorts de tweed y su camisa azul brillante con motivos de palmeras. Sus mocasines corrientes y desagradables contrastaban con los finos zapatos de piel que vestía la noche anterior.

—Parece que Hawái te vomitó encima —repliqué, tallándome el sueño de los ojos. Miré hacia abajo, hacia mis pies descalzos; todavía llevaba el vestido negro y la sangre de Este encima.

Murphy dio un paso atrás, su sonrisa aún amplia y extraña, y señaló la puerta.

—Hora de desayunar.

Lo miré con cautela y caminé lo más rápido posible al pasar junto a él para permanecer fuera de su alcance. Prefería enfrentarme a la violencia de Emilio que a este fenómeno de manos escurridizas.

Al llegar a la estancia principal esperaba encontrar un tazón de cereal o incluso algo de comida rápida sobre la pequeña mesa redonda, pero lo que vi hizo que mi estómago se encogiera.

Emilio estaba sentado del otro lado de la mesa tomando café expreso en una taza diminuta mientras leía el periódico. Ahora revisaba la sección bursátil; quise preguntar si podía servirme una taza de café, pero el plato que descansaba en medio de los dos tenía toda mi atención.

—Siéntate —dijo sin retirar los ojos de la lectura.

Me acomodé frente a él tratando de acallar los fuertes gruñidos de mi estómago. Tenía tanta hambre que comería lo que fuera.

Excepto lo que estaba frente a mí.

—Esto es una broma, ¿verdad? —pregunté sin poder ocultar del todo el dejo de terror en mis palabras.

Tragó; sus cejas se movieron con enfado.

—¿Cuándo te di permiso para hablar?

Bajé la mirada para ocultar mi rabia. Lo que en verdad quería hacer era pararme, aventar la mesa y gritar «¡vete a la mierda!», pero sabía que si hacía eso me castigaría. Probablemente dejaría que Murphy me manoseara.

Continué con los ojos clavados en la mesa mientras Emilio retomaba su lectura. Como no hablaba, aventuré un vistazo hacia la botella de aceite de oliva y a lo que se apilaba en el platón junto a ésta.

No me obligaría a hacer eso.

Dobló su periódico con calma, lo colocó sobre la mesa y se tomó lo que quedaba de su café de un trago.

—Muy bien —dijo—. Buenos días, Ana. Espero que hayas dormido bien.

—Como muerta —respondí con énfasis.

—No lo dudo. Te necesitamos fresca y descansada. Hoy será un día largo.

—Se ve fatal —intervino Murphy; casi no logro contener mi enojo—; la van a parar en la aduana si se presenta así.

Ya no jodas, quería decirle, pero mejor me mordí la lengua y lo ignoré.

La aduana. Era justo lo que sospechaba.

—¿Ahora soy una mula de drogas? —le pregunté a Emilio con incredulidad—. Qué rápido. ¿Y si hablo con la policía del aeropuerto?

Emilio contuvo la risa.

—La policía me pertenece —dijo mientras miraba a Murphy y de nuevo a mí. Lo que deduje me alarmó; me giré para ver a Ojos Raros.

—¿Eres policía?

Observó a Emilio sin enfrentarme por primera vez. Supuse que no quería revelarme esa información.

—Murphy es un agente federal aéreo —apuntó Emilio con diversión; entre sus dedos giraba una de las perlas de hule del platón—. Nos ayuda a que nuestro producto vaya del punto A al punto B.

—¿Eres un policía narcotraficante? —le pregunté a Murphy, quien siguió callado.

—Los narcóticos son atractivos en este negocio —comentó Emilio con saña para alargar mi tortura—, pero él se especializa en desplazar *otras* de mis posesiones.

Oh.

—Ya me imagino —dije con aspereza, imaginándome a Murphy abusando de las mujeres que traficaba de un país a otro. Con esta información, mis ganas de apuñalar a todos los presentes se multiplicaron.

—¿Puedo al menos comer algo antes? —pedí, observando las perlas con nerviosismo. Había al menos unas treinta: me lanzaban sus destellos petulantes desde la mesa.

—No —replicó Emilio—. Si comes, tu metabolismo comenzará a funcionar. Nada de comida hasta que estés en suelo estadounidense.

—Si cagas las perlas durante el vuelo —agregó Murphy a mis espaldas— tendrás que enjuagarlas y volver a tragártelas. No querrás eso, ¿o sí?

La piel se me erizó sólo de imaginarlo.

Emilio se rio; me señaló al tiempo que se dirigía a su socio.

—¿Es la hija de Marco y nunca ha sido mula? Eso debe ser un chiste.

Miré las perlas de nuevo: cada una era como del tamaño de mi pulgar y estaba envuelta en plástico. Tal vez nunca había sido contrabandista, pero no era tonta; sabía lo que podía pasar. Además, no me preocupaba tanto cómo entrarían sino cómo saldrían. *Ay.*

—El avión sale en tres horas —dijo Emilio—. Mientras tanto, Murphy, sugiero que le compres a la cabroncita ropa fresca y esa porquería que las mujeres se echan en la cara para las ojeras.

—Corrector —dije—. Se llama corrector.

Murphy salió del apartamento silbando, sin discutir. Pegué un salto cuando la puerta se azotó, y me senté sobre mis manos para mantenerlas quietas.

Fijé la mirada en el plato que tenía delante, en lo que me esperaba. Perlas rellenas de cocaína pura envueltas en plástico.

—¿Qué pasa si una se me revienta adentro? —le pregunté a Emilio, quien estaba organizando documentos y un pasaporte.

—Te mueres —dijo sin interés, como si le hubiera preguntado qué pasaría si lloviera hoy—. Te mueres, me enojo mucho y te abro para sacar el resto de mi coca.

Me estremecí a pesar del calor tan sólo de imaginar mi cuerpo inanimado en una tina, muerto y destripado. Visualicé mi sangre salpicada en las paredes mientras hombres sin rostro forzaban sus manos dentro de mí y extraían bolitas sangrientas de plástico llenas del polvo blanco más puro de Colombia.

—No se reventarán —dijo al tiempo que dejaba de lado los papeles y fijaba en mí sus redondos y brillantes ojos—. Soy un profesional. Envuelvo mi producto correctamente. Sólo explotarán si no las sacas pronto; si tu ácido gástrico las disuelve.

Mi estómago se agitó. Sospeché que justo ahora había muchísimo ácido ahí dentro. Tenía ganas de vomitar y esto aún no comenzaba.

Como si leyera mi mente, Emilio destapó la botella de aceite de oliva y tomó una perla del platón, balanceándola sobre su palma. Echó un chorrito de aceite sobre su mano ahuecada y lo esparció por la bolita hasta que la sustancia resbaladiza la cubrió por completo.

—Abre bien —dijo poniéndose de pie y estirándose sobre la mesa. Tragué saliva, manteniendo la boca apretada con firmeza.

—Violaré a tu madre y mataré a tu padre —dijo con la perla presionando mis labios—. O puedes complacerme tragándote unos cuantos paquetitos.

Una lágrima me quemó el ojo derecho y rápido la hice desaparecer con un parpadeo al tiempo que abría la boca para darle paso a la perla. El olor penetrante del aceite arremetió contra mi nariz y contuve el impulso de alejarme.

—Más grande —exigió Emilio mientras empujaba la pelota por mis labios y mis dientes. Mis ojos se salieron de sus órbitas y mi garganta lanzó protestas cuando su dedo dirigió el objeto hasta la base de mi lengua, empeorando las arcadas.

Me aparté con un solo movimiento violento, atragantándome y con ganas de vomitar al mismo tiempo que trataba de agarrar la perla mientras resbalaba por mi garganta. No pude detenerla —estaba demasiado resbalosa— y finalmente dejé caer la cabeza sobre mis manos temblorosas.

—No puedo —dije jadeando—. Por favor, haré cualquier otra cosa. No escaparé. Me portaré bien.

Las palabras que salían de mi boca eran completamente extrañas a mis oídos; sentí una vergüenza caliente trepar por mi rostro: estaba rogando.

Emilio golpeó la mesa con fuerza, la rodeó y aprisionó mi mandíbula. Gimoteé mientras me estrujaba.

—Mírame —ordenó. Y yo, esclava obediente, hice lo que me pedía. Encontré sus ojos carbonizados y divisé mis peores pesadillas dentro de ellos.

—Ésta es una prueba —dijo apretando mi barbilla—. ¿Crees que te perdería de mi vista sin algún tipo de garantía? Sabré que te quedarás conmigo, cabroncita, cuando tengas el cuerpo lleno de drogas y a un agente federal aéreo a tu lado. No olvides el contrato que firmaste conmigo anoche. ¿Quieres que tu familia muera?

Me soltó, empujándome con agresividad mientras se alejaba. Miré las perlas y me atacó un espasmo de nuevo; esta vez no fue tan violento, pero lo suficiente como para pensar que estaba a punto de vomitar.

Emilio regresó resoplando a su asiento, y era claro que se estaba esforzando por no perder los estribos y molerme a golpes. No porque eso lo hiciera sentir mal, sino porque quería que me viera bonita.

Respiré profundo, relajé los hombros y traté de calmarme.

—Lo lamento —dije con su amenaza contra mis padres en mente—. Lo intentaré de nuevo.

Hizo una mueca con los labios y simplemente señaló el platón con un gesto.

Ladeé la cabeza, con una mano indecisa tomé una perla y con la otra la botella de aceite. Aspiré con fuerza y repetí lo que Emilio había hecho en su palma con el líquido.

Sin darme mucho tiempo para pensarlo, deslicé la pelota tanto como pude por mi garganta y tragué con firmeza.

¡Mierda!

La perla se atoró dolorosamente en mi garganta durante un momento agonizante, y por un segundo pensé que ahí se quedaría. Por suerte, al final descendió, y juro que pude sentir todo su trayecto hasta las profundidades de mi estómago, donde se instaló como un ladrillo en una pecera.

Sonreí, dándome golpecitos en el pecho.

—¡Lo logré!

Me sentía satisfecha, hasta que recordé dónde estaba, con quién y cuántas perlas quedaban en el platón delante de mí.

Ay, Dios.

Emilio parecía disfrutar mi mirada de terror.

—No creo que todas quepan dentro de mí —le dije.

Se rio entre dientes.

—Claro que sí. He metido el doble de eso en niñas de la mitad de tu edad —. *¿La mitad de mi edad?* La imagen de pequeñas de nueve años tragándose estas perlas me encogió el corazón con dolor.

—Te estás esforzando demasiado —dijo—. Es como tomarse una pastilla. O chupar una verga. Estoy seguro de que ya has tenido una verga en la boca.

Estuve a punto de replicar, pero recordé que de hecho había tenido una en la boca justo la noche anterior, en el callejón, antes de que Este y yo pasáramos a otra cosa.

—¿Tú lo has hecho, acaso? —formulé finalmente, con lo que me gané, por debajo de la mesa, una patada en la espinilla que me humedeció los ojos al instante.

—No siempre fui tan rico —dijo—. Fui contrabandista antes de ser capo, niña ruda. Construí este negocio de la nada.

—Tus padres deben estar muy orgullosos —respondí con una mano en mi estómago, el cual gruñía de hambre. *No disuelvas la perla, ácido gástrico, por favor, no disuelvas la perla.*

—Mis padres están muertos —contestó sin una pizca de tristeza—. Los masacró un cártel rival cuando era niño. Mi padre no era tan inteligente como yo. Algo así como tu padre y tú. Somos más parecidos de lo que te imaginas, cabroncita.

—Qué conmovedor —repliqué.

—Deja de perder el tiempo y métete las demás —dijo acercándome el plato—. Nos vamos al aeropuerto en una hora.

Se me cayó el alma al suelo ante la imposible tarea que me esperaba.

No está mintiendo. Matará a toda tu familia si no haces lo que dice.

Puse el plato a mi alcance y continué.

Diecinueve perlas. Una por cada año de mi vida. Eso fue lo que logré tragarme en el transcurso de una hora, antes de que mi estómago se negara a ingerir más. Aún no estaba segura de que las diecinueve lograran llegar hasta abajo, o si seguían estacionadas en lo profundo de mi garganta. Me sentía más llena que nunca; más llena de lo que había estado tras la más abundante cena de buñuelos y ron del Día de las Velitas.

Emilio observó mi rostro con detenimiento mientras me sujetaba el estómago y trataba de no vomitar. En verdad que no quería sentir nauseas: estaba segura de que las perlas no subirían tan fácil como habían bajado, lo cual ya era decir mucho. Aun así, me las imaginaba atorándose, amontonadas en mi garganta, reventando, matándome. No. Definitivamente no quería que eso sucediera.

—Con eso es suficiente —dijo desplazando el plato hacía su lado de la mesa. Me pasó un pasaporte y el montón de documentos que habían ocupado su atención—. Memoriza estos detalles. Hoy viajarás con mi socio. Espero que seas capaz de quedarte callada y actuar con normalidad. Acepta los alimentos que te ofrezcan en el vuelo, pero no comas nada. Bebe sorbos de agua, pero no demasiada. Cuando llegues del otro lado, te llegarán más instrucciones.

Mi cabeza dio vueltas cuando miré la foto en el pasaporte. La chica no se parecía en nada a mí.

—¿Cómo se supone que crean que ésta soy yo? Los oficiales del aeropuerto se reirán en mi cara.

Emilio encogió los hombros.

—Los oficiales me pertenecen. El aeropuerto me pertenece. Todos me pertenecen. Esto es sólo para mantener las apariencias. Se vería raro que simplemente pasaras sin un pasaporte, cabroncita.

Abrí la boca para quejarme. Murphy entró en el momento justo, aventándome una bolsa de plástico llena. Miré dentro de ella y encontré un revoltijo de rojos y negros, de encajes de mal gusto y de poliéster.

Estupendo. Me trajo un disfraz de puta. Esto no pintaba bien.

—Buen trabajo —dijo con un genuino gesto de sorpresa ante el plato casi vacío.

—Es como chupar vergas, ¿no? —le respondí—. Supongo que a ti te vendría muy natural.

Me lanzó una sonrisa retorcida.

—Tú lo dijiste, no yo —dijo riéndose.

Se puso serio de forma inmediata cuando Emilio se aclaró la garganta.

—¿Cuántas, jefe?

—Diecinueve —contestó Emilio—. Una por cada año de su patética vida insignificante. ¿No, cabroncita?

Preferí no responder.

—Muy bien —dijo Murphy mientras se frotaba las manos—. Vámonos de vacaciones, señorita.

Puse los ojos en blanco y se rio.

9

Mariana

La planeación del viaje fue repugnante: más repugnante que el hecho de traer diecinueve perlas cubiertas de plástico llenas de cocaína en el estómago. Según mi pasaporte, yo era María Reyes, esposa de Danny Reyes, también conocido como Murphy. Nos registramos en servicio preferente y no pasé por alto el calor que Murphy acumulaba debajo de su horrenda playera hawaiana. Me mortificaba el atuendo que había elegido para mí: un vestido negro muy entallado que me apretaba en todos los lugares correctos (o incorrectos) con un escote profundo que casi me llegaba al ombligo. Era un poco exagerado. Con todo su encanto me permitió llevar una sudadera con capucha en mi bolsa de mano (también comprada por él, fea y corriente), en la cual me envolví mientras nos lanzábamos al firmamento.

El vuelo fue muy inestable al principio, pues pasamos por las nubes de tormenta tan comunes en los trópicos. Estaba acostumbrada a volar por mis viajes de ida y vuelta a la universidad un par de veces al año, pero de cualquier modo lo odiaba. Odiaba no tener el control. Esta vez, no obstante, levanté la persiana y miré los abruptos destellos que relampagueaban entre las nubes, pensando que aquí estaba más segura de lo que estaría cuando aterrizáramos. Después de que el piloto consiguió evitar las nubes, nos estabilizamos y las azafatas comenzaron a deslizar los carritos de comida por ambos pasillos.

—No, gracias —dije a regañadientes cuando la sobrecargo trató de darme una bandeja. Dado que estaba distraía continuó tendiéndola frente a mi rostro, así que la aparté de enfrente, devolviéndosela—. No tengo hambre —dije más alto esta vez.

La azafata parecía ofendida, y estaba a punto de retirar la bandeja envuelta en papel aluminio cuando una mano se atravesó y la agarró.

—Está cuidando su figura —le dijo Murphy a la azafata, cautivándola con su sonrisa falsa y su voz empalagosa—. No dejo de decirle que es hermosa tal y como está, pero continúa insistiendo con estas tontas dietas. —Meneó la cabeza para dar más efecto a sus palabras y tomó la bandeja de las manos de la aeromoza.

Ella siguió su camino y de repente una mano me tomó por la nuca.

Traté de zafarme, pero Murphy era sorprendentemente fuerte. Con su otra mano desató la mesita plegable y la dejó caer sobre mi regazo, poniendo la comida frente a mí.

Retrocedí cuando acercó su boca a mi oreja.

—Quítale el aluminio —dijo mientras sus uñas se enterraban en la delicada piel de mi cuello—. Juega un poco con la comida, métete un bocado a la boca y escúpelo en la servilleta.

Tiró de mi cuello para forzarme a verlo a los ojos.

—No —respondí. Sabía que tenía que hacer lo que me pedía, pero siempre he sido una chica terca e impulsiva que odia recibir órdenes. Eso era lo único que me quedaba: una pequeña oportunidad para desafiarlo, a él o a quien fuera, lo cual no era mucho dada la situación en la que yo ya no tenía control sobre nada.

Apretó los dientes.

—Sí sabes que los agentes aéreos siempre están armados, ¿no, Ana? —me amenazó.

Clavé los ojos en la pantalla de enfrente para parecer indiferente.

—Ve a meterte tu pistola por el culo —bufé.

Se irguió en su asiento, tan lejos de mí como pudo, lo cual no era mucho dados los reducidos espacios de la clase turista.

—Con que no me tienes miedo.

Por supuesto que te tengo miedo. Podía sentir su mirada quemándome el costado de la cara mientras yo apartaba mi comida a un lado.

—No —dije desafiante.

Murphy levantó la comida de la mesita y la sostuvo.

—Deberías ir al baño mientras aún puedas —dijo de manera enfática.

Estaba confundida.

—Emilio dijo…

—Es un vuelo de nueve horas —interrumpió Murphy con voz queda—. Sería muy extraño si alguien nota que no has ido al baño ni una vez durante todo el viaje.

Ésa era mi oportunidad para estar sola por unos momentos; aseguré la bandeja plegable. Murphy se encogió hacia un lado para dejarme pasar. Me deslicé junto a él tratando de no hacer más contacto del necesario. Le había dicho que no me inspiraba miedo, pero en realidad estaba aterrada.

Se lo oculté con éxito. Siempre fui buena para fingir.

Creo que lo saqué de mi madre.

Me apresuré por el pasillo sin mirar atrás. Deseé que Este estuviera aquí conmigo y al instante me embriagaron cientos de imágenes de él. Cada vez era más difícil disimular el terror que sentía, o evitar el inminente colapso que me asechaba. Me dije que sólo en soledad podría echarme a llorar. El baño más cercano estaba desocupado, así que entré cerrando la puerta con un ligero suspiro de alivio. Me miré en el espejo y de inmediato preferí no haberlo hecho: me veía fatal. En lugar de cubrir mis ojeras, Murphy se las había ingeniado para intensificar el cansancio en mi rostro con el corrector. Mis ojos estaban inyectados de sangre y el rímel de mala calidad había aglomerado mis pestañas de manera caótica.

Abrí la llave del agua, tomé un poco en mis manos y la llevé a mi boca. Sorbos pequeños, dijo Emilio. Me permití tragar un poco y escupí con reticencia el resto del líquido en el lavado. Tras erguirme, saqué la lengua. Ya no se veía ni rosa ni lisa; había marcas rojas ulceradas en las esquinas. Desde el momento en que vi a los hombres de Emilio en el callejón había tensado tanto la mandíbula que me sorprendía que mis dientes no estuvieran astillados por tanta presión.

Mi cabeza comenzó a dar vueltas mientras el recuerdo de todo lo que había sucedido ayer me asedió.

Bajé la tapa del inodoro y me senté; estaba disuelta en lágrimas calientes y saladas incluso antes de que mi trasero tocara el asiento. ¿Qué demonios pasaba? En menos de veinticuatro horas había pasado de estudiante universitaria, novia e hija, a contrabandista y rehén a 10 000 metros de altura.

Por primera vez pensé en lo que esto significaría para mi bebé. Mi Luis.

En mi mente, comencé a repasar con los dedos sus perfectos labios de rosa y sus pestañas oscuras mientras me miraba con los ojos de mi madre, de un azul más intenso que el de los míos.

Comencé a sollozar ruidosamente contra mis manos, que trataban de reprimir el sonido de mi boca.

Me sobresalté cuando alguien comenzó a tocar la puerta con fuerza.

—¡Ya no tardo! —le grité a quien estuviera ahí afuera, poniéndome de pie. El sonido continuó con insistencia—. ¡Busca otro baño! —grité.

De repente la puerta se abrió de golpe y el pequeño espacio se llenó de él.

—Imaginé que harías esto —dijo cerrando la puerta a sus espaldas para dejarme atrapada.

Me lancé hacia atrás justo cuando la mano de Murphy tomaba un puñado de mi cabello. Lo dejé jalarme hacía sí ante la posibilidad de perder parte de mi cuero cabelludo en el baño de un avión.

—¡Vete! —protesté a todo volumen.

—No —respondió—. Ya estuviste aquí suficiente tiempo, encanto.

—Voy a gritar —lo amenacé, mirando la puerta detrás de él—. Gritaré tan fuerte que la gente pensará que me estás asesinando. Las azafatas me ayudarán.

—¿Quién crees que me abrió la puerta? —dijo en tono burlón, sus intensos ojos azules desbocados de emoción y enojo—. Soy el maldito agente federal, encanto. ¿Te acuerdas?

—Vete a la mierda —escupí al empujarlo.

Eso lo enfureció. Apretó los dientes, luego me tomó la cabeza y la estrelló contra la pared. El dolor me desorientó tanto que no noté cuando su brazo se enredó sobre mi garganta. Me apretó con fuerza, apenas dejándome un pequeño espacio para aspirar.

El baño comenzó a dar vueltas.

—No puedo respirar —carraspeé, arañándole el brazo. Vi en el espejo su mirada maniática y sentí un hoyo en el estómago. Sus fosas nasales se extendían con cada resoplido; un brazo contra mi cuello; la otra mano jalándome el cabello, obligándome a mirar sus ojos reflejados en el espejo.

—Creo que no entiendes del todo la situación en la que te encuentras —dijo con los dientes apretados. Comencé a ver puntos negros. *No te desmayes.* Si perdía el conocimiento, quién sabe de lo que sería capaz de hacerme. La sola idea de lo que podría hacerme me estremeció—. Yo estoy al mando aquí, ¿entiendes? Si considero que eres un riesgo, te disparo en esa bonita cara antes de que des cualquier explicación. Y todo esto habrá sido en vano. Regresaré a Colombia y mataré a todas las personas que conozcas.

Sus ojos brillaron mientras dijo la última oración:

—Incluyendo a tu hijo.

Ya estaba muy débil para moverme, pero la mención de Luis me condujo a una lucha frenética. Pateé la estructura frente a mí, lanzándonos a los dos contra la pared detrás de Murphy. El impacto fue tal que su apretón se aflojó un poco, lo cual aproveché para torcer la cabeza, abrir la boca y morder con todas mis fuerzas la carne debajo de su muñeca.

—¡Perra! —gritó, arrancándo su brazo. Me giré de un salto y le tiré un puñetazo en la nariz; el crujido y la explosión de sangre fueron satisfactorios. Agradecí la suerte de haberlo golpeado con la mano izquierda, pues el anillo negro de ónix que mi abuela me había dado fue el responsable del daño que le hice en la cara.

Mi mano pulsaba por el impacto. La sacudí, tratando de aliviar un poco el dolor, y me miré los nudillos. La piel se me había levantado y mi índice estaba cubierto de sangre.

Sin que me percatara, una mano se cerró sobre mi rostro, hundiéndome de espaldas en el espejo. La parte trasera de mi cabeza golpeó el cristal con un sonido sordo y algo frío se apretó contra mi frente.

Una pistola.

Traté con torpeza de sujetarme del lavabo detrás de mí al tiempo que observaba, más allá del arma entre mis cejas, los ojos enardecidos de Murphy. Se veía tan mal como yo me sentía, o tal vez peor, limpiándose con el dorso de la mano la nariz ensangrentada mientras me comía con la mirada. Me encogí de miedo, implorando en silencio que retirara el dedo del gatillo.

—No puedes disparar dentro de un avión —susurré con los ojos cerrados. Lágrimas frescas descendieron por mis mejillas y saltaron a mi pecho.

—Sí puedo —murmuró—. Sé en dónde dispararte para que la bala no salga.

Era un agente federal aéreo. Por supuesto que sabía cómo disparar en un avión sin arriesgar la vida de los demás pasajeros al perforar el casco con una bala perdida.

—Abre los ojos —exigió.

Los abrí, pero de inmediato me arrepentí. En su otra mano sostenía la fotografía arrugada de un tierno niño pequeño: la fotografía que había sacado de mi guardapelo y escondido en el basurero.

Expresión vacía. Expresión vacía. Traté de parecer confundida.

—¿Qué es eso? ¿Es un bebé? —Llevé mis ojos hacia su rostro. No me estaba creyendo.

—Sé todo lo que hay que saber sobre ti, Mariana —bufó al tiempo que presionaba el arma contra mi frente con tanta fuerza que di un grito—. Conozco todos tus secretos, cariño, y todas tus mentiras. Luis, ¿cierto?

Sabía su nombre. Si sabía su nombre, sabía todo.

—No —gemí; sentí que mi rostro comenzaba a reflejar pena y terror cuando traté de quitarle la foto. La quitó de mi alcance y sacudió la cabeza.

—Ahora es mía —dijo metiéndosela en un bolsillo.

—No es mi hijo —mentí.

Murphy hizo una mueca.

—Claro que lo es. El pequeño Luis. ¿Crees que no me dediqué a investigarte anoche, después de que te fuiste a dormir, Anita? Tengo acceso a toda la información relativa a ti. Expedientes médicos, documentos de adopción…

¡MIERDA!

Suspiré para mis adentros, estremeciéndome.

—¿Le dijiste a Emilio? —pregunté con una vocecita.

—No. Pero lo haré. A menos que comiences a comportarte, con una mierda.

Ay, Dios.

—¿Qué quieres? —inquirí con una voz que sonó más tranquila que el miedo y la furia que se revolvían en mi interior.

—Nada, todavía. Por lo pronto, sólo haz lo que te digo. Si te digo que vayas al baño, vas al baño. Si te digo que agarres la bandeja de comida, tomas… la… maldita… bandeja. Si te digo que hagas cualquier cosa… —dejó que sus palabras me llegaran por completo, hundiendo el arma cada vez más entre mis ojos—… la haces—. Puso los ojos como platos, obligándome a encogerme.

Asentí y dejé caer los hombros con todo el peso de mi derrota.

—Buena chica —dijo al tiempo que bajaba el arma y me daba palmaditas en la cabeza, como si se tratara de un maldito perro. Me levantó la barbilla para que mis ojos encontraran los suyos—. No negaré que eres valiente; no eres como las demás niñas. Pero en un mundo como éste tendrás que ser más inteligente o alguien te quitará de en medio.

El resto del vuelo me pareció tan largo que comencé a creer que me volvería loca; que probablemente sí me habían disparado en el baño y que ahora estaba en el infierno, y que aquí me quedaría para siempre.

Pero al final, después de una escala en la ciudad de México y de otras cinco horas de terrible turbulencia, llegamos al aeropuerto de San Diego. Durante la mayor parte de ambos vuelos permanecí callada, y sólo respondía cuando Murphy o alguna azafata me preguntaba algo. En mi interior, diecinueve cápsulas llenas de cocaína se revolvían con mi pánico creciente. Murphy lo sabía. Estaba enterado de mi hijo, y utilizaba ese conocimiento en mi contra.

Había encontrado mi talón de Aquiles.

El poder que la fotografía maltratada de mi guardapelo le daba sobre mí implicaba que podía pedirme casi cualquier cosa y yo tendría que obedecer sus órdenes.

En el aeropuerto de San Diego caminamos bajo un letrero que decía «Bienvenidos a los Estados Unidos de América», y mi corazón se encogió dolorosamente al recordar mi conversación con Este la noche anterior, instantes antes de que le dispararan. Había estado tan seguro de que los dos viajaríamos juntos, de que construiríamos una vida lejos de mi padre y del cártel.

Deseé haber muerto a su lado.

Pasé tan lento como pude por la aduana, pero ni siquiera se fijaron en mí. Arrastré los pies cuando atravesamos el estacionamiento, dejando que Murphy se adelantara. Parecía muy seguro de que yo no me escaparía; no se molestó en girarse para verificar que aún estaba detrás de él. Pero finalmente llegamos a un elegante BMW negro, al cual Murphy me ordenó entrar mientras él guardaba el equipaje en el maletero.

—No te preocupes —dijo cuando se sentó al volante. Se puso unas gafas oscuras y me dio un apretón en la pierna—. Me comportaré si tú también lo haces.

No le respondí. En lugar de eso, presioné mi frente contra la ventana y me tragué mi dolor; el lugar de mis sueños se había convertido en el de mis peores pesadillas.

En cuanto llegamos al motel corrí al baño. Comenzaba a sentir retortijones en el estómago, así que me urgía sacar las perlas antes de que se reventaran.

Murphy se rio mientras se acomodaba en un sillón reclinable.

—¿De qué te ríes? —reclamé.

Se encogió de hombros.

—No, de nada.

Estaba a punto de cerrar la puerta del baño cuando pensé en algo. A pesar de mi rubor, me giré para mirar a Murphy, quien ahora tenía una cerveza que sacó de no sé dónde.

—¿No necesito una…?

Levantó las cejas de manera burlona, ladeando la cabeza.

—¿Una…?

Imbécil.

—Un colador, un tazón o algo —dije con los dientes apretados.

Disimuló una risa, dándole un traguito a su Corona.

—Mándalas a las alcantarillas —respondió.

Supongo que me quedé pasmada, porque de repente soltó una carcajada.

—¡La cara que pusiste! —soltó, escupiendo un poco de cerveza al reírse.

Me sentí muy incómoda sin saber cómo reaccionar.

—Tengo diecinueve perlas de cocaína en el estómago, ¿y quieres que las tire por el inodoro? ¡Emilio me mataría! No le veo lo gracioso.

Murphy recobró la suficiente compostura para respirar entre risa y risa.

—Maicena —dijo secándose una lágrima del rostro mientras se mecía en su sillón.

En ese momento mi estómago gruñó.

—¿Maicena? —repetí sin entender.

—Acabas de contrabandear como quince pesos de maicena pura. Podrías venderla y comprarte un taco. —Su expresión parecía sugerir que se consideraba comiquísimo.

Tensé la mandíbula.

—No te creo. Llama a Emilio. Quiero que él me lo diga.

Hizo una mueca con la boca, pero sacó su teléfono y marcó.

—Jefe —dijo—. Estamos en el motel. La niñita no quiere deshacerse de la porquería.

No alcancé a escuchar lo que dijo Emilio, pero Murphy me arrojó el teléfono. Lo atrapé de puro milagro y me lo coloqué en la oreja.

—¿Sí? —dije con voz inexpresiva.

—Te doy permiso de desechar las perlas —dijo Emilio con suavidad—. No es necesario que me las guardes.

La ira se encendió en mi interior y me concentré en no sucumbir al deseo de destruir todo a mi alrededor. Hice un puño con la mano libre y lo apreté con todas mis fuerzas.

—¿Por qué? —logré preguntar.

Por unos segundos no hubo respuesta.

—Era una prueba —dijo—. Felicidades. La pasaste.

10

Mariana

Muchas interminables horas después, cuando las perlas viajaban en algún punto del enorme sistema de alcantarillado de San Diego, comencé a escuchar un zumbido aturdidor.

¿Motocicletas?

Me tragué la papa frita que masticaba y miré a Murphy, quien estaba sentado frente a mí y me observaba con esos extraños ojos azules.

El zumbido se convirtió en un rugido constante que amenazaba con derrumbar la habitación.

No sé cómo adiviné quiénes eran. Tenía sentido.

—Los Hermanos Gitanos —susurré.

Eso llamó la atención de Murphy.

—Así que has escuchado sobre ellos.

Lo miré con furia.

—Desde luego. —Si conocías al cártel Il Sangue, era casi imposible no saber también acerca del club de motociclistas Hermanos Gitanos. Los dos iban de la mano. Como las nubes y la lluvia.

Como la sangre y la muerte.

La sonrisa de Murphy se expandió cuando notó mi expresión de terror. Tomó un último trago de cerveza y la azotó sobre la mesa frente a mí, sin dejar de sostenerme la mirada.

—Yo habría sido mucho más gentil contigo que ellos. —Se encogió de hombros—. Te harán pedazos.

El zumbido colectivo alcanzó su punto más alto. Levanté la cortina y me asomé al patético estacionamiento; el corazón comenzó a golpearme el pecho ante la imagen de unos quince motociclistas acercándose y descendiendo de sus Harley Davidson. Claramente ésta era una visita de negocios por cómo la mayoría permaneció cerca de sus motos mientras sólo unos cuantos, los que iban a la cabeza, se acercaban a nuestra habitación.

Parecían violentos, pero yo me había criado entre violencia.

No, se veían aterradores.

A pesar de que las motocicletas estaban calladas, el zumbido aún resonaba en mi cabeza. Mi garganta cedió al pánico y se paralizó. *Sólo respira*, me dije. *Respira*.

Tres golpes sonoros en la puerta del cuarto me hicieron brincar del susto. Hasta ese momento había logrado conservar cierta calma, pero ahora, con la amenaza de este infierno detrás de la pared, me desmoronaba.

Solté la cortina y me giré a tiempo para ver a Murphy abrir la puerta. Tres hombres con trajes de cuero y cascos abatibles entraron como si fueran los dueños del lugar. Mierda, probablemente sí lo eran. Llevaban unos parches idénticos en sus chalecos de piel, triángulos alagados de puntas redondas hechos con hilos negros y blancos. Observé uno de los parches con nerviosismo, registrando en mi memoria las alas que enmarcaban una espada, la banda en la parte inferior con las palabras «Hermanos Gitanos» bordadas en mayúsculas.

El que claramente era el líder —el que tenía el parche rojo brillante y negro que decía «vp» debajo de Hermanos Gitanos— golpeó a Murphy con el hombro al pasar. Murphy apretó los dientes y se hizo a un lado. Sonreí un poco sin pensar en mi propio temor al comprender que Murphy se estaba cagando de miedo por estos tipos. Me pregunté si tal vez ya lo habían hecho pedazos a él en algún momento, y si su advertencia era por experiencia.

El VP era tan aterrador como atractivo. Aparentaba unos treinta, tal vez un poco más, y las discretas líneas alrededor de sus ojos, junto con los sutiles tonos grises que le salpicaban el cabello sobre la frente, aumentaban su encanto. Parecía que no se había afeitado en unos tres días —portaba su barba incipiente con orgullo—; sus ojos color café intenso eran tan oscuros que se confundían con el negro de sus pupilas. VP... ¿vicepresidente? La manera en que se movía me hizo preguntarme quién podría presidir sobre alguien como él. Probablemente lo contemplé durante demasiado tiempo. Nuestros ojos se conectaron por un instante cuando se volvió para observarme; la fuerza de su mirada sacudió mis sentidos. Sus labios gruesos y sensuales se estiraron hacia arriba divertidos.

—Dijiste que era una gritona —le dijo a Murphy sin dejar de mirarme—, pero me parece más bien una loca. —Su voz era como grava. Era tan profunda que cada una de sus palabras resonó en mi pecho. Era un sonido ronco que podría tanto aterrorizarme como tranquilizarme.

Me pregunté cuál sería el caso.

Mi sonrisilla se convirtió en una expresión de escarnio cuando me volví hacia Murphy.

—¿Una gritona?

—Más bien gime mucho —devolvió Murphy con rigidez, como un bicho raro tratando de encajar con la gente popular.

—Lástima que nunca te constará —le dije con saña. Me lanzó una mirada amenazadora con sus ojos horrendos y la piel se me erizó.

—Cierra el hocico —respondió, pero el motociclista frente a mí parecía absorto con lo que yo decía. Su boca se curvó igual que antes, y se frotó la barba con los dedos.

—¿Cómo te llamas, encanto? —preguntó con una sonrisa lobuna.

Me resistí al extraño impulso de sonreír con él. *Que sonría no significa que sea una persona agradable.*

—Vete a la mierda —contesté sin rendirme a la sonrisa. *Vete a la mierda* parecía ser mi respuesta estándar cuando algún hombre desconocido me acorralaba.

—Bah —dijo, mientras algo que no pude descifrar se encendía en sus ojos. ¿Enojo? ¿Emoción? Fuera lo que fuese, me recorrió toda la espina dorsal al tiempo que me aterraba—. Entiendo que estés asustada —continuó, señalando a Murphy con el pulgar—: a mí tampoco me gustaría pasar más tiempo del necesario con él.

Le dediqué a Murphy una sonrisa llena de desprecio y, sorprendentemente, él también sonrió.

—Ay, cariño —dijo con una sacudida de la cabeza—. Buena suerte —caminó hacia la puerta y recogió su bolsa de lona en el trayecto—. La vas a necesitar.

—Espera —dijo el VP refiriéndose a Murphy pero sin quitarme los ojos de encima.

Murphy se quedó tieso en la puerta, con los ojos clavados en su auto.

—¿La tocaste?

Murphy ahogó una risa.

—Claro. Un poco. Pero no probé la mercancía, si a eso te refieres.

Bajé la mirada para ver el puño apretado del motorista.

—¿Te lastimó? —preguntó con una mirada tan intensa que los vellos de mi nuca se levantaron.

Negué con la cabeza lentamente, sin poder pronunciar una palabra bajo el escrutinio de sus ojos oscuros.

—Lárgate de aquí —le dijo a Murphy, quien ya se estaba encerrando en su auto antes de que alguien pudiera detenerlo de nuevo. Pendejo.

—Ustedes dos, espérennos afuera.

Sin dudarlo un segundo, los otros dos motociclistas se abrieron camino hacia el exterior, azotando la puerta a su paso.

Y entonces sólo quedábamos el VP, para quien yo parecía una loca, y yo.

—Me llamo Dornan —dijo.

¿Dornan? La sangre se me congeló al comprender quién era. Dornan Ross. Nunca lo había visto, pero los rumores entre las familias de los socios de mi padre hablaban de una crueldad y una violencia, si no peores, al menos igual de asesinas que las de Emilio.

—¿Dornan el hijo de Emilio? —pregunté con la esperanza de estar equivocada.

Asintió con énfasis. Estupendo.

—¿No te parece que este enorme comité de bienvenida es demasiado para una niñita, Dornan? —continué, ojeando al grupo de motoristas por la ventana. Realmente quería cambiar el tema antes de que él preguntara mi nombre. Antes de que me preguntara cualquier cosa sobre mí. Dada su amabilidad, tenía miedo de contarle todos mis secretos incluso antes de que me preguntara cualquier cosa—. ¿Tienen miedo de que intente hacer algo?

Rompió el contacto con mis ojos sólo para fijarse en mi cuerpo. Sus ojos me hicieron sentirme desnuda en cada lugar que repasaban.

—¿Tú tienes miedo de intentar hacer algo? —preguntó. Aún se veía entretenido. Debajo de mi fascinación latente por él, sentí una vaga irritación frente a su actitud desinteresada. Yo no era más que un objeto, por dios. Me hablaba como si estuviera coqueteándome en un bar y ofreciéndose a comprarme un daiquiri de fresa.

—¿Haces esto con frecuencia? —pregunté de manera abrupta.

Se acercó más; yo di un paso hacia atrás. Nuestros movimientos fueron casi simultáneos: parecía que bailábamos algún tipo de vals macabro.

Se rio por nuestras reacciones coordinadas.

—Depende —respondió— de a qué te refieras con *esto*.

—A recoger a las niñas bonitas que te manda tu papi —repliqué.

Algo se deslizó por su rostro y se detuvo, tras un instante, en sus ojos. Algo rígido. Y entonces, cuando parpadeé, desapareció.

—Claro —dijo con una voz que de alguna forma sonaba distinta. Más reservada, más cautelosa. Demonios. Logré apartar a la única persona que me había mostrado un poco de simpatía. Como de costumbre, se me estaba yendo la boca sin pensar lo que decía.

—Aunque nunca a una tan bonita como tú —agregó. Mi barriga dio un brinco con sus palabras. *Quiero que te veas bonita.* Las palabras de su padre comenzaron a acosarme.

Permaneció callado por un segundo. Y luego:

—No escuché tu nombre.

Consideré mis posibilidades de inmediato pero concluí que, de cualquier manera, en cuanto hablara con su padre se enteraría.

—Mariana —dije con voz queda—. Pero todos me dicen Ana.

—Ana —repitió con una sonrisa—. Bienvenida a Estados Unidos, tierra de los libres y hogar de los valientes.

—¿En serio? —pregunté dudosa—. ¿Le estás diciendo eso a la chica que tu padre tiene esclavizada?

—Por lo pronto —respondió.

—Por lo pronto, ¿qué? —inquirí confundida—. ¿Dirás cosas más extrañas más adelante?

Su sonrisa era irritante y provocativa al mismo tiempo.

—Por lo pronto le perteneces a mi padre. Pero él no está aquí —dijo, indicando el cuarto del motel con manos extendidas—. Sólo estamos tú y yo. Y me *agradas*. Tienes un carácter enérgico. Supongo que te conservaré.

Tragué saliva pensando en lo que eso podría significar.

Afuera, los motoristas comenzaban a inquietarse. Hacía mucho calor y podía ver el sudor resplandeciente en la frente y las mejillas de Dornan.

—Directo a casa, chicos —ordenó mientras hacía remolinos con el dedo índice en el aire. A los pocos segundos, el ambiente se llenó con el ruido ensordecedor de casi veinte Harley que aceleraban por el camino.

Dornan me dio un casco negro y me lo coloqué en la cabeza sin discutir. Era extraño pero, de alguna forma, me sentía tan aliviada de ya no estar con Murphy y lejos de Emilio, tanto que estaba dispuesta a hacer todo lo que Dornan me pidiera. Lo cual no tenía ningún sentido dada la reputación que lo precedía. Era un cruel hijo de puta, el peor de todos, y muy despiadado. Había escuchado historias sobre las cosas que hacía, sobre cómo mataba gente. Su marca distintiva era la decapitación: les cortaba la cabeza a las personas que lo encabronaban y luego se las enviaba a quienes necesitaran algún mensaje.

Esperaba no hacerlo enojar.

El interior del casco estaba oscurecido, así que traté de levantar el visor.

—Déjalo abajo —indicó sujetándome la muñeca mientras el mundo se consumía en tinieblas—. Si tratas de levantarlo mientras viajamos, me orillaré y te golpearé hasta que los ojos se te cierren de dolor. ¿Entiendes?

Asentí, con lo que el casco golpeó de un lado a otro sobre mi pequeña cabeza y él me soltó.

—Agárrese, señorita —ordenó, dirigiéndome a la parte trasera de su motocicleta—. Nos movemos muy rápido.

Una emoción nerviosa me recorrió de pies a cabeza cuando se colocó de espaldas delante de mí y llevó sus dedos hacia la parte trasera de mis rodillas. Lancé un aullido cuando me jaló para calzarme con firmeza contra su espalda cubierta de cuero.

Me había dicho la verdad. Cuando la última moto estaba saliendo del estacionamiento los alcanzamos; el zumbido era tal que sentía que los dientes se me caerían.

Me aferré al hombre frente a mí tan fuerte como pude, con ganas de llorar mientras enterraba mis uñas en sus duros abdominales.

No sabía si me dirigía a mi propia muerte, pero una parte de mí ya estaba muriendo al mismo tiempo que el viento sacudía mi cabello suelto y me congelaba el cuello.

Supongo que te conservaré.

Sus palabras me rasgaban el alma mientras yo les daba vueltas en mi mente.

11

Dornan

Era bonita, pero ya había visto a otras tantas. Dornan Ross, vicepresidente del club de motociclistas Hermanos Gitanos, había visto a cientos de chicas bonitas, destrozadas y abusadas, por lo general, por alguien más, pero ocasionalmente por él mismo. En cuanto la pequeña descarada abrió la boca, su verga se crispó dentro de sus pantalones tan sólo de pensar en todas las cosas deplorables que podría hacerle. Tenía una cierta actitud, y valor, y algo más que no lograba descifrar.

Es una superviviente. La frase se instaló en su mente. No era como las demás chicas que normalmente tenían en estas circunstancias.

Las mujeres en el mundo de los Hermanos Gitanos estaban divididas en tres grupos claros: ancianas, que eran las esposas o parejas de los motoristas y no debían tocarse. Por lo general, no se les permitía el acceso al club, pero de vez en cuando lograban convencer a alguien para entrar. También estaban las chicas de compañía, que usualmente eran jóvenes y estúpidas y te permitirían meterla por donde quisieras. Dornan tenía sus favoritas, a las que usaba y abusaba, y él no sentía ni un ápice de culpa porque ellas decidían quedarse. Todas recibían algo a cambio: drogas, protección, la adrenalina del peligro. A veces abandonaban el club y, en otras ocasiones, si alguien se enteraba de que habían difundido información privada —vaya, incluso si sólo habían visto cualquier cosa potencialmente incriminatoria— las llevaban a la azotea de las instalaciones y las despachaban con una bala. Rápido, eficiente y, con más frecuencia de lo esperado, nadie las reportaba desaparecidas; nadie las echaba de menos.

Sí, eran prácticas muy desalentadoras, pero las inteligentes permanecían con vida porque sabían las consecuencias de cruzar ciertos límites.

Lo cual hizo que Dornan prestara atención al tercer grupo de mujeres que frecuentaban las instalaciones del club.

Las transeúntes. Las que no pertenecían ahí. Las que lo ponían un poco incómodo… con las que su padre insistía en traficar.

Las esclavas.

Trata de personas era un término más agradable que lo que hacían con esas chicas, aunque no mucho más. Las niñas solían estar ahí de paso, en alguna camioneta o bote o automóvil lleno que debía ir del punto A al punto B; generalmente, se trataba de adolescentes de otro estado o, con menos frecuencia, de fuera del país. A veces le rogaban que las ayudara y el corazón se le partía cada vez que debía hacer la vista gorda a lo que su padre hacía.

Pero aun así lo hacía, y eso lo convertía en un pendejo. Lo aceptaba. Era parte de quien era.

A John Portland eso no le gustaba. Era el mejor amigo de Dornan y el presidente de los Hermanos Gitanos, y aborrecía la práctica de raptar a estas muchachas para obligarlas a adoptar una vida de prostitución y contrabando de drogas. Siempre sentía el maldito impulso de rescatarlas a todas. Dornan tenía que recordarle con frecuencia que su papel como presidente era en gran medida sintético: él no estaba al mando.

No siempre había sido así. Antes el club sólo era eso: un club. No una pandilla. No era crimen organizado. Sólo viajaban, libres, acampaban y dormían bajo las estrellas. Ambos habían abandonado la escuela para salir a ver el mundo, montados en sus Triumphs por todo el país, a lo largo de la Ruta 66 y más allá.

John sugirió el nombre Hermanos Gitanos. En broma lanzaron una moneda y declararon al ganador presidente, al perdedor vicepresidente. John eligió cara y la moneda cayó cara arriba. Se hicieron cortes en las palmas de las manos con una navaja y cerraron el trato con sangre. Hermanos de Sangre. Hermanos Gitanos que recorrían los caminos y se cubrían las espaldas.

Y después, todo se fue a la mierda. Volvieron a casa, a Los Ángeles, para encontrar a la novia de Dornan, Lucy, embarazada de él; a la hermana menor de John en espera de un tratamiento de cáncer que él no podía pagar; y al padre mafioso de Dornan finalmente determinado a hacer algo con su hijo obstinado.

Todo era un completo desmadre. La hermana de John ni siquiera había cumplido los dieciocho, pero ya estaba cundida en cáncer. Carcomiéndose y sin seguro, lo cual significaba una sola cosa: John necesitaba dinero, mucho dinero, y de inmediato.

La solución pareció muy clara al momento. Un viaje, un intercambio sencillo. Drogas a cambio de dinero. Pero una vez que estuvieron bajo la influencia de Emilio, la situación se repitió una y otra vez. El club de los Hermanos Gitanos se expandió para poder lidiar con todo el trabajo que Emilio les encomendaba. Dornan decía que era su obligación familiar, pero en realidad sabía que no podía discutir. Su padre era un asesino frío, un mafioso de la Italia tradicional, y Dornan siempre había sabido que algún día la oscuridad lo reclamaría; había sentido esa conocida violencia moverse bajo su piel en más de una ocasión.

Lo que no previó fue que su mejor amigo terminaría con tanta sangre inocente en las manos como él.

Lucy diseñó los parches de los Hermanos Gitanos y los chalecos de cuero que John y Dornan llevaban con orgullo. A Lucy le encantaba coser, especialmente cuando llegó a los ocho meses de embarazo y no podía moverse. Eso desquiciaba a Dornan: cada vez que caminaba descalzo por la casa algún mandito alfiler se asomaba por la alfombra para incrustársele en la planta. Eso era antes de que todo se fuera a la mierda. Cuando las cosas se salieron de control y ella comenzó a lavar sangre y sesos de la ropa de su esposo casi a diario, dejó de coser.

Había comenzado de la manera más sencilla e inocente; dos amigos bebiendo cerveza junto a una fogata, divirtiéndose y hablando sobre lo que esperaban de sus vidas. Todo había sido bueno entonces. Simple. Divertido.

Y ahora… ahora, los Hermanos Gitanos comerciaban con los pecados más siniestros. Robaban vidas y les daban fin, y lo hacían con una condenada eficacia. A veces, Dornan se preguntaba cómo habrían sido las cosas si simplemente hubiera seguido viajando, si nunca hubiera vuelto a casa, si nunca hubiera aceptado la oferta de su padre de entregarle sus almas a cambio del dinero para ayudar a la hermana de John.

Lo peor de todo fue que aun así murió.

Ella murió y Lucy se divorció de él después de dos hijos y un romance. Por lo tanto, Dornan pensaba muy poco en los días de antaño. Casi no pensaba en cómo John y él habían vendido sus vidas porque, a final de cuentas, todo había sido en vano.

No era muy difícil viajar con una erección intensa… a menos que la razón de esa erección estuviera sentada detrás de ti, con su delicioso calor contra tu espalda y con las piernas colgando a ambos costados de la moto.

Dornan supuso que algún tipo de ángel guardián lo acompañó en el trayecto desde San Diego, porque su cerebro ya no funcionaba bien por la falta de sangre; toda se iba a su entrepierna, peligrosamente cerca de las pequeñas manos de la chica que se aferraban a él. En algún punto, cuando llegaron a la carretera y desplegaron las motocicletas, ella se sujetó con tanta fuerza que sus uñas atravesaron su prenda de piel y su playera, y se enterraron en la piel firme de su torso. Pero él no dijo nada.

Cuando llegaron a Tijuana, los chicos se separaron en varios grupos pequeños para no llamar la atención. Las luces brillantes del cruce fronterizo entre México y Estados Unidos en San Ysidro indicaban que ya casi llegaban a su destino, y Dornan estaba agradecido al respecto. Amaba montar su motocicleta, pero había cosas que hacer para solucionar el problema de la escasez de coca, además de que su verga no parecía querer calmarse.

Forzó el motor y tomó la curva que conducía al camino que desembocaba en el terreno de su padre, y estiró una mano hacia atrás para acercar hacia sí a la chica, con lo que el corazón de ella quedó muy apretado contra su propia espalda. Creyó sentir que jadeaba, y eso sólo lo excitó aún más.

Según lo que su padre había dicho, la muchacha se quedaría con ellos por un muy largo tiempo.

12

Mariana

El trayecto fue horrendo. Con ninguna referencia de tiempo o algo que indicara cuánto nos faltaba, no podía hacer nada más que agarrarme bien de Dornan o soltarme y dejar que el asfalto me destrozara en la estela de las motocicletas. Lo peor era no ver nada, además de que me mareé y era imposible devolver el estómago a través de las estrechas aberturas del casco. Supuse que no se detendrían en caso de que necesitara limpiarme el vómito, así que apreté la quijada y me tragué las náuseas durante lo que a mí me parecieron horas.

Y entonces, finalmente, las motos aminoraron el paso y se detuvieron. Dornan me dio unos golpecitos en la mano y alguien más me tomó por debajo de los hombros y me alejó de mi asiento. Al ponerme de pie, mis piernas amenazaron con derretirse, así que me apoyé de la motocicleta con un brazo tembloroso. Estaba adolorida, cansada, y lo único que había comido tras mi llegada a Estados Unidos —una grasienta hamburguesa con papas— seguía en mi estómago queriendo regresar por donde había entrado.

Me urgía levantar el visor del casco, pero ni lo toqué. Una cierta frescura se posó en mi piel e imaginé que la tarde comenzaba a descender donde nos encontrábamos.

—Vamos —dijo Dornan, tomándome de la muñeca y guiándome por unas escaleras que ascendían, supuse, hacia algún tipo de edificio, y luego por unas que bajaban. Mi estómago se contrajo con nerviosismo al pensar hacia dónde nos dirigíamos y qué pasaría ahí.

¿Qué les pasaba a las niñas esclavas, a todo esto?

¿Me golpearía? ¿Me violaría? El shock que me causó la muerte de Este y todo lo que le había seguido aún permanecía en mi subconsciente y me hacía actuar de una forma extraña y distanciada que me era completamente ajena. Yo era, por lo general, enérgica, determinada y desafiante, no una chica dócil y callada que se dejara conducir a ciegas hacia páramos infernales.

Este. Necesitaba llorar por él, desatar mi furia con los puños, estrellar mis nudillos contra las paredes hasta que sangraran. Quería romper algo o a alguien. Quería lastimar a mi padre. Pero él no estaba aquí, así que tal vez podría lastimar a Dornan en su lugar. Una puerta se azotó y finalmente me quitaron el casco.

—No me dijiste que me traerías a un hotel de lujo —dije arrastrando las sílabas, observando el pequeño cuarto a mi alrededor. Dornan dejó la maleta que Murphy había comprado y llenado con ropa de mi talla en el suelo. Supuse que alguna de las otras motos la había transportado.

—Necesito orinar —dijo, al darme la espalda y disponerse a salir de la habitación.

—De acuerdo —respondí tratando de cubrirme los ojos del foco desnudo que colgaba del techo—. Gracias por el exceso de información.

Se rio con una mano sobre el pomo.

—Espera —pedí con una voz más desesperada de lo que me hubiera gustado.

Se detuvo pero no se giró.

—¿Vas… vas a regresar?

No quería estar con él, pero tampoco tenía ganas de permanecer sola. Además, imaginé que me quedaría aquí por mucho tiempo, así que me convenía empezar con el pie derecho mi relación con Dornan antes de que Murphy reapareciera o que Emilio decidiera que lo mejor era matarme.

Había algo en Dornan, algo distinto. Le tenía miedo, pero no del mismo modo en que le temía a Emilio o a Murphy. Era un miedo diferente.

Qué estúpida fui. Debí haber estado más aterrada de él, porque al final sería él quien me destruyera.

Pero era estúpida, y tonta, y estaba afligida. No quería estar sola.

—¿Quieres que regrese? —preguntó.

Sí quería, pero ¿por qué? ¿Porque me agradaba? No. Lo odiaba a él y todo lo que representaba.

Pero tenía miedo. De la oscuridad. Del silencio. De la posibilidad de que, cuando se fuera y azotara la puerta detrás de él, me olvidara para dejarme rasguñando las paredes durante días, semanas y meses hasta que mi garganta se agotara de gritar y me rindiera a la muerte. ¿Qué tal si simplemente me dejaban aquí a mi suerte?

—Sí —susurré.

Dejó caer la mano que tomaba el pomo y se giró despacio, enfocándose en mis ojos con lo que podría describirse como una mirada predatoria. Ya tenía algo que le daba poder sobre mí, incluso si sólo se trataba de mi insignificante miedo a estar sola, y él lo sabía. Recorrió sus ojos hacia mi pecho, mi cintura y hasta mis pies, antes de repetir el mismo trayecto hacia arriba.

Seguí clavada al suelo mientras sacaba una cajetilla de Marlboros de su bolsillo y prendía uno; la chupada fue claramente satisfactoria. Dio dos pasos, recortando la distancia entre ambos mientras me ofrecía el cigarrillo y me echaba humo en la cara.

Sonrió; el cigarro giraba entre los dos dedos que lo sujetaban frente a mi cara.

—¿Sabes? —dijo de forma artera—, no estoy aquí para salvarte, Ana.

La aflicción me contrajo el pecho; acepté lo que me ofrecía y mi piel ardió al contacto con la suya. *Nadie puede salvarme ahora.*

Con el cigarro en mis labios di una larga y firme chupada, y le eché el humo de vuelta a la cara.

—No te preocupes, papacito —respondí al tiempo que tiraba la ceniza al suelo con una extraña e inesperada sensación que me sacudió la espina dorsal—. No estoy aquí para que me rescaten.

Tomó de nuevo el cigarrillo, sonriéndome en la oscuridad.

13

Dornan

No le importaba estar casado o que ella fuera su prisionera. Cuando se puso su cigarro entre los labios e inhaló, Dornan se contuvo con todas su fuerzas para no atraparla contra la pared y arrancarle el humo de la boca mientras la devoraba. En vez de eso, se conformó con estudiar cada centímetro de su cuerpo con ojos voraces al tiempo que ella le hablaba con ese acentito sexy y lo contemplaba entre un delicado parpadeo y otro.

Y ella le había pedido que regresara. Su verga prácticamente trataba de salírsele de los pantalones y metérsele a ella, así que se mordió el interior de la mejilla para distraerse.

Se sorprendió imaginando situaciones que alargaran el viaje de negocios de su padre en Bogotá, maneras de quedarse con esta chica por unos cuantos días en vez de sólo por unas horas más. Quería tocarla. Quería recorrer sus manos por esos brazos morenos que se habían abrazado a su cuerpo las últimas cuatro horas, y quería sentir con las yemas de los dedos esos labios de rosa que hacían la diferencia entre una chica bonita y una hermosa.

Hermosa. Se dio cuenta de que hacía mucho tiempo que no consideraba a una mujer hermosa. Había visto a muchas chicas bonitas, a muchas mujeres sensuales. Pero las mujeres realmente hermosas eran escasas en su mundo, el cual era demasiado violento, dema-

siado sangriento y demasiado masoquista para permitirles sobrevivir; sabían que les convenía más alejarse.

Pero ella se le había ofrecido a su padre, una prisionera voluntaria,
a cambio de la seguridad de sus padres y hermanos. Eso lo sorprendió. Lo intrigaba en demasía. Dornan respetaba a su padre, pero si
alguien dispuesto a quitar a Emilio del camino se le acercaba, probablemente el propio Dornan pondría las balas en la pistola y se la
ofrecería.

Sí, tenía sus problemas. ¿Pero acaso no todos los tienen? Se percató de la mirada agobiada en los ojos de esta niña y se dio cuenta
de que no era intencional. Ella tenía la impresión de ser altanera,
arrogante, y en general eso era lo que transmitía. Pero había algo
más en su mirada, en esos grandes ojos rasgados que le rogaban
que se quedara con ella.

Tristeza. Sabiduría. Tenía más de diecinueve años, mucho más.
Se preguntó acerca de las cosas que habría visto y que la hicieron
como era, y se prometió quedarse cerca de ella hasta saber todos
sus valiosos secretos.

¿Pero por lo pronto? Por lo pronto orinaría antes de explotar. Después tomaría una larga ducha caliente y se masturbaría.
Cerraría los ojos e imaginaría que eran sus labios rosas los que se
cerraban alrededor de su verga mientras se satisfacía. Necesitaba
sacarla de su maldita cabeza durante dos minutos para poder concentrarse en el trabajo.

Y el trabajo estaba particularmente necesitado de atención hoy.
El padre de Ana había perdido un montón de cocaína a manos
de la agencia antidrogas, y la siempre abastecida red de Emilio
necesitaba un producto que no poseía. El comercio de coca que
sostenía todo lo que Emilio y Dornan hacían era una bestia, y la
bestia exigía alimento.

A pesar de la petición de Ana, no volvió a la habitación de inmediato después de usar el baño al final del pasillo. En lugar de eso se
detuvo frente a la puerta, asomándose por la mirilla que mostraba
una imagen distorsionada del cuarto. Sí, era un maldito perver-

tido. No le importaba. Ella era una mujer adulta y le había pedido que regresara.

Caminaba de un lado a otro, probablemente esperando que regresara. Aguantó un rato con paciencia, ignorando el hambre después de todo un día en la carretera. Cuando subiera se dedicaría a gritarle por el teléfono al resto de los muchachos para que trataran de recuperar un poco de producto de las calles, así que se tomó su tiempo, y observó a la niña pasearse por el cuarto diminuto.

Tres pasos, vuelta, tres pasos. Repitió esto una y otra vez, y él por un momento se imaginó que hacía esto para él. Pero ella parecía no percatarse de su mirada, sus pasos acelerándose, su rostro pasando de un cuidadoso desinterés a una rabia ansiosa. Se detuvo en el otro extremo de la habitación, de espaldas a él, y golpeó la pared frente a ella. La pateó un par de veces también, pero la mayor parte de su energía parecía concentrarse en utilizar los puños para reducir a escombros la maldita pared. No trataba de escapar: cualquiera hubiera notado que los muros eran de caliza sólida. No, la chiquilla colombiana que hacía que su verga se descontrolara estaba furiosa. Lista para ser amarrada. Encolerizada como el demonio.

La observó por más tiempo y un vago sentimiento de preocupación se manifestó cuando notó la sangre goteando de sus nudillos. Dejó de golpear la pared, pero no dejó de lastimarse. Se dirigió a la maleta que él había colocado ahí, la abrió y vació el contenido en el piso. Tomó el pequeño espejo de bolsillo de entre la ropa y el maquillaje, lo abrió y lo lanzó contra el suelo. El cristal se hizo añicos y él miró con interés mientras ella se arrodillaba y tomaba uno de los pedazos más grandes.

Supuso que lo iba a esconder para usarlo como arma cuando él entrara al cuarto, pero lo que hizo a continuación lo sorprendió sobremanera. Tomó el fragmento del espejo en su puño, se sentó en la cama angosta que ocupaba una esquina del cuarto y extendió una muñeca.

¿Va a…?

Sí. Arrastró el filo puntiagudo del cristal por el interior de la muñeca y sangre fresca brotó al instante. La imagen lo excitó; sí, era un bastardo depravado. Disfrutaba ver sangre. Quería irrumpir en el cuarto, arrodillarse frente a ella y lamer la profunda cortada en su brazo de un extremo al otro.

Siempre y cuando ella no lo apuñalara en el cuello mientras se ponía a ello.

Asegúrate de no marcarla.

Las palabras de su padre volvieron para provocarlo, y eso le dio la excusa perfecta para interrumpir su psicótico atentado de auto-mutilación.

Asegúrate de no tocarla.

Bueno, eso era un poco más difícil, pero trataría de al menos no dejarle moretones si no lograba resistirse. Nunca había violado a una mujer, pero nunca se había visto en la necesidad de hacerlo: por lo general, su entusiasmo las encendía más que nada. Tal vez las había coaccionado o chantajeado, pero nunca había subyugado como tal a una mujer para penetrarla sin su consentimiento.

Todavía no.

Le gustaba pensar que nunca lo haría, pero era el hijo de su padre. La maldad que emanaba de sus venas lo enfermaba, pero tratar de resistirla sólo empeoraba las cosas. Era un hombre malé-volo. Aunque con suerte, no era el peor.

Asegúrate de no marcarla.

Dornan emitió un gruñido cuando abrió la puerta y vio a Ana sentada en la cama, sollozando incoherentemente mientras sangraba sobre sí misma.

—¿Qué haces? —preguntó al cerrar la puerta tras de sí. Esperaba que tratara de esconder el cristal, o que huyera de él, o que lo atacara. Esperaba algo. Lo que no esperaba es que ella continuara con lo que hacía, arrastrando el filoso espejo por su brazo como si él no estuviera ahí, al tiempo que balbuceaba, se estremecía y lloriqueaba.

—¡Oye! —dijo más fuerte esta vez. Atravesó el cuarto en dos zancadas y sujetó la mano que sostenía el arma en cuestión, apretándola hasta que la soltó. El cristal cayó al suelo y se rompió en dos mitades disparejas y sangrientas.

—Siete años de mala suerte —dijo con ligereza mientras miraba del espejo sus ojos vidriosos. Sintió alivio cuando ella lo miró con furia, su aturdimiento en apariencia esfumado.

—¿Estás bromeando? —gruñó ella—. Creo que tengo toda una vida de mala suerte por delante, ¿no te parece?

Dornan alejó el cristal de una patada y se sentó junto a ella en la cama, lo suficientemente cerca para que sus pantalones acariciaran su muslo lleno de sangre.

—¿Por qué hiciste eso? —preguntó con curiosidad genuina.

Ella le lanzó una mirada tan mordaz que él sintió ganas de encogerse… pero se trataba del maldito Dornan Ross, y él no se encogía ante nadie, ni siquiera ante su padre.

—Sé que me estabas observando —respondió, lo cual lo hizo sonreír.

—Me gusta observarte —dijo sorprendido de su propia honestidad—. ¿Te molesta?

Ella siguió viéndolo de forma desafiante.

—Los hombres de tu padre mataron a mi novio anoche —dijo, y un ruido gutural salió de su garganta.

Ahí lo tenía. Su angustia. Su lucha. Su razón.

—Lo lamento —dijo él, percatándose de que la sangre continuaba saliendo de su muñeca. El corte era más profundo de lo que había creído—. ¿Puedo? —señaló su muñeca y ella encogió los hombros, lo cual él tomó como señal de aprobación. Sujetó su brazo cerca de la mano y lo acercó a la luz para inspeccionar con delicadeza la herida.

—¿Tratas de suicidarte? —preguntó, revisando el corte con sus dedos para determinar cuán profundo era, siempre mordiéndose la lengua para evitar abalanzarse hacia el brazo y comenzar a lamer la sangre.

—Por supuesto que no —replicó ella, tratando de retirar el brazo. Pero Dornan no la soltó, y comenzaron una batalla silenciosa de miradas y voluntades.

—¿Nunca has tenido ganas de lastimarte a ti mismo porque no puedes lastimar a la persona que te jodió?

Sus palabras eran sinceras y reveladoras, por lo que él consideró con seriedad. Cada vez que estrellaba los puños contra un costal de boxeo, o contra una puta, o contra algún Hermano Gitano, se deleitaba con el dolor y agradecía el alivio que derramar su propia sangre le ofrecía.

—Déjame adivinar —dijo Dornan frotando su pulgar a lo largo de la herida mientras ella observaba en silencio—: ¿mi padre?

Ella encontró sus ojos inmediatamente, y los de ella mostraban tanta tristeza que él soltó su muñeca y se puso de pie por miedo a que ese sentimiento se le contagiara de alguna forma.

—Sí —dijo en tono angustiado—. Tu padre. Y el mío.

No le quitó los ojos de encima hasta que recordó la sangre, y bajó la mirada para verla cubriéndole las palmas.

—Te gusta la sangre, ¿no? —preguntó ella de repente—. Alguien más retrocedería sólo de verla, pero tú no. Te relacionas bien con ella. Va contigo.

Cualquier otra persona habría tenido vergüenza de admitirlo, pero no Dornan. Comerciaba con vidas y con sangre, así que por qué no apreciarla. Y en este caso, ella la había derramado por su propia mano, lo cual lo excitaba mucho más.

—Me gusta tu sangre —respondió con su sonrisa lobuna—. Me gusta mucho.

14

Mariana

Me sentí mucho más que apenada.

Estaba completamente avergonzada.

Como Dornan no volvió, asumí que permanecería sola toda la noche. Y, a decir verdad, la idea me aterró. Miré la cama, pensando que tal vez podría dormir un poco, pero ante la posibilidad de despertar con un cuchillo en el cuello o con una pistola en la boca, preferí quedarme despierta.

Así que caminé de un lado a otro. Siempre lo hacía cuando estaba nerviosa o impaciente. Ahora, no obstante, lo hice con el exclusivo propósito de no desmayarme, pues temía lo que me podrían hacer si perdía el conocimiento.

Sentí un vacío intenso en el estómago, un nudo doloroso, y por alguna razón eso me hizo pensar en Luis.

Nunca lo volveré a ver.

El pensamiento me apuñaló con violencia; me doblé de aflicción. Me apoyé en la pared caliza y algunos fragmentos de ésta se desprendieron para cubrir mis palmas con polvito blanco.

¿Me estaba muriendo? Así se sentía. En lo que respectaba a mi dulce niño, él sólo sabría que su madre se había esfumado.

Nunca se enteraría de todas las noches que pasé llorando por él, aferrada a su ser todavía unido con el mío en mi vientre, deseando que se quedara ahí adentro, por el bien de ambos, para siempre, para que no me dejara.

Y ahora yo lo había abandonado. Porque mi padre la había cagado de nuevo.

Había expiado sus pecados con mi vida. Y la noción me repugnaba.

Al principio ni siquiera me di cuenta de que había golpeado la pared. Un dolor intenso se extendió de mi puño a mi brazo; mi cuello y mi cabeza recibieron de lleno el impacto. Mis oídos zumbaron. Dolió. Se sintió bien.

Así que lo hice otra vez.

Y otra.

Y otra.

Hasta que mis manos estaban cubiertas de sangre y mis nudillos eran un manojo de piel roja y destrozada.

La sangre me calmó un poco, no sé por qué. Era como cuando en el internado guardaba una cuchilla de afeitar en mi colchón y me hacía cortes largos y finos en los muslos mientras mis compañeras dormían, felizmente excluidas. En aquel entonces, la sangre que emanaba de mi piel hacía tangible mi tristeza. Me distraía del hecho de que mi bebé estaba a cientos de kilómetros de distancia, en otro continente, y de que todos fingían que no existía. La sangre mitigaba las lágrimas que caían en silencio de mi rostro a mis muslos y se mezclaban en ella. Me daba fuerza.

De repente ansié esa sensación de nuevo. Golpear la pared me brindó un alivio momentáneo que pronto menguó; necesitaba más. Sabía que Murphy había empacado un pequeño espejo redondo junto con los cosméticos que me compró. Me había forzado a sentarme quieta mientras me llenaba la cara con rubor y brillo labial antes de abordar nuestro primer avión. Sabía que por ahí había un cristal que podría romper y apretar contra mi piel; un cristal que me traería el alivio que buscaba.

Así que cuando Dornan entró, ni siquiera noté su presencia al principio. Honestamente, estaba tan histérica en ese momento que había olvidado dónde estaba o qué estaba sucediendo. Por eso me mutilaba. Necesitaba regresar a la realidad.

Y sí que regresé a la realidad cuando por fin lo vi.

Mi padre me había pillado cortándome en el baño una vez. Eran vacaciones de verano, y él no me dejaba salir a ver a Este para evitar que me preñara de nuevo. Era doloroso estar tan cerca y tan lejos del chico al que amaba. Lloré y berreé, pero mi padre no hizo más que darme una tunda memorable y decirme que me fuera a la mierda. Ésa fue la única ocasión en que me golpeó estando sobrio, lo cual me pareció mucho más doloroso.

Así que había buscado mi cuchilla; cuando la sangre comenzó a brotar de mi pierna, mi padre entró al baño sin tocar la puerta.

Nunca dijo nada. Nunca me preguntó al respecto. Simplemente me miró con asco, dio media vuelta y azotó la puerta al salir.

Por lo tanto, de forma natural, esperaba que Dornan hiciera lo mismo. Pero no era un hombre común. De alguna manera me di cuenta con nuestra breve interacción de antes. No apartó la vista ni se mantuvo alejado.

Se acercó. Me tocó en la herida. Observé cómo inconscientemente se humedecía los labios mientras inspeccionaba mi obra.

Eso tendría que haberme asustado, pero ya no tenía nada que perder. Ya lo había perdido todo.

No pude evitarlo. Cuando se levantó para irse, no soporté la idea de quedarme sola con mi desesperación. Cuando me dijo que le gustaba mi sangre, y sus ojos se llenaron de un hambre que yo nunca había conocido, lo supe.

Era un hombre peligroso. Y yo le gustaba. Le gustaba mi sangre. Si lo hacía mi aliado… tal vez, sólo tal vez, podría salir ilesa de este caos.

Dijo que le gustaba mi sangre, pero se fue de todos modos. Pensé que no regresaría, hasta que volvió momentos después con un kit de primeros auxilios.

Me senté en la orilla de la cama y lo dejé jugar al doctor, lo cual era comiquísimo dado que era un motociclista de uno ochenta de altura, musculoso, tatuado, y llevaba un traje de cuero y unas botas que daban la impresión de que golpearían a quien se atreviera a mirarlo con desdén.

—Ya has hecho esto antes —afirmó mirando las tenues líneas que marcaban mis muslos. No le respondí, bajándome el vestido para cubrir las cicatrices.

—No tengo instintos suicidas —dije de repente. ¿Y qué importaba si los tenía? Nada, pero por alguna razón quería que él lo supiera. Necesitaba hacerlo entender.

—Cariño —respondió mientras pasaba una toallita estéril por mi brazo sangriento—, nadie te recriminaría por tener instintos suicidas. Estás bien jodida de momento.

Clavé mis ojos en el suelo.

—¿Qué va a pasar conmigo? —espeté. Sus manos se quedaron quietas, pero no habló. Encontré sus ojos y los míos para subrayar mi pregunta, pero lo que vi hizo que el estómago se me sacudiera.

—¿Prefieres la verdad —preguntó, aún envolviendo mi brazo con la venda— o una mentira?

Consideré por un instante.

—Una mentira —dije con voz queda. Le pediría la verdad después, pero tenía curiosidad por saber qué inventaría.

—Una mentira —repitió mientras contemplaba la pared a mis espaldas y se hundía en sus pensamientos—. Bueno, supongo que te llevarán arriba para otorgarte un indulto. Te permitirán salir por la puerta de enfrente y regresar a casa sin mortificaciones. Todo esto es sólo temporal.

Temporal. ¿Qué?

—¿Y la verdad?

Sonrió.

—Pensé que nunca lo preguntarías —terminó el vendaje y dejó caer mi brazo suavemente sobre mi regazo. La sonrisa abandonó su rostro y el destello de sus ojos desapareció.

—Estarás varada aquí hasta que Emilio decida qué quiere que hagas. Y tendrás que hacerlo. O te meterá una bala en esa bonita cara y te enterrará donde nunca nadie te encuentre.

—Ah —exclamé al tiempo que la extraña sensación en mi estómago regresaba—. ¿Para qué crees que me quiera? —pregunté.

Se detuvo, y el alma se me fue al suelo cuando imaginé lo que me podría decir. *Tendrás que follar con desconocidos. Tendrás que chuparles la verga. Tendrás que dejar que te lastimen. Se te castigará por hacerlo, pero peor si no lo haces.* O tal vez diría algo más sencillo como *Bienvenida al infierno.*

Pero no dijo nada de eso. Más bien, tomó el kit de primeros auxilios y se levantó, mirándome desde las alturas.

—Vamos —dijo—. Ya sabes qué pasará. Eres una muchacha inteligente. No necesitas que te lo explique con manzanas.

Mi corazón se destrozó. Tenía razón. Sabía exactamente qué es lo que pasaría. Sería usada y_abusada, hasta que no quedara nada de mí.

Cuando Dornan se fue, con la promesa de regresar con algo de comida, no esperé que volviera diez segundos después seguido de su padre.

Era claro que Emilio estaba irritado, pero no sabía por qué. Hice lo que me pidieron. Volé cientos de kilómetros con su empleado psicótico. Viajé en la motocicleta de su hijo, ciega. Me retiré a mi calabozo, como una niñita buena.

Y entonces recordé la sangre.

—¿Qué mierda significa esto? —preguntó Emilio después de dejar a su hijo atrás. Dornan no dijo nada mientras Emilio me tomaba con fuerza del brazo, arrancando la venda. Miró con furia a su hijo—. Te pedí específicamente que no la marcaras. ¿Tú hiciste esto?

Dornan permaneció inexpresivo.

—No —respondió. En cuanto Emilio se giró hacia mí un destello de diversión se posó en los ojos de Dornan.

—¿Quién te hizo esto, niña? —exigió saber Emilio—. Los desollaré, con un demonio.

Su preocupación me resultó extraña, y estaba aterrada de decirle que yo misma lo había hecho.

—Se cayó de la moto —interrumpió Dornan de repente—. Se desmayó. Por suerte no se lastimó más que esto. Creo que el hijo de puta no le dio nada de comer en todo el día.

Emilio apretó los labios contra el mondadientes que tenía en la boca al tiempo que farfullaba obscenidades en italiano.

—Maldito Murphy —dijo.

Sacudió la cabeza con las manos en la cintura. Con su traje a la medida proyectaba toda la imagen de un condenado padrino.

—¿Ya la revisaste? —le preguntó a Dornan con un tono desinteresado que me erizó la piel.

—¿Revisarme? —repetí.

Emilio me lanzó una mirada de escarnio antes de volverse a su hijo. Dornan negó con la cabeza.

—Estaba muy ocupado limpiando el lugar. Sé cuánto te molesta el desorden —su mandíbula se tensó mientras hablaba, y me pareció evidente que no le gustaba el poder que su padre tenía sobre él.

Interesante.

—¿Qué quieres decir con revisarme? —pregunté más fuerte—. ¿A qué se refiere?

—Cállate, zorra —dijo Emilio, molesto por mi intervención.

—Como quieras, anciano —respondí.

Se detuvo, girándose lentamente.

—¿Qué dijiste?

—Dije como quieras —reiteré—. Tal vez me ofrecí a cambio de la vida de mi familia, pero eso no significa que deba disfrutarlo.

Se rio con una rabia aún evidente por la forma en que se le tensó el cuello.

—Serías una putita depravada si sí lo disfrutaras.

—Tú eres un pendejo —espeté.

Me gané un golpe en la quijada. Al parecer su enojo podía más que su deseo de no marcarme. El dolor fue brutal, demasiado, y me lanzó hacia atrás. Caí hecha girones sobre la cama, cubriéndome el rostro con las manos.

—Un momento —dije con la respiración entrecortada—: tú me dices zorra y puta, ¿pero yo no puedo llamarte como quiera? No me parece justo.

Su sonrisa se desvaneció y escupió el mondadientes, acercándose sigiloso hacia mí.

—La vida no es justa —dijo con énfasis—. Si la vida fuera justa, ¡tu estúpido padre no habría perdido mi maldita cocaína!

Su tono me aterró, y no pude evitar cerrar los ojos mientras su saliva me caía en la mejilla.

Mi reacción pareció tranquilizar a la bestia, satisfacerlo. Respiró profundamente y dejó caer los hombros, como recobrando la cordura.

—Mi nombre es Emilio —exhaló; su diente de oro centellaba bajo la luz hostil del foco desnudo sobre nosotros—. Pero tú me llamarás Amo.

Antes de poder protestar o llorar o pensar en alguna otra bromilla, antes incluso de decidir cómo reaccionar, me tomó por la nuca y me jaló de la cama para estrellarme con fuerza contra el piso. El concreto húmedo me sacó el aire del pecho, y me quedé sin aliento.

Se escuchó un chasquido.

Me pateó en el torso con tanta contundencia que el sonido de mi costilla rota fue claro. Un dolor incandescente me carcomió los huesos, alcanzando su clímax brutal cuando mis neuronas recibieron el abrasador mensaje.

Pensé que sería más valiente. Pensé que podría enfrentar este tormento, su violencia, y sonreírle con unos dientes manchados de sangre. Pero no fui valiente. Tenía miedo.

Me quebré.

Abrí la boca y grité.

Después de eso abandonó la habitación. Me hice un ovillo, no muy apretada, porque mis costillas vociferaban agonizantes, pero tan apretada como pude, porque de repente el aire estaba helado.

El tiempo parecía no avanzar y mi estómago retumbaba y mis costillas no dejaban de quejarse.

Hambre. Dolor. Tristeza. Desesperación. Todo se agitaba en mi interior, y lo único que quería era que se aplacaran, que me dejaran en paz por unos momentos. Lo único que quería era que el dolor desapareciera.

Reculé cuando una bota apareció en mi campo visual.

—Oye —me tranquilizó la voz que le pertenecía a la bota. Dornan—. No te preocupes. Guardaré mis golpes para mañana.

Fruncí el ceño, mirándolo mientras se arrodillaba junto a mí; su sonrisa no me indicó si estaba bromeando o no.

—Creo que me rompió la costilla —jadeé.

Asintió.

—Es probable. Escuché que algo tronó.

Gemí al tratar de girarme hacia arriba. Finalmente, logré ponerme de rodillas, y él me ayudó a levantarme como si no pesara nada.

Me senté al filo de la cama con cautela, tratando de no revolver nada. Con cada respiro, el dolor candente se propagaba desde algún punto debajo de mi corazón. ¡Me rompió la costilla! Debajo del velo del dolor, estaba furiosa. ¿No le parecía suficiente separarme de mi familia? ¿Matar a mi novio? ¿Obligarme a tragarme esas capsulas de cocaína falsa?

Por supuesto que no era suficiente. Seguiría golpeándome, lastimándome, provocándome, hasta que yo dejara de responderle. Era un psicópata controlador. Le salía muy bien el papel de desgraciado. No le importaba hacerme sufrir; de hecho, mi sufrimiento parecía ser esencial.

Me reprendí por ser tan receptiva con Dornan. Era mi enemigo. Ésta era una versión muy retorcida del típico «poli bueno/poli malo», y yo me la había tragado como pescadito.

—Te traeré algo de comer —dijo Dornan—. Ahora vuelvo.

Lo miré con toda la repulsión que pude invocar.

—No te preocupes —dije con melancolía, sin mostrar ninguna emoción. Era el hijo de Emilio, no mi amigo, y aunque me había vendado y había dicho que le gustaba mi sangre, ésa sería la última gota de mi sangre que tocaría sin pelear antes.

Ya no me tragaba su espectáculo de pamplinas. Era un Hermano Gitano. Tal vez ahora les pertenecía, pero eso no significaba que la situación debía agradarme. Qué él debía agradarme.

Dornan levantó una ceja.

—¿Perdiste el apetito? Sí, también a mí me hace perderlo.

No contesté; finalmente, entendió la indirecta, y se fue.

15

Mariana

Pronto caí en un sueño profundo después de que Dornan me dejara con la costilla rota y el estómago crujiendo. Estaba tan agotada, tan alejada de cualquier pensamiento razonado, que ya no me importaba si alguien me violaba mientras dormía. Sólo necesitaba desconectarme por unas horas y después reconsiderar lo que sucedía.

La mañana arribó, y con ella una frágil sensación de calma. El sonido de mi costilla aún era fuerte, pero ya no estaba en su cúspide original.

Este. No aguantaba pensar en él, en la manera en que sus ojos se empañaron mientras la vida se le escapaba dentro de la sangre que goteaba sobre las grietas de los adoquines de la calle bajo su cuerpo, dejando un vacío profundo.

Me senté sobresaltada cuando algo se estrelló contra el otro lado de la puerta.

—Dios— mascullé; el movimiento brusco me revolvió las costillas con dolor. Me lastimó tanto que no pude respirar. Dornan estaba en la puerta, con mirada alarmante. Parecía ser mitad diversión y mitad indiferencia; la sonrisa en sus labios decía una cosa, pero que la sonrisa no coincidiera con sus ojos indicaba otra.

—¿Vienes a revisarme? —pregunté con sarcasmo.

Su sonrisa se convirtió en una mueca de diversión. ¿Le parecía graciosa?

—Me da gusto que disfrutes mis preguntas —dije al ponerme de pie—. ¿Ahora puedo, por favor, ir al baño?

Estaba a punto de explotar. Hacía mucho que no iba.

—Claro —dijo abriendo más la puerta y haciéndose a un lado. Lo miré sorprendida y esta vez sí se rio de mí.

—Hay guardias armados por todo el pasillo —comentó—; entonces, sí, te permitiré ir al baño. Tienes cinco minutos.

Le lancé una mirada asesina, pero mi vejiga tuvo la última palabra cuando me debatí entre salir corriendo o quedarme quieta donde estaba. Al pasar junto a él, nuestras manos se rozaron: reculé al notar la chispa que pareció encenderse con este contacto.

Es el enemigo.

Me molestaba incluso tener que recordármelo.

Tenía razón. Cerca del baño había un guardia con una metralleta igual a las que mi padre y mi hermano habían enfrentado en otro momento. Berettas. Si no se me permitía ir al baño más de sólo cada doce horas, pronto terminaría con una infección de las vías urinarias.

Consideré pedir permiso para ducharme mientras contemplaba con ansia el estrecho cubículo sin puerta junto al lavabo.

—Apresúrate —gritó Dornan desde la habitación; suspiré y caminé de vuelta sin muchas ganas.

Quedé petrificada cuando vi lo que tenía en la mano.

Hacía años, mi muy paranoico padre había insistido en que a todos nos pusieran un microchip, en caso de que desapareciéramos. En caso de que nos secuestraran, para ser más precisos. Algún insidioso le metió en la cabeza que los microchips funcionaban con GPS, pero era mentira. Se trataba de los mismos chips que la gente les pone a sus mascotas: si alguien las encuentra, escanea el chip, regresa al animal con su dueño y todos viven felices por siempre.

O, en nuestro caso, para que nuestros cuerpos pudieran ser identificados.

Mi padre insistía en que él quería estar seguro de dónde estábamos a toda hora, pero yo sabía la verdad. Mi padre era obsesivo, y un borracho, y creía que tratar a sus hijos como animales era una excelente idea.

Me devolví a la realidad, a la escena que se me presentaba: Dornan de pie en medio del pequeño cuarto con su atuendo de motociclista, sosteniendo un escáner de microchips.

Mierda.

Fingí indiferencia, entré lentamente a la habitación y traté de no mirar hacia lo que tenía en la mano. La diminuta cicatriz en mi muñeca sana pulsaba con dolor: amenazaba con sacar a la luz todos mis secretos.

Dornan me miró divertido; se mojó los labios mientras me observaba de pies a cabeza.

—¿Qué sucede? —pregunté aludiendo al cambio en la atmósfera de hoy. Su actitud amigable de ayer, cuando le había gustado mi sangre y me vendó ya no estaba.

—Quítate la ropa —dijo.

Me atraganté. Así que esto era en serio. Mi piel ardió frente a la idea de separarse de mi vestido.

—¿Por qué? —inquirí.

Agitó el aparato en su mano.

—Me dijo un pajarito que tienes un tesoro escondido en algún lado. Quiero jugar a encontrar el tesoro.

Pendejo.

—¿De qué estás hablando? —dije entrecortada.

Se acercó a mí, eliminando el espacio entre ambos. Traté de retroceder, pero mis pantorrillas chocaron contra la base de la cama.

—Creo que sabes de qué estoy hablando —respondió—. Si me dices dónde está, puedes conservar el vestido.

Lo fulminé con la mirada.

—¿O tal vez te lo quieras quitar para mí?

—Vete a la mierda —farfullé.

Se tensó por un instante.

—Fuera vestido, entonces. Rápido, o te patearé en las costillas hasta que las demás estén igual de rotas.

Con el ceño fruncido, comencé a levantarme el vestido; recé por que el chip estuviera dañado y que su escáner no lo detectara. Me aterraba que lo encontrara y que eso le diera una razón para cortarme. Si bien yo misma me había mutilado y disfrutaba el dolor, eso era por cierta emoción, por el control que buscaba ejercer sobre mis propios sentimientos.

Que a veces disfrutara cortar mi propia piel no significaba que quería que alguien más la lastimara.

Que me estuviera acostumbrando al dolor no significaba que lo disfrutara.

Mis ojos se humedecieron con el nuevo dolor que sentía en el pecho. Di un resoplido y dejé caer el vestido de vuelta a su lugar.

—No puedo —dije abrazándome.

Puso los ojos en blanco y dejó el escáner sobre la mesita de pino junto a la cama.

No puse resistencia cuando tomó el tirante de mi vestido y lo deslizó sobre mi hombro y por mi brazo para luego repetir la misma acción del otro lado. Tiró con firmeza, y yo sólo aparté la mirada cuando mis pechos cubiertos de encaje emergieron del vestido, saliendo con dramatismo mientras la tela ceñida se resbalaba por mi cintura. Silbó con deleite, y mis mejillas ardieron a modo de respuesta.

—Podrías simplemente decirme dónde está —comentó, riéndose—. Así no tendría que hacer esto.

Bajé la mirada. A la mierda. Aunque no soportaba estar así de expuesta, me negué a darle la satisfacción de mi complicidad. Si quería encontrar un microchip bajo mi piel, más le valía ponerse a buscarlo.

El vestido se derramó bajo mis pies y sentí vergüenza por la repentina desprotección. Estaba consciente de cómo me veía con esa reveladora, escotada, rígida y, en general, ridícula ropa interior de encaje negro que Murphy había insistido en comprar para nuestra «vacación».

Dornan dio un paso hacia atrás y sonrió.

—No sabía que modelabas lencería —dijo con admiración.

Lo miré a los ojos de inmediato, furiosa.

—Fue el pendejo de Murphy —escupí—. Dijo que si no me ponía esto…

Oh.

Dornan frunció el ceño.

—Si no te lo ponías, ¿qué?

Busqué en mi mente una mentira adecuada, algo que no tuviera que ver con mi hijo.

—Dijo que me haría arrepentirme —dije sin mentir, técnicamente.

—Ah —dijo—. Bueno, ahora que sé que él la escogió, me gustaría arrancártela y prenderle fuego.

Más que la ropa, mi rostro se encendió. Jamás me había sentido tan desprotegida.

—No, por favor —respondí con aspereza.

—Por ahora puedes conservarla. Extiende los brazos, señorita.

Miré hacia arriba y extendí los brazos al frente.

—Que comience la búsqueda del tesoro —dijo con júbilo; sujetó uno de mis brazos por la muñeca. Observé el escáner, que seguía quieto en la mesita, pero no dije nada.

Mientras los dedos de Dornan patinaban con fluidez sobre mi piel, traté de no estremecerme. El cuerpo se me erizó y encogí los dedos de los pies para no retorcerme.

Su tacto era delicadísimo. No parecía una búsqueda: era una caricia. Cuando atrapó mi mirada con la suya y continuó tocando la piel alrededor de mi muñeca vendada, me di cuenta de que en realidad mi microchip le importaba un carajo.

Y a mí me importaba un carajo estar frente al hijo de mi dueño, con mi llamativa ropa interior, dejándolo tocarme.

Tendría que haberme importado, no obstante. Debería haber estado asqueada.

¿Qué me estaba pasando? No debería sentirme así.

Decidí que era por la soledad. Me sentía de esa manera junto a él —sonrojada, inquieta, con ganas de frotar mi piel contra la suya— porque estaba terriblemente sola.

Lo racionalicé todo en mi mente. Estaba bien. Estaba confundida. Y que él me tocara no cambiaba mis ideas en lo absoluto, porque en cuanto tuviera la oportunidad, lo mataría.

Fingí aburrimiento mientras su mano se cerraba sobre mi antebrazo. Con su pulgar y su índice sintió un pequeño cilindro rígido y delgado debajo de mi piel.

—¿Qué es esto? —preguntó.

—Implante anticonceptivo —respondí rápido, y de inmediato me arrepentí de mis palabras.

Sus ojos se iluminaron y su mirada viajó a través de mi pecho y bajó para perderse en las profundidades de mi lugar más privado. La ropa que tenía me cubría donde era necesario, pero frente a él me sentía completamente desnuda. La sensación era perturbadora y deliciosa al mismo tiempo, lo cual sólo me confundió más.

¿Y qué si es sensual como él solo? No importa. Es el enemigo.

—De cualquier modo no importa —agregué al instante—. Padezco de una gonorrea severa. No me violes a menos que quieras que se te caiga el pitito —traté de mantener la frente en alto al aludir al tamaño de su pene, sonriéndole con un aire de superioridad al Hermano Gitano mientras sus manos cálidas continuaban vagando por mis brazos desnudos.

Dornan se rio de mi comentario con un sonido gutural que parecía insolencia, lo cual hizo tambalear aún más mis rodillas.

—No voy a violarte —respondió con chispas de diversión en los ojos—. Y no tienes gonorrea, así que no me vengas con eso.

Puse los ojos en blanco mientras él seguía revisando mi piel con sus manos ásperas. Noté el brillante anillo de compromiso en su dedo. No estaba ahí ayer: estaba segura, porque específicamente me fijé en eso.

—¿Qué opina tu esposa de lo que estás haciendo? —pregunté con aspereza. Dornan soltó una risita.

—Mi esposa es una perra —replicó rápidamente.

Dornan detuvo los dedos en el espacio debajo de la hendidura de mi codo y sonrió para sí mismo.

Mierda.

—Bingo —dijo al apretar su yema contra el minúsculo microchip que todos los hermanos Rodríguez teníamos desde hacía años: la póliza de seguro más ineficiente en caso de ser raptados.

Mis ojos se llenaron de agua salada y de enojo al tiempo que el corazón se me paraba. No me gustaba la idea del sufrimiento, y ya sabía qué era lo que venía a continuación.

Me iba a doler.

Mordiéndose el labio inferior, Dornan pareció alegrarse con mi reacción. No dejó de mirarme a los ojos mientras sacaba de su bolsillo una delgada navaja automática, la cual abrió con una precisión tan casual que era claramente un hábito.

Puse los ojos como plato con el chasquido de la navaja abriéndose. Me quedé petrificada mientras él balanceaba el instrumento sobre su palma, en el espacio que mediaba entre ambos.

—¿Quieres sacarlo tú o lo hago yo? —preguntó.

Y en esa fracción de segundo divisé mi ruta de escape.

Antes de lo que canta un gallo, arranqué el cuchillo de su mano y, sin dudarlo, me lancé hacia adelante, enterrando la hoja en el área carnosa de su hombro izquierdo.

Maldijo y se tambaleó hacia atrás. Aún en movimiento, puse todas mis fuerzas en extirparle la cuchilla: no renunciaría a la única arma que había logrado conseguir durante mi cautiverio.

Retrocedí un paso para posicionarme de nuevo; me apoyé sobre las puntas de mis pies y me preparé para moverme con ligereza.

—Eso no era necesario —ladró Dornan con un dedo sobre su hombro sangriento antes de llevarlo a su boca y probar su propia sangre.

Quería humedecerme la boca por la satisfacción de verlo sangrar. No pude contenerme y mi lengua pasó a toda velocidad sobre mis labios para saborear la sangre en el aire que nos separaba.

Sin mayor preocupación, Dornan me tendió la mano.

—Dame el cuchillo —dijo con un movimiento de los dedos. Sólo le sonreí, lista para abalanzármele, esperando el momento adecuado para atacarlo. *Como si lo fuera a devolver.*

Dornan se encogió de hombro y tomó algo de la pretina de su pantalón. En un instante, el cañón frío y liso de una pistola me presionaba la barbilla para doblarme la cabeza en un ángulo incómodo.

¡Maldición!

—¿Alguna vez escuchaste el refrán «Nunca traigas un cuchillo a un tiroteo»? —interrogó Dornan, feliz porque nuevamente él tenía el control. Solté la navaja; apreté los ojos cuando cayó con estrépito junto a mis pies descalzos. Mientras se agachaba a recogerla, Dornan mantuvo la pistola contra mi garganta, luego la devolvió a su pantalón.

Con unos dedos toscos me tomó por el brazo de nuevo para colocar la cuchilla ensangrentada sobre el lugar donde mi inútil microchip descansaba.

—Cariño —dijo con una amplia sonrisa—, esto va a doler.

No fue nada gentil cuando pasó la hoja por mi piel.

16

Dornan

Dornan subió a su habitación después de vendar la muñeca sangrienta de la chica y de encadenarla a la pared con un apretón de los grilletes que la hizo lloriquear. ¿Quería apuñalarlo? Ya le enseñaría cuán fácil era hacer de su vida una pesadilla. Pero por otro lado, parecía haberle gustado que reaccionara de esa manera. Le arrancó el cuchillo, se lo enterró en el cuerpo, se lamió esos labios hermosos cuando pensó que no la veía. Eso lo llevó a imaginarse cómo pelearía en caso de que la sometiera, sostuviera sus brazos sobre su cabeza y se follara ese pequeño cuerpecito.

Su verga punzaba con dolor mientras pensaba en ella. Necesitaba liberarse. Pero estaría perdido si ella se enteraba del efecto que tenía sobre él.

El fuego se encendía a lo largo de sus venas.

Entró al cuarto que su padre reservaba para él durante estas visitas y azotó la puerta a sus espaldas. Deambulando por el baño, comenzó a desvestirse.

Calentó el agua lo más que pudo: quería quemar las marcas de su tacto sobre su piel, quitarse las manchas de su sangre, empalagosa y pegajosa al coagularse y secarse en sus manos.

Pero al mismo tiempo, no quería lavarla. Quería saborearla. Ducharse en ella. Sumergirse hasta que ella misma le pidiera cierta liberación.

Su mano se movió hacia su miembro hinchado para apretarlo con fuerza; el agua agitó un poco de la sangre en su mano y la hizo escurrirse hacia su pene. Apretó de nuevo, fascinado. Su sangre. Su pene. Su verga. Sí.

Consideró la idea de descender de nuevo. Sería cuidadoso y tal vez, sólo tal vez, ella se quedaría quieta para proteger su costilla rota.

Pero él no quería que se quedara quieta.

Quería que se agitara. Quería que luchara.

Dios. ¿Qué le sucedía? Normalmente era cuidadoso y de carácter controlado, moderado. La volatilidad que residía en su interior era un monstruo que ya había aprendido a amordazar hacía mucho tiempo, ¿pero ahora una niña lo hacía perder los estribos?

No.

Se soltó y tomó el jabón; se talló hasta que sus manos estuvieron a punto de sangrar. Borraría todo indicio de ella.

No obstante, con la piel limpia y en carne viva, su verga seguía rígida y necesitada de atención.

—Por el amor de Dios —murmuró mientras cerraba la llave. Se enredó una toalla en la cintura y abrió la puerta del baño.

No estaba solo. Qué curioso.

—Bela —gruñó. No tenía ánimos para nada de esto—. ¿Qué mierda haces aquí?

Su contadora y recreo ocasional estaba sentada en un sillón deforme en el rincón más oscuro del cuarto con un destello retorcido en los ojos. Descruzó las piernas y se puso de pie, y pareció como si se estuviera materializando frente a sus propios ojos. Su cabello castaño oscuro estaba restirado en un moño impecable sobre su nuca; sus ojos azules resaltaban por el delineador. Era pálida, como una muñeca de porcelana, pero Dornan sabía que, si la tiraba, no se rompería.

Se fijó en su mano, donde un vaso de whisky descansaba entre unos dedos perfectamente arreglados. Miró sus vacíos ojos azules y apretó la mandíbula con fuerza. Ni siquiera eran las 10 a.m. y ya estaba un poco ebria. Con razón sus negocios estaban perdiendo dinero. Solía ser muy confiable. Que tomara tan temprano era una novedad. Y eso molestaba demasiado a Dornan.

Ella permaneció en silencio; sólo levantó sus cejas perfectas con curiosidad.

—Ven aquí —dijo Dornan tomándola del codo.

—¡Cariño! —protestó mientras trataba de zafarse—. Tu padre quiere que nos reunamos. ¿Tiene que ser ahora?

—No te atrevas a cuestionarme, mujer —escupió arrancándole el vaso de la mano y azotándolo contra una mesa. El líquido ámbar se derramó sobre la madera y él sacudió su mano mojada con irritación.

Bela ya había aprendido, así que prefirió callarse. Dornan la arrastró a la cama y la aventó sobre ésta con violencia. Mientras ella se enderezaba, él fue hacia la puerta para cerrarla y ponerle el seguro de manera enfática. Realmente no le importaba si alguien entraba y veía lo que estaba a punto de suceder, pero quería que Bela supiera que no podría irse hasta que él hubiese terminado de usarla. Eso la excitaba.

—Te extrañé, cariño —dijo ella arrastrando con ligereza las palabras mientras él regresaba a la cama. La jaló hacia el filo y dejó caer su toalla al piso. Los ojos de Bela deambularon al tiempo que una verga se presentaba frente a su rostro, y Dornan sintió un estallido de satisfacción por el poder que tenía sobre esa bonita pero trastornada empleada.

Mariana. Chica ruda. Necesitaba sacársela de la cabeza.

—Abre la boca —dijo sujetando su verga y apretándola contra sus labios.

Bela se alejó con una sonrisa.

—Así es como nos despedimos. ¿Qué no es mi turno? —empujó sus caderas hacia él—. Estoy desnuda para ti, cariño.

—¡Bela! —bufó. No tenía ganas de coño. No del de Bela, al menos.

Cerró sus ojos humedecidos y pareció darse cuenta de que él no estaba jugando. Su sonrisa se transformó en una mirada deseosa y, sin dudarlo, acercó la cara y abrió la boca sólo lo suficiente para dejar que la punta de su verga dura pasara entre sus dientes.

El pecho de Dornan se estremeció con impaciencia. Ya tendría que saber que no debía provocarlo.

—Dije que abrieras la boca, no que te cepillaras los dientes con mi verga —la tomó de un hombro y le enterró los dedos con fuerza, haciéndola gemir contra su entrepierna al tiempo que abría la boca otro poco.

—Abre más —ordenó—. Métetela toda.

Tomó ambos lados de su cabeza y dio un tirón mientras empujaba las caderas hacia adelante y ella se atragantaba violentamente.

Pero eso no era suficiente. Se alejó de repente, sacándole la verga de la boca. Le dio unos golpecitos desinteresados en la cabeza; tenía arcadas y se reía con nerviosismo: su garganta probablemente dolía a causa de la insistencia de Dornan. No es que le importara. Mientras más rudo era, ella más rápido alcanzaba el orgasmo.

El acuerdo entre ambos era extraño.

—Sobre la cama —dijo él—. Rápido.

Sólo quiero destrozarla.

Como no se movió de inmediato, agarró un puñado de su cabello castaño y tiró hacia arriba. Ella gimió.

—¡Ya! ¡Ya me levanté!

La empujó contra la cama y se posó sobre ella. Con esos músculos tensos y movimientos precisos, era el depredador perfecto, pero él no quería que esta perra insípida que jadeaba bajo su cuerpo fuera su presa.

Quería a Mariana. Bajo su peso, retorciéndose y rogando que la tocara, con su nombre en sus labios, mientras él se la cogía hasta el cansancio.

Bela llevaba una apretada falda entubada, como las que normalmente lo hacían perder la cabeza. La mitad del placer estaba en la emoción de la cacería, en tratar de levantarla lo suficiente para abrirle las piernas y obtener acceso a lo que se veía debajo de la tanga transparente de encaje. Él era un hombre al que le gustaban los retos.

—¿Qué demonio te poseyó? —preguntó ella con unos ojos que se hundían bajo el peso del deseo. Eso lo hizo reír. Tal vez pensaba que estaba loco… y ni siquiera había visto la sangre en sus manos que había iniciado esta excitación desbordada.

Ana me poseyó. Y necesito sacármela.

Le rasgó la blusa de seda azul; los botones volaron en todas direcciones. Debajo de ésta, la piel pálida y las tetas pequeñas no lograron impresionarlo. Lo que realmente quería era aquella tenue piel bronceada y el movimiento agitado que acababa de presenciar en el sótano.

Bela simplemente no lo satisfacía.

De cualquier modo se encorvó y tomó un pezón con la boca; el contacto de su cuerpo con su boca no lo despertó. Se levantó la falda un poco más y tomó su mano, guiándolo hacia su entrepierna.

Él soltó una risa y se zafó de su agarre. En ese momento no le importaba el placer de ella; lo que lo ocupaba era su placer.

Separó sus piernas de un tirón, abriéndolas tanto como pudo, y movió sus pantis hacia un lado para colocarse en la entrada. Ya estaba húmeda. Sí, a ella le encantaba esto. Mientras más rudo era, ella más se excitaba. Eran el uno para el otro.

La penetró tan fuerte como pudo; disfrutó ver cómo su respiración se atoraba en su propia garganta y cómo sus ojos parecían querer salírsele por la presión que ejercía dentro de ella. Una sensación placentera apareció con el ritmo constante, pero algo no estaba del todo bien. Además de lo obvio… ella no era la mujer a la que estaba ansioso por cogerse en este momento.

Sus manos encontraron las de él y entonces comenzó a guiarlo hacia su cuello.

—Asfíxiame, cariño.

La complació; cuando sus grandes palmas se cerraron alrededor de su cuello, ella empujó sus caderas con más intensidad para igualar las violentas embestidas que él le daba.

No importaba lo que hiciera con esta mujer: nada la perturbaba. La brutalidad la excitaba y la hacía querer hacerlo de nuevo a los cinco minutos. Era única. Era insaciable. Pero justo ahora, era aburrida.

Empujó con más fuerza. Aun así, no era suficiente.

Entonces vio la almohada junto a la cabeza de Bela; se estiró sobre su cuerpo pálido, la tomó y la presionó contra su rostro antes de que ella pudiera protestar.

Mejor.

Luchó debajo de la almohada, pero su fuerza no era equiparable a la de él, y sus gritos se perdieron ahí adentro. Pronto dejó de forcejear, y mientras él la penetraba con más fuerza, sus gritos se convirtieron en gemidos deseosos, aunque sofocados. Puso su peso contra la almohada, no tanto para dejarla inconsciente, pero lo suficiente para marearla mientras él imaginaba que se trataba de alguien más.

Sí. Así estaba mucho, mucho mejor. Aceleró el ritmo, embistiéndola despiadadamente, incentivado por la salvaje reacción entusiasta de Bela y por la imagen de la piel suave y bronceada de Mariana.

Cuando ella comenzó a tensarse más contra su cuerpo, Dornan perdió el control y se estremeció con ímpetu al momento del orgasmo.

Se retiró para limpiarse con la toalla; Bela se acomodó la falda y trató de abrocharse la blusa estropeada con los pocos botones que aún se sujetaban a la tela.

Tendría que estar satisfecho, pero no lo estaba. Necesitaba más. La necesitaba a ella.

—Eso estuvo increíble —dijo Bela tendida sobre la cama—. Sí que me extrañaste, cariño.

Dornan miró hacia el techo y se mordió la lengua; no había extrañado a esta perra insolente ni un poco.

—¿No es tarde para tu reunión de mierda? —preguntó mirándola con desdén. Bela juntó los labios y besó el aire que los separaba—. Yo también te amo, cariño —murmuró con admiración; salió del cuarto con movimientos gráciles y con la blusa maltratada apretada contra el cuerpo.

Dornan sacudió la cabeza. Estaba loca.

Gracias a Dios no era el único.

17

Mariana

Contemplé los vendajes de mi muñeca con distracción y, junto a ellos, los grilletes que me conectaban con la pared. Me pareció gracioso que ahora tenía cortadas profundas en ambos brazos, aun a pesar de que Emilio le había pedido a su hijo que se asegurara de no marcarme. Todavía no estaba segura del porqué. Ya no me importaba. Estaba cansada, hambrienta y adolorida de estar encadenada por tanto tiempo. Y quería irme a casa.

Qué idea tan tonta. Nunca volvería a casa.

El delirio era producto del hambre, seguramente. El hambre y la pérdida de sangre. Observé mi maleta: tal vez había algo para comer ahí. De cualquier modo, estaba atada a la pared. Ni siquiera me indigné por cómo me había refrenado Dornan.

Después de todo, lo había apuñalado.

Repasé mi dieta de los últimos días. Se me indicó que no comiera nada durante los vuelos, segura de que me había convertido en una mula contrabandista con perlas de cocaína en el estómago. Por lo tanto, además de las grasosas papas fritas y la hamburguesa que Murphy me había otorgado con gentileza antes de entregarme a los Hermanos Gitanos, no había comido nada en varias jornadas.

Y entonces, como por arte de magia, Dornan estaba en la puerta con un tazón de sopa y un plato de pan.

Lo ojos prácticamente me saltaron cuando vi lo que sostenía. Debí haber sabido que tendría que pagar algún precio por esto. Siempre hay un precio.

18

Dornan

La niña se veía terrible cuando volvió al cuarto. Su piel bronceada estaba enfermizamente pálida, lo cual él esperaba remediar con comida. Se maldijo a sí mismo cuando se dio cuenta de que no le habían dado ni una gota de agua en todo este tiempo.

Abandonó la sopa y el pan sobre la mesita de madera y se fue para traer un vaso de agua. Después de soltar las cadenas de la pared pero dejándolas en sus muñecas, se lo dio. Ella dio las gracias y lo tomó con manos temblorosas, pero no lo miró a los ojos esta vez: centró su atención en algún punto distante mientras vaciaba el vaso de un trago.

Qué extraño.

Era una criatura batalladora. Tal vez sólo necesitaba algo de comida para comenzar a discutir con él de nuevo. Le encantaba cómo hablaba, su ligero acento que alertaba sus sentidos, la manera en que se lamía los labios cuando dudaba algo, pero, más que nada, disfrutaba la actitud de trasfondo en sus palabras. Le gustaba todo. Y, para su desgracia, cogerse a Bela no había apaciguado su deseo por Mariana en lo absoluto... si acaso, lo había avivado.

A lo mejor sólo la usaba como distracción del trabajo que tenía que hacer en los cuartos de arriba. Del desastre en que el cártel se había involucrado. De la realidad que ni él soportaba. Proveedores rivales. Clubs de motociclistas rivales. Nada importaba cuando el polvo blanco abundaba, pero ahora, gracias al estúpido padre de Mariana, su preciosa droga descansaba en una planta de procesamiento de la agencia antidrogas en Nuevo México, y Dornan y Emilio tenían las manos vacías.

—Siéntate —ordenó señalando la cama. Ella obedeció sin ningún comentario sarcástico. Tal vez ya la había doblegado. *Te apuñaló*, se recordó. No, la chica no estaba doblegada. La chica estaba en llamas por dentro. Sólo estaba en reposo por el momento, probablemente por falta de combustible.

Arrastró la mesita hacia ella.

—Come.

No titubeó en comenzar a atacar con ganas. Partió el pan, lo metió en la sopa que la madre de Dornan había preparado, y lo llevó a sus exuberantes labios. Mastica, traga, repite.

—¿Cómo estás? —preguntó Dornan. De inmediato se amonestó. *Es una maldita prisionera. Me apuñaló.*

Algo se torció en un extremo de su boca sólo por un segundo, y él exhaló, sorprendido. Se estaba riendo de él. Era tan distinta de las chicas que solían tener ahí, que no estaba seguro de si se la quería coger o darle un tiro de gracia y terminar con todo.

—¿Cómo está tu hombro? —preguntó ella mirándolo a los ojos por primera vez. Los de ella ardían con una intensidad que él jamás había visto en una mujer. Se dio cuenta de que no le tenía miedo. Eso lo preocupaba. ¿Por qué no estaba asustada? ¿Acaso ocultaba algo?

¿O porque no tenía nada más que perder?

—Mi hombro está espléndido —respondió al recargarse contra la pared al lado opuesto de donde ella estaba sentada—. Nunca había estado mejor.

Y lo dijo en serio. Lo había hecho sangrar… y eso no era malo. Aún le punzaba de vez en cuando, pero la hoja bien afilada no había tocado nada delicado.

—Tendré que esforzarme más la próxima vez —comentó Mariana entre bocados.

Puf. Una cosa era que le gustara su carácter luchador, pero no quería hacerla pensar que tenía poder sobre él. A él le correspondían las amenazas. Tendría que mostrarle quién tenía el control de la situación.

—Esto no es un cuento de hadas —dijo Dornan con amargura mientras veía cómo se llevaba un trozo de pan lleno de sopa a la boca.

Detuvo la mano a medio camino y observó el cuarto a su alrededor con sorpresa fingida.

—¿Quieres decir que no somos la Bella y la maldita Bestia? Dornan soltó una risa.

—Bueno, tú sí eres una belleza —dijo.

—Y tú definitivamente eres una bestia —respondió Mariana, alejando su tazón vacío y recostándose en la cama.

—Pero tú no tendrás tu felices por siempre —agregó Dornan con los ojos repasando las cadenas que terminaban en las esposas que ahora eran sus brazaletes permanentes.

—No —su voz era clara. Imitó la mirada intensa de él—. Ninguno de nosotros lo tendrá. No en este mundo.

—Probablemente todo te parece muy confuso —dijo Dornan—, pero lamento que esto te esté pasando a ti. Por lo que escuché, tu papá mandó todo a la mierda.

¿Qué diantres lo había motivado a decir eso? Se estaba suavizando demasiado.

—No importa —repuso ella con voz queda y los ojos clavados en la pared—. Tenía que pasar tarde o temprano.

—¿Tiende a mandar las cosas a la mierda? —preguntó Dornan con un interés creciente. Su padre le importaba un comino, pero quería saber más acerca de ella. Sobre su vida. ¿Qué soñaba de noche? ¿Sus noches eran de pesadilla, como las de él?

Nunca le había importado. Amaba a sus hijos y daría la vida por ellos. Amaba a su primera esposa de alguna manera, y a la segunda. Amaba con locura a su propia madre. Pero nunca se había preocupado por saber lo que los inspiraba, lo que los motivaba en la vida, lo que los atormentaba. Nunca se había tomado en serio a nadie.

¿Entonces qué era esta repentina obsesión por conocer los pensamientos de la chica frente a él? Lo aterraba. Y Dornan Ross no disfrutaba sentir miedo. Especialmente de algo tan sucio e insignificante como los sentimientos. Los sentimientos y las emociones debilitan al hombre. Es mejor no tener nada de eso.

Mariana dejó salir un suspiro que había tratado de contener y lo miró. La máscara de valentía que llevaba se cayó por un segundo, y él pudo ver a la niña agotada que se escondía debajo de todo el sarcasmo y las respuestas ingeniosas.

—Mi padre es un hombre complicado —dijo ella con calma.

Como no dijo más, Dornan asintió.

—Parece que tenemos eso en común. Viejos complicados. Todos tienen sus propios… trastornos.

Mariana resopló.

—Trastornos.

Dornan se frotó la barba mientras la observaba.

—¿Sabes qué? —dijo—. Cuando llegaste, algo de ti me pareció raro.

El labio de Mariana se torció imperceptiblemente.

—¿Sólo algo?

Él imitó su sonrisa.

—Estabas tan dispuesta a… aceptar lo que sucedía. Era casi como si… lo estuvieras esperando.

La vio ponerse rígida y erguirse. Parecía pensar si debería compartirle más información. Dornan la analizó sin decir nada. La gente siempre sentía la necesidad de rellenar el silencio, y si esperabas lo suficiente, siempre se apresurarían a hacerlo.

—Tenía que haber pasado desde hace algunos años —dijo sin prisa y masajeándose donde las esposas le lastimaban las muñecas—. He logrado mantener a los cobradores a raya.

La curiosidad de Dornan se estimuló.

—¿Por tu linda cara? —aventuró.

Dios. Podría simplemente devolverle el cuchillo y dejarla sacarle el corazón.

—Con contabilidad creativa —respondió—. Agarra un poco de aquí, ponlo por allá, y cuando eso ya no funciona, el cheque siempre está en el correo —sus ojos lo taladraron—. Por supuesto, es mucho más complicado.

Dornan se recargó y la estudió con nuevo interés. Hermosa y, además, astuta. Una combinación rara —y peligrosa— para el cártel.

—Interesante —dijo—. Muy interesante.

Ella no parecía interesada; se veía completamente desanimada.

—¿Qué me va a pasar? —le preguntó de nuevo, y la mirada dura de sus ojos se nubló con preocupación. Sólo un segundo, y luego él notó cómo reprimía el pánico y recuperaba la cordura. La reina de hielo. Se había percatado de su acto, a pesar de lo bueno que era. Tuvo que haber practicado ese estado de indiferencia por años, dado lo natural que parecía. Se preguntó qué le habría pasado para que necesitara esconder sus sentimientos de forma tan eficaz.

—Ya te dije —respondió—. Mula contrabandista, probablemente. Tu habilidad comunicativa es buena, pero serías un riesgo con la problemática familia que tienes.

Mariana abrió la boca para discutir, pero él la detuvo con un movimiento de la mano. Cerró la boca y, de nuevo, eso lo sorprendió.

En verdad ella quería saber qué sucedería después. Y él no se atrevía a decírselo.

—Tienes un lindo rostro, Ana. Lamento que lo tengas. Ojalá no lo tuvieras.

Abrió los ojos tanto como pudo.

—Si dependiera de mí, te pondría a trabajar en uno de nuestros clubs de caballeros más finos.

Pero no lo haría. Te conservaría sólo para mí. Desde luego no le podía decir eso.

Mariana resopló.

—Un burdel.

Dornan asintió.

—Sí.

Sus hombros se hundieron.

—¿Cuándo?

—Supongo que muy pronto.

Vio una idea pasar por su cabeza; era muy evidente.

—Tal vez tú podrías…

Dornan empujó la pared y dio dos zancadas; sus dedos taparon la boca de Mariana para interrumpirla a media oración. Los ojos de ella se llenaron de tristeza.

Hacía mucho tiempo él había querido salvarlas a todas. Actualmente, ya era inmune a la idea. Pero ahora, con esta mujer inexplicable sentada frente a él, casi cede. La tentación de llevársela, de rescatarla, lo sobrecogió de momento. ¿Se habría dado cuenta? ¿Habría notado la fugaz devastación en su rostro antes de que lograra borrarla?

—No puedo —dijo llanamente tanto para sí como para ella—. ¿Recuerdas que dije que éste no es un cuento de hadas? No soy tu héroe, Ana. Nadie lo es. Nadie vendrá a salvarte.

Dejó de hablar pero no retiró la mano de su boca. Algo perturbador se movió en su estómago frente a esta chica.

Él ya sabía que no la salvaría. No quería *querer* salvarla. Quería olvidarla. La usarían y lastimarían, y estaría muerta en menos de cinco años. De eso estaba seguro. Las muchachas con las que se comerciaba en este mundo no duraban mucho antes de extinguirse, y los Hermanos Gitanos tenían el toque más mortífero de todos.

Sus ojos enormes parpadearon y de ellos cayeron lágrimas que corrieron por sus mejillas y golpearon la mano de Dornan. Retiró los dedos de sus labios y limpió más lágrimas de su rostro con ellos.

Quería decirle que no llorara. Llorar implicaba debilidad. Pero mientras el agua salada que salía de su cuerpo le quemaba la mano, no dijo nada. Porque en cuanto saliera del cuarto llevaría su lengua a cada una de esas lágrimas que habían caído sobre su piel y él mismo probaría cuán dulces eran.

19

Mariana

Me irritaba haber llorado frente a él. Había llorado sobre él, justo en su mano. Estaba muy enojada conmigo misma. Antes de irse, no me quitó las cadenas de las muñecas, pero tampoco las amarró a la pared. Los grilletes eran pesados, así que los descansé sobre mi regazo cuando me senté en la cama.

Había notado algo en sus ojos. ¿Lo imaginé? Justo antes de que me dijera que no podía ayudarme. Era una mirada que me estaba diciendo que quería hacerlo. Permanecí sentada con mis pensamientos confusos; una incredulidad aturdida y la impotencia llenaron todos mis poros hasta que comencé a estremecerme por la inutilidad de todo.

Sería una puta.

Nunca escaparía.

Y no sabía qué era peor.

Mi respiración se aceleró al imaginarme manos desconocidas tocándome, lastimándome, quitándome todo hasta que fuera sólo una cáscara vacía.

Estaba muy confundida, entumecida de dolor. Pero mi insensibilidad estaba rematada con miedo, con momentos aleatorios de pánico que de repente me golpeaban sin aviso. Él me había dicho qué pasaría conmigo, y había sido lo suficientemente inteligente para darse cuenta de lo que yo haría antes de que yo lo supiera: ponerle ojos bonitos para tratar de que me ayudara. Era claro que le gustaba. Pero no sabía cómo convertir ese gusto en algo que pudiera salvarme del infierno inminente.

Un par de horas después de alimentarme con gentileza, Dornan regresó, ahora con Emilio. Retrocedí en cuanto vi al soso capo; mis costillas me recordaron que no debía hacerlo enojar. No me moví de mi lugar en la cama cuando entraron: sólo observé y esperé.

Anticipaba algo desagradable, pero cuando me hizo la primera pregunta, no estaba preparada en lo absoluto.

—¿Eres virgen? —inquirió Emilio con desinterés.

¿Virgen? Abrí la boca y solté una risa genuina que comenzó en mi estómago y se extendió por toda la habitación, inoportuna. Me detuve de repente cuando una vibración me movió las costillas; jadeé y me toqué el costado. Miré más allá de Emilio para ver la boca de Dornan, que temblaba de un lado.

¡Paf! Antes de que me diera cuenta, Emilio se me acercó y me dio una bofetada. Percibí el sabor a sangre.

Me aclaré la garganta.

—Lo siento —dije con un tono ácido—. Pensé que estabas bromeando.

Emilio sonrió.

—Entonces, tendremos que ver por nosotros mismos, ¿no?

Puse los ojos en blanco, pero el miedo se arrastró por mis huesos y cerró mis piernas con fuerza.

—Les aseguro que no soy virgen desde hace mucho tiempo.

Emilio chasqueó los dedos, como era su molesto hábito, y Dornan dio un paso al frente.

—Quiero que revises si es o no virgen —dijo con una irritante expresión de maldita condescendencia.

—Ya te dije que no lo soy —grité con los ojos entornados.

Me iba a convertir en una prostituta. Mis nervios se tensaron frente a imágenes de filas interminables de hombres sin rostros, con mal aliento y palmas sudorosas.

El pánico se acumuló en mi interior para sustituir la calma que me había esforzado tanto en conservar.

Nunca muestres miedo.

Emilio sonrió; su diente de oro centelló.

—Diviértete —le dijo a su hijo con una palmada en el hombro—. Y haz un inventario ya que estarás ahí. Pero no marques a la putita: ya perdimos mucho tiempo por su desafortunada caída. —Entrecomilló la palabra «caída» con los dedos, y me encogí de vergüenza.

Estaba muy cerca de la puerta cuando se le ocurrió algo.

—Revisa si sus tetas son reales —le dijo a su hijo sin darle importancia; la ira me consumía por dentro.

Dornan miró a su padre salir del cuarto y azotar la puerta a sus espaldas.

Y entonces se giró hacia mí despacio.

Lo contemplé con determinación; sin la presencia de Emilio me sentía mucho más tranquila. Más segura. No tenía sentido, pero lo tenía. Porque Emilio había exigido que lo llamara Amo, y porque me había roto las costillas, y a Dornan parecía no importarle cómo lo llamara.

—Papacito —dije sin emoción. Me humedecí los labios antes de poder detenerme; tenía ese reflejo nervioso cuando me sentía insegura. *¡Maldición! Detente. Seguramente ya sabe cómo te comportas cuando estás asustada. Te vio llorar como bebé esta mañana.*

Dornan se rio entre dientes y podría jurar que mis cadenas repiquetearon por el sordo y estruendoso ruido que hacía resonar cada fibra de mi ser.

—Eso significa padre, ¿no? —preguntó Dornan con expresión relajada y postura distraída, a diferencia de ayer, cuando lo había visto muy tenso.

Cuando había sonreído por la sangre que caía de mi muñeca al suelo.

También le sonreí involuntariamente. A pesar de la situación.

Trata de hacerlo tu aliado.

—Es un término amistoso. Más casual.

Apretó los labios.

—¿Entonces quieres que sea tu amigo —sus labios se torcieron en una mueca— o tu papacito?

Mis mejillas ardieron con su pregunta; traté de mantener mis ojos en los de él, de no bajarlos. Al diablo tratar de hacerlo mi aliado. La manera en que había hecho la pregunta con la mirada clavada en mis pechos... era muy obvio a qué se refería.

—¿Qué te parece ninguno? —dije en tono condescendiente—. ¿Qué te parece si simplemente eres un pendejo?

Ahogó una risita, lo cual me hizo enojar.

—Le tienes miedo —espeté—. A tu padre. Se nota por cómo le hablas.

Sus ojos se tornaron más oscuros; sus cejas se juntaron. Tensó la quijada y me imaginé sus dientes rechinando.

Se estiró y tocó mis esposas. Me puse de pie y tomé una gran bocanada de aire. Ni siquiera me percaté de que se había acercado tanto; era encantador. Elegante como pantera. Igual de mortífero.

No quería permanecer sentada en caso de que me atacara. Parecía que tenía ganas de destrozarme.

—No le tengo miedo a nadie —gruñó con un tono moderado. Sus dedos se sentían tan ligeros como una pluma sobre mi muñeca.

Mentiroso.

—Pero tú, por otro lado... —dejó la oración colgando; sus casi dos metros de altura eran apabullantes frente a mi metro y medio. Torcí el cuello para mirarlo a la cara mientras se acercaba más.

Era hermoso. Era aterrador.

—¿Qué conmigo? —pregunté con voz ligeramente temblorosa.

—Ésa es la cuestión —respondió en voz baja, con el retumbo que amenazaba con desbaratarme—. No logro determinar si me tienes más miedo a mí o a ti misma.

Le lancé una mirada asesina. Me sentía desnuda. Veía mi interior y eso me molestaba. Me mordí el interior de la mejilla para no continuar hablando.

Era demasiado fácil hablar con él, compartirle mis secretos, como caer en un abismo. Disfrutaba hablar con él, estar cerca de él, lo cual era perturbador.

Sus dedos acariciaron mi brazo y llegaron a las vendas de mi herida.

—¿Cómo está tu muñeca? —murmuró con voz ligera.

—Vacía —contesté con sinceridad. Falta de sangre y de esperanza. Continuó acariciándome el brazo; sus dedos me quemaban la piel. El pensamiento irracional de que tal vez aún podría ayudarme me asaltó, tal vez me salvaría.

Me irritaba querer que me salvara.

—Mi padre no cree que serás capaz de comportarte —dijo, con lo que una sensación de miedo se paseó por mi espina dorsal: un dedo invisible que bien podría pertenecerle a él.

Me encogí de hombros.

—No lo culpo.

Sonrió al tiempo que me soltaba la muñeca y sus dos manos subían por mis brazos y a través de mi clavícula, donde descansaron por un instante antes de deslizarse hacia abajo.

Lancé un jadeo agudo mientras ponía sus palmas sobre mis pechos. Aún no había tenido la oportunidad de ducharme, y cuando me pellizcó los pezones sentí la nauseabunda abrasión de la sangre de Este contra mi piel.

—¿Qué haces? —resollé tratando de escabullirme, pero sólo logré crear una fricción entre sus dedos y mis pezones que hizo que mi cuello ardiera. *Este. Esta gente mató a Esteban. No dejes de pensar que es sólo un cobarde y un asesino*—. ¿Qué pretendes hacerme?

—Lamento lo de tu novio —dijo Dornan, que parecía que me había leído la mente—. Pero te aseguro, querida, que lo único que pretendo en este momento es saber si estas hermosas tetas son reales o no —dio un último apretón para enfatizar sus palabras, y algo brilló en su mirada. Diversión. Lo divertía tenerme aquí, encadenada, lastimada, doblegada y poseída.

—No tienes que disfrutarlo tanto —escupí alejando la mirada de él.

Sus manos siguieron patinando por mi piel, y así como me había estremecido cuando buscaba el pequeño microchip, mi cuerpo respondió de nuevo a su tacto. *Esto está mal*, pensé. La vergüenza me quemaba el rostro y el pecho se me erizó donde su mano se posaba. Su contacto era impreciso pero dominante al mismo tiempo. ¿Entonces por qué quería que dejara su mano exactamente donde estaba?

Dejé de forcejear. Me di cuenta de que estaba conteniendo la respiración, y dejé de hacerlo de inmediato, con bocanadas de aire. No aire fresco. Era el mismo en el que me habían atrapado desde mi llegada.

Nuestros ojos se encontraron de nuevo y su rostro se suavizó un poco. Estaba alejado de su usual expresión feroz, aunque no me molestaba esa fiereza, lo cual era el problema. De hecho me gustaba demasiado. Era diametralmente opuesto a Este, quien siempre había sido gentil, amoroso y amable.

En este momento odiaba a Dornan Ross porque lo único que quería era que pusiera también su otra mano sobre mí. Que me tomara y me llevara a algún lugar, donde fuera, lejos de aquí.

Estaba depositando mis esperanzas en el hombre equivocado. Ya había dicho que no me salvaría —que no podía salvarme— de mi destino.

Puse toda mi voluntad en apaciguar mi excitación, e invoqué ese otro sentimiento que fluía por mis venas como veneno. Mi más grande miedo por saber qué pasaría conmigo.

—¿Haces el inventario para venderme? —pregunté con amargura; mis ojos desafiantes lo observaron mientras él miraba en ellos. Ya le había dado palabras al miedo que me había consumido por las últimas horas. *Esclava. Esclava. Esclava.*

Esperaba que se riera, como él y su padre hacían cada vez que yo decía algo parecido. En vez de eso, su semblante serio me aterrorizó.

Quería que dijera que no. Necesitaba que me dijera que no.

Pero lo que dijo, una palabra pequeña, fue suficiente para destruir mi mundo.

—Sí —respondió sin pensarlo dos veces.

20

Dornan

No quería que su padre la vendiera.

Eran negocios, así de sencillo, pero el coraje que lo quemaba por dentro tan sólo de pensar en lo que les pasaba a las muchachas que vendían… no lo soportaba. Desde el principio su padre le había dicho cuál sería el destino de Mariana, pero entonces aún era una chica más. Mercancía. Un producto.

Ahora había probado su sangre. Sus lágrimas. Su dulzura era alucinante. No su temperamento: la chica era una fiera. Pero el sabor de su sangre lo dejó sin aliento.

Caminó de un lado a otro afuera de la habitación de Mariana. El guardia cerca del baño inspeccionaba su metralleta para evitar la mirada de Dornan.

No podía evitar lo que pasaría. Lo sabía. Por lo tanto, decidió que lo mejor sería continuar sus pendientes en los cuartos de arriba. Olvidar a la chica. Dejar que se enfrentara al destino al que ella misma se había entregado.

Arriba los miembros del club se movilizaban: volvían a Los Ángeles. Sabía que su padre estaba ahí, tratando de reparar el daño que la pérdida de la cocaína había causado. La gente clamaba por la sangre de los Hermanos Gitanos. Dornan deseaba poder explotar la oficina central de la agencia antidrogas por completo.

Arrastraba los pies por culpa de la chica. Ya tendría que estar de regreso en Los Ángeles, alistando al resto de club. John se las ingeniaría sin él, pero quería formar parte de la acción. Necesitaba saber qué sucedía. Su padre, específicamente, necesitaba que él fuera el intermediario de los intereses del cártel. La gente solía salir ilesa cuando John se las arreglaba solo.

Su padre lo llamó con un grito sonoro desde arriba. Subió las escaleras más rápido de lo que hubiera preferido; fantaseó con quitar al viejo de en medio y tomar él mismo el control del imperio. Después de todo, él era el único que se encargaba del trabajo sucio. Era el que se ensuciaba las manos al recoger a las muchachas en los puntos acordados o al hacer las entregas a los proveedores. Su padre se quedaba detrás de su escritorio y daba órdenes mientras su muy rubia y muy joven secretaria le chupaba la verga. Pero aunque Dornan pensara en darle a Emilio su merecido, sabía que lo que en verdad quería era que su padre le dijera cuán orgulloso estaba de él. Patético.

—Papá —se anunció Dornan.

Como para confirmar sus pensamientos, la joven rubia se apresuró fuera de la oficina con la falda arrugada y con el labial de prostituta corrido por la cara. Dornan no se movió para dejarla pasar, y ella se tuvo que apretar contra el marco de la puerta para salir.

—No seas grosero —dijo Emilio con aspereza—. No creas que se me ha olvidado lo que le hiciste a Margie.

Dornan rio disimuladamente al recordar los gemidos de Margie bajo su cuerpo. No le había hecho nada que no quisiera; ella se lo había pedido casi de rodillas.

—Me pregunto cómo estará Margie —comentó Dornan al sentarse frente a su padre. Siempre hablaban de cosas sin importancia antes de hablar de negocios.

—No creo que haga mucho con un plomo en la cabeza —contestó Emilio sin darle importancia.

Dornan levantó una ceja con sorpresa.

—Pensé que era tu favorita.

—Hablaba con los uniformados.

Dornan apretó los puños con furia. No podías confiar en nadie en este negocio. Sacudió la cabeza con desaprobación.

—En ese caso —dijo— espero que haya sufrido mucho.

Emilio sonrió y Dornan no pudo evitar mirar su diente de oro. Lo odiaba; siempre lo había odiado. De niño lo asustaba, y el sentir no había cambiado con el tiempo. Lo imaginó brillar mientras su padre le arrancaba la carne a alguien con los dientes. Era un hijo de puta sádico.

—Ah, sí —respondió Emilio perdiéndose por los rincones de un pasado sangriento—. Primero me la cogí con una pistola enorme. No le gustó para nada.

Dornan soltó una risita, pues ésa era la reacción que se esperaba, pero por dentro sólo sintió repulsión. Pero no le sorprendía. Había dejado de sorprenderse por las excentricidades de su padre hacía mucho tiempo.

—Pero bueno —dijo Emilio de repente; Dornan anticipó lo que venía—: negocios.

Bingo. Imbécil predecible. Sólo tenía sesenta años pero la vida había sido dura con él, y las arrugas en los ojos eran muestra de ello. De su lucha.

—Logré conseguir un poco de producto para ayudarnos.

—Espero que no a través del pendejo de Murphy —dijo Dornan antes de contenerse.

Los ojos fríos de su padre se llenaron de ira.

—Es un loco hijo de puta, Dornan, pero tiene algo que necesito. Que necesitamos.

Dornan se esforzó por conservar una apariencia de calma.

—Necesito que tus hombres vayan por ella.

Tenía tantas ganas de hacer una mueca que le dolió. Por supuesto que sí. El maldito viejo siempre necesitaba algo.

—¿Cuándo y dónde? —preguntó.

Emilio comenzó a listar horarios y direcciones, y Dornan trató de poner atención. Una imagen de la chica pasó por su cabeza. ¿Aún estaría aquí cuando volviera? Esperó con paciencia: su memoria archivaba todo lo que su padre decía. Fingió estar disfrutando la conversación, pero los ojos de la chica ocupaban todo su interior.

Al final, cuando Emilio terminó su perorata, miró a su hijo con una precisión helada. Dornan se sentía intimidado por esa mirada. Era como si su padre pudiera leer su mente. Y siempre lo hacía.

—Dime lo que me ibas a preguntar —dijo Emilio sin rodeos.

Dornan encogió los hombros.

—No te iba a preguntar nada.

La mirada de indiferencia de Emilio se transformó de inmediato.

—*Figlio mio* —dijo alargando las sílabas y con una amplia sonrisa. *Hijo mío*—. Veo tus pensamientos antes que tú. Quieres saber qué pasará con la niña.

Hijo… de… puta.

—¿Cuál niña? —lo desafió Dornan con desinterés fingido—. ¿La rubia que acaba de dejar su lápiz labial en tu *cazzo*?

Emilio se levantó aún con esa mirada irritante en la cara; la reunión había terminado.

—Te dejaré jugar con la colombianita —dijo mientras Dornan se dirigía a la puerta—, pero necesito ser brutal con ella. Tengo que poner un ejemplo.

El recuerdo de los cinco cadáveres decapitados con los que su padre había puesto un ejemplo al decorar el puente fronterizo de San Ysidro hacía unos cuantos meses retorció el estómago de Dornan. La chica era demasiado buena para terminar así. A pesar de que Dornan quería lastimarla… no era lo mismo. Le gustaba derramar un poco de sangre, sí, y ser muy intimidante, pero no disfrutaba la brutalidad extrema que su padre prefería.

—¿Has pensado en usar sus otros talentos? —inquirió Dornan con indiferencia. *No lo dejes ver. No dejes que sepa.*

Emilio entrecerró los ojos, pero su expresión era de ligereza, incluso juguetona. Dornan había presenciado cómo su padre apuñalaba a un hombre con un picahielos en la cara justo en este estado de seriedad.

—¿Qué otros talentos? —repitió Emilio—. ¿Tiene un coño de oro? ¿Una boca que succiona mejor que una aspiradora? ¿Una tercera teta escondida por ahí?

Dornan sacó una risita.

—Sabe maquillar libros. Es contadora amateur.

Emilio se encogió de hombros.

—¿Y qué con eso?

Dornan quería sacudirle la cabeza al viejo.

—Pues probablemente pueda llevar nuestras cuentas mejor que la idiota de Bela.

Emilio despachó la noción con una mano.

—Es demasiado joven. ¿Qué sabe acerca de esconder dinero y mandarlo al paraíso fiscal?

Dornan frunció el ceño y se quedó quieto.

—Es hija de Marco. Alguien ha estado cubriéndole las espaldas durante años; estoy seguro de que fue ella.

Emilio se rio.

—Necesita convertirse en un ejemplo... un ejemplo gráfico.

¡Maldito bastardo! Dornan quería lanzarse sobre el escritorio y golpear a su padre hasta que el viejo dejara de existir. Sus puños le temblaron con la idea.

—Bueno, ya le saqué el chip —dijo Dornan con desdén—. Que te vaya bien.

Después de salir con un portazo, le pareció escuchar a su padre riéndose.

No veía el momento en que el viejo imbécil quedara fuera del juego.

21

Dornan

Dornan se dirigió hacia la entrada principal, su moto era la única que quedaba. El resto de los Hermanos Gitanos ya se había adelantado a la casa club. Los últimos días lo habían tenido muy ocupado con la logística de la distribución de la nueva coca. Además, ahora que sabía que el imbécil de Murphy había estado involucrado, estaba más preocupado que nunca.

—John —gritó Dornan al teléfono.

La calidad de la llamada no era muy buena, pero con eso bastaría.

—Necesitas venir para acá —dijo John.

A Dornan no le gustaba que le dijeran lo que tenía que hacer, pero cierta ansiedad en la voz de su amigo indicaba pánico.

—¿Todo en orden, hermano?

Se escuchó un suspiro.

—Caroline está en el maldito hospital.

No incluyó las palabras *de nuevo*, pero su tono la implicaba. Dornan respiró profundo. Esto ya comenzaba a irritarlo.

—¿Estará bien?

—Desde luego —dijo John con sequedad—. Si es que logro retenerla ahí.

Dornan se presionó el caballete de la nariz. La mujer de John y su gusto por el polvo blanco eran un tremendo problema. No era la cocaína; sino la heroína, lo cual ahora interfería con los intereses del club.

—Reclúyela —dijo Dornan con tiento—. Cuarenta y ocho horas en el ala psiquiátrica.

Hubo un silencio de consternación.

—Se trata de mi esposa —protestó John.

Dornan miró con anhelo hacia la puerta que conducía al sótano y al objeto de su oscuro deseo que yacía atrapado ahí abajo. Lo que daría por abandonar todos sus asuntos y bajar con ella. Por llevársela de este lugar, incluso. Hacerla pasar un buen momento. Parecía que le hacía falta un buen filete.

—¿Quieres salvarla de ella misma? —preguntó Dornan sin esperar una respuesta—. El ala psiquiátrica, hermano. En menos de un año estará muerta si no terminas esto ahora.

John no respondió.

—Te veré en cinco horas —concluyó Dornan—. Resuélvelo, John. ¿Julie está en casa?

—Está con Celia —dijo John con rigidez—. Está bien.

Está en *tu* casa con *tu* esposa, era lo que John quiso decir. Ésa todavía era la manzana de la discordia entre los dos amigos, a pesar de que Juliette ya tenía seis años. John estaba en la correccional Sing Sing cuando su hija nació, adicta a la heroína y con un síndrome de abstinencia tan agudo que Dornan estuvo muy cerca de asesinar a Caroline por su estúpido egoísmo de mierda. Porque mientras John se pudría doce meses en prisión por algo que no había hecho, Caroline se inyectaba y le chupaba la verga a todos los Hermanos Gitanos de moral dudosa que le pagaran con una bolsa de droga. Por sus pecados, Dornan y su segunda esposa, Celia, habían desempeñado los papeles de papá y mamá de una bebé que nunca dejaba de llorar.

No había sido mucho problema, aunque en un par de ocasiones, durante esas muy largas y ruidosas noches en las que la niña sólo gritaba y gritaba, Dornan consideró tirarla por la ventana. Esas noches él y Celia se turnaban para consolar a la pobre criatura: la dejaban en pañales y se la colocaban sobre los pechos desnudos. Aun así lloraba, pero ayudaba un poco. Nunca hizo algo así cuando sus hijos eran bebés, pero la culpa por el encarcelamiento de John que todas las noches lo carcomía disminuía un poco en cuanto le daba a la bebé algo de tranquilidad.

Cada vez que la miraba, se acordaba de aquellas ocasiones; de cómo la estupidez de Caroline casi le destruyó la vida a esta niñita alegre.

Pero ahora estaba a salvo. Estaba en su propia casa, con su esposa y sus hijos. Celia tenía una escopeta y una pistola, sin mencionar a sus fornidos hijos adolescentes, y ella era muy capaz de disparar.

—¿Sigues ahí? —quiso saber John, y Dornan se dio cuenta de que se había desconectado por un momento.

—Sí —respondió aún con los ojos sobre la casa que encerraba a la joven prisionera—. Te veré en cinco horas —repitió—. Mientras tanto, arregla el asunto de tu maldita esposa.

Colgó, tomó un cigarrillo de su bolsillo y lo prendió.

Le dio una chupada, frunció el ceño y aplastó el cigarro con el tacón de su bota.

Sabía distinto sin Ana.

Se montó en la motocicleta y la encendió de mala gana. ¿Aún estaría aquí cuando volviera? Emilio había dicho que permanecería con ellos mucho tiempo, pero era un tanto fastidiosa. En menos de veinticuatro otras de condena ya lo había apuñalado. Se tocó la piel sensible que se había cosido, y ese extraña sensación en su estómago se intensificó. *Quiero tenerla.*

Suspiró al abrocharse el casco. Preferiría que ella viniera con él, con los pechos presionados sobre su espalda mientras la llevaba a algún lugar secreto.

Una última mirada, y se armó de valor, pateó el soporte y arrancó hacia el cálido sol de San Diego, camino a casa.

22

Mariana

Iban a venderme.

No importaba cuántas vueltas le diera a esas palabras en mi cabeza, cómo las acomodara, que las desintegrara y las volviera a construir: mi destino seguía siendo el mismo.

Iban a venderme. Crecí en Colombia, la que fuera capital de los secuestros de Sudamérica por un breve periodo de los noventa, hasta que los mexicanos comprendieron que exigir rescates era una forma fácil de ganarse la vida.

Dornan no había vuelto a mi cuarto por un buen tiempo. Era muy difícil llevar un registro de las horas y los días sin luz natural. Una hora podía ser un minuto o podía ser un día. Pero a final de cuentas, no importaba, ¿o sí? Cada minuto que pasaba era un minuto que me acercaba a cualquier nueva tortura que diseñaran para mí.

Pasé tanto tiempo ininterrumpido en soledad que cuando la puerta finalmente se abrió de golpe sentí un extraño alivio. Estar atrapada en el limbo era insoportable.

El alma se me cayó al suelo cuando vi que el hombre en la puerta no era quien yo esperaba.

—Ah, eres tú —dije.

Murphy entró al cuarto con las manos en sus bolsillos. El traje que vestía esta vez era gris oscuro y no tenía ni una arruga. Parecía fino.

—¿A quién esperabas, Mary?

La piel se me erizó mientras se acercaba. Mi padre me llamaba Mary.

Nadie más podía decirme así.

—Hola, pendejo —lo saludé—. ¿Me llevarás otra vez de vacaciones?

Soltó una risita.

—Eso quisieras. Sígueme.

Como no me moví, giró sobre los talones de sus mocasines de piel y sonrió; se llevó una mano al bolsillo de la camisa. Sabía qué era, incluso antes de que sacara el cuadrito arrugado.

Me tenía acorralada, y lo sabía.

—Detente —dije con aspereza y levantando una mano—. Voy atrás de ti.

Se rio.

—Normalmente ninguna quiere que me detenga cuando yo estoy atrás de ellas.

—Eres un inmaduro —musité con un movimiento de la cabeza y lo seguí por el corredor hacia algo peor de lo que hubiera imaginado.

Al final del pasillo, más allá del baño, el cual se me permitió visitar, había un cuarto grande y vacío. Parecía que en algún momento fue un garaje, pero ahora era un espacio abierto al cual entraba el sol a través de delgadas ventanas rectangulares que flanqueaban un costado. El techo parecía ser muy alto comparado con el pequeño cuarto que conocía. Pensé en cómo el sol pasaba por los vitrales de nuestra iglesia cuando papá aún insistía en que todos fuéramos a misa.

—Aquí —dijo Murphy al señalar algo en el centro de la habitación, y en ese momento me paralicé.

¿Pero qué demonios?

Retrocedí hacia la puerta.

—No me voy a subir ahí —dije con los ojos clavados en la cama con estribos de acero inoxidable. Junto había un carrito con bisturís y otros objetos punzocortantes que anticipaban sangre y dolor. *Santo Dios, ¿qué me iba a hacer? ¿Pretendía extraerme los malditos riñones?*

—Cálmate —Murphy trató de persuadirme con frialdad; sus dedos huesudos se cerraron sobre mi nuca y me jalaron junto a él.

—¡Espera! —rogué. Se detuvo por un momento, lo que me sorprendió.

La vergüenza me quemaba el rostro por las lágrimas que caían sobre mis mejillas. ¡Yo no lloraba! ¡No era una debilucha! ¿Qué me pasaba? Estaba muy enojada conmigo misma por derrumbarme cuando más crucial debía ser mi fortaleza.

—Por favor —las palabras brotaban mientras mis mejillas seguían ardiendo—. Por favor, sólo dime qué me va a pasar.

Su cara se suavizó un poco, al igual que su agarre sobre mi cuello.

—Nadie va a asesinarte —dijo al empujarme a la cama.

Puse las manos para evitar caerme sobre la estructura.

—Es una revisión médica. Quítate las bragas y súbete a la cama.

Una revisión médica. ¿Para eso se necesitaban estribos? *Santo Dios.*

Me giré para mirarlo de nuevo y di un largo suspiro. Debió haber notado la inseguridad en mi rostro, porque puso los ojos en blanco y metió la mano en el bolsillo de su camisa con las cejas en alto.

Esa maldita fotografía sería mi perdición. Lo detuve con un ademán y me levanté el vestido; pasé las manos por debajo y me bajé las pantis. El corazón se me detuvo al pensar en todas las cosas que podría pedirme que hiciera con la foto de mi bebé en alto.

En todas las cosas a las que accedería para proteger a mi hijo.

Dejé caer la prenda interior y me agaché para recogerla.

—Déjalas ahí —dijo—. Trépate en la cama.

Fruncí el entrecejo, pero ahí las dejé y me subí con dificultad al lecho. Era tan alto que parecía diseñado para gigantes. Me recargué contra el respaldo, que estaba en posición casi vertical, pero no subí los pies a los estribos.

El corazón se me aceleró mientras Murphy se inclinaba para tomar el encaje negro que él me había comprado. Las acercó a su nariz y aspiró con fuerza antes de guardarlas en su bolsillo. El destello malvado apareció de nuevo en sus extraños ojos azules mientras caminaba alrededor de la cama para detenerse frente a mis rodillas.

Estaba a punto de decirle lo bonito que se veía con mi ropa interior puesta cuando tiró de mis tobillos y los colocó sobre los estribos. El movimiento fue tan violento, tan inesperado, que apenas tuve tiempo de asegurarme de que el vestido me cubriera entre las piernas, por no decir para tratar de patearlo en la cara.

Entré en pánico cuando de un solo movimiento me amarró una tira de velcro alrededor de cada tobillo y las apretó, atrapándome.

Sonrió victoriosamente, clavándome en la cama con sus ojos. Dios, sería un gran asesino en serie en una de esas malas películas de miedo que mis compañeros del internado amaban. Nunca había logrado entender por qué disfrutaban tanto esos filmes tan ridículos. ¿Qué no sabían que el mundo real ya estaba lleno de horrores?

Supongo que el terror no existía en sus mundos de la misma manera que en el mío.

Emilio entró al cuarto con paso brioso y serio. Lo examiné con un asco evidente, al cual él respondió con una mirada sarcástica y un guiño. ¿Un guiño? ¿Trataba de hacerse el gracioso?

—¿Está bien? —le preguntó a Murphy.

Sin darme aviso, Murphy metió la mano bajo mi vestido y me introdujo un dedo. Lancé un chillido más fuerte de lo que habría preferido y traté con desesperación de reptar más hacia atrás, lejos de su contacto.

—Apretada —dijo al retirar la mano con calma. Miré al techo, más avergonzada de lo que jamás había estado, mientras él se limpiaba el dedo con la orilla de mi vestido.

Emilio ladeó la cabeza con una mirada de sorpresa en el rostro.

—¿Virgen?

Murphy negó con la cabeza.

—Sólo está apretada.

Emilio le indicó a Murphy que se quitara; cuando se hizo a un lado, el doctor, un mexicano que aparentaba unos treinta y tantos, acercó un banco y se sentó frente a mis piernas abiertas.

Dios. No podría ser peor.

—Muy bien, cabroncita —dijo Emilio con una mano en mi rodilla. La miré como si fuera una cucaracha muerta, pero no la quitó. Hice una mueca de incomodidad cuando el doctor al pie de esta cama de tormentos se puso unos guantes de látex y comenzó a buscar algo en la mesita de instrumentos de tortura.

—Es momento de asegurarnos de que no tengas alguna enfermedad monstruosa. O algún embarazo secreto. Ya hemos tenido de todo en este lugar.

La boca de Murphy tembló al escuchar algo sobre embarazos secretos; le lancé una mirada asesina.

—¿Es necesario hacer esto de forma tan... primitiva? —pregunté con los dientes apretados.

Emilio me dio un apretón en la rodilla, afectuoso como si se tratara de la pierna de su hija. Reprimí el impulso de lanzarme contra él y matarlo con mis propias manos, principalmente porque eso no habría servido de nada y yo terminaría con un ojo morado.

—Por supuesto —dijo; fue en ese momento que me di cuenta de cuánto disfrutaba verme sufrir. Mi miseria lo llenaba de júbilo. Pestañeé para contener las lágrimas que comenzaban a anegarse, y él chasqueó la lengua.

—¡Vamos, cabroncita! —me reprendió—. ¿De verdad pensaste que te pondría a trabajar como sirvienta? ¿A lavar platos o trapear pisos? Necesito que sufras para que tu padre sufra.

—Mi padre no sabrá si sufro o no —repliqué—. Está en Colombia.

Murphy se movió con incomodidad: tenía una mirada de entretenimiento. Di un gemido.

—A menos que alguien lo esté informando —lo miré con furia.

—¡Suficiente! —exclamó Emilio—. Murphy, dile a la putita cuál es el siguiente paso y cuándo se llevará a cabo la subasta. Y ponle algo en las heridas para que sanen más rápido.

Salió con pasos largos de la habitación sin girarse una sola vez; sus palabras me golpearon en el pecho. El siguiente paso. *Subasta.*

Murphy se metió un chicle a la boca y comenzó a masticar ruidosamente. Al instante percibí en el aire un enfermizo olor artificial a fresas.

Aparté los ojos de Murphy al tiempo que el tipo entre mis piernas me ensartaba algo que se sintió como una verga rígida, dura y de plástico.

—¿Qué carajo? —grité.

El doctor miró a Murphy con las cejas en alto, deteniéndose por un momento.

—Es un espéculo —dijo Murphy con recelo—. Estoy seguro de que la verga de tu difunto novio era más grande que eso. Deja de quejarte.

Tu difunto novio. Sentí como si un tren me arrollara y me quedé sin aire. Antes de darme cuenta de lo que hacía, levanté los puños y golpeé con todas mis fuerzas.

Murphy no había bajado la guardia esta vez, como cuando le rasguñé la cara en el auto de camino al hotel de Emilio. Esquivó el golpe con facilidad y sujetó mis dos muñecas, hundiéndome de nuevo sobre el lecho.

—¿Ves ese bisturí? —gruñó mientras señalaba con la cabeza la bandeja que el doctor revolvía—. Si no te controlas, te lo meteré por el trasero. ¿Quieres que te coja con la hoja, cariño? Yo estoy al mando, no tú.

—Vete a la mierda —escupí—. ¿Crees que tienes poder? No eres nada. Desátame y veamos si puedes evitar que te patee las bolas.

Miró hacia el techo.

—No dejaré que te levantes hasta que termine la revisión y que tu coño se vea lindo, apretado y descubierto.

—¿Arreglarán mi coño para poder venderme a algún pervertido que quiera tenerme amarrada en su sótano? ¡Cuánto poder esgrimes!

—El cliente siempre tiene la razón —Murphy sonrió—. Y el cliente quiere un coño lampiño.

Torcí la mirada.

—Entonces, imagino que la mayoría de las chicas que venden son vírgenes. Deben raptarlas muy jóvenes para asegurar eso, ¿cierto?

Me soltó uno de los brazos y me abofeteó con fuerza. Me deleité con el dolor mientras la mejilla me punzaba.

—Terminemos de una vez —Murphy le dijo al doctor. Emilio apareció de nuevo en mi campo de visión para mortificarme más.

Luché contra el agarre de Murphy y las ataduras de mis tobillos, pero de nada sirvió. No me podía mover, abierta de brazos y piernas, mis partes más privadas a centímetros de la cara del silencioso doctor.

Me estremecí con asco cuando Emilio se inclinó sobre mi pierna y pasó su índice por mi muslo, hundiéndolo en mí sin aviso. Me dolió; no estaba particularmente húmeda después de haber sido cogida por el dedo de Murphy. No es que la experiencia fuera muy excitante, después de todo.

Sacó su dedo y se rio con un estruendo que me vibró en el pecho.

—Debería apretarte más —dijo en tono burlón—. Debería castigarte por ser tan desobediente. Coserte fuerte para que seas virgen de nuevo.

El malnacido hizo un círculo con su pulgar y su índice, y después me observó con atención mientras doblaba más los dedos hasta hacer el círculo diminuto.

¿Coserme? ¿Ahí abajo? De ninguna manera.

Por el rabillo del ojo vi al doctor ensartar una aguja con un hijo delgado y traslúcido.

Ay, dios mío. No serían capaces…

—¡Espera! —grité. De repente respiraba tan rápido que probablemente estuve al borde del desmayo—. Haré lo que sea.

Emilio ladeó la cabeza, sonriendo. Era claro que le encantaba mi miedo. Los hombres como él se nutren del temor de sus subordinados.

Chasqueó los dedos y el hombre entre mis muslos le dio la aguja. La boca de Emilio tembló cuando acercó el objeto a mi ojo; su otra mano me sujetaba el cabello con fuerza para evitar que yo me apartara. Unas gotas de sudor se acumularon en mi frente al tiempo que la aguja puntiaguda se acercaba más y más a mi retina, tan cerca que la punta estaba completamente distorsionada.

—¿Lo que sea? —preguntó Emilio.

—Sí —jadeé—. Por favor, lo siento. Cualquier cosa.

Emilio sonrió; retiró la aguja. Resoplé al ver que la guardaba en el bolsillo de su saco; era un trozo de metal insignificante, pero también una amenaza tan violenta como para mantenerme a raya.

—Recuerda esto cuanto se te vaya la boca —dijo—. Recuerda lo que eres para mí. Lo que yo soy para ti.

Reprimí lágrimas de enojo. Le pertenecía de por vida. Por ahora el presente no suponía problema, pero ¿el futuro? No soportaría demasiado.

El hombre entre mis piernas se acercó más a mí con movimientos dudosos y lentos.

Apresúrate, quería decirle, pero me negaba a mostrarme más débil frente a estos hombres. En lugar de eso, me recosté y me preparé para enfrentar el dolor.

Y me encontré sus ojos, taladrándome.

No los de Emilio.

Los de Murphy.

En la penumbra, sus ojos azules resplandecían con deleite. Y con algo más.

Satisfacción.

—Lo dejaré trabajar, doc. —dijo Emilio al dirigirse al corredor. Un segundo después, su cabeza regresó y llamó a Murphy—. ¿Vienes?

—Si no le importa, jefe —respondió Murphy con una sonrisa—, creo que me prefiero quedarme a ver.

Emilio soltó una risita y desapareció.

Mi mente se lanzó hacia el pasado, hacia una escena casi idéntica a ésta. Yo tenía dieciséis años y acababa de expulsar a mi bebé al mundo umbrío que insistía en quitármelo. Me permitieron sostenerlo; las enfermeras lo colocaron sobre mi pecho por unos breves y preciosos minutos antes de que se lo llevaran. Me había asomado con anhelo dentro de un par de perfectos ojos azul oscuro que me devolvían la mirada: un trozo de mi propia alma materializado y traído al mundo.

Ahora, clavada a una cama por el loco de Murphy, miraba otro par de ojos azules. Pero no había nada amoroso o sutil en éstos. Sólo había cierta dominación que se alimentaba de mi terror.

La cera caliente se derramó sobre mi piel sensible, y después comenzó el ardor. Ardor y dolor. Estaba caliente. Demasiado caliente. Con mirar a Murphy fue claro que esta temperatura era intencional. Sentía que había fuego consumiendo mi cuerpo.

—Puedes llorar si quieres —dijo Murphy con una retorcida sonrisa de superioridad—. Todas lloran.

No quería. Pero lo hice. Lloré.

Mientras mis lágrimas caían, su sonrisa se intensificó.

Lo odiaba.

23

Dornan

Estaba sentado detrás de su escritorio cuando ella entró cautelosa.

Dornan silbó.

—Car —dijo usando su apodo para la esposa de John—. Te ves bien.

Lo que quería decir era que se veía limpia. Había tenido cuarenta y ocho horas para desintoxicar su sistema, y él esperaba que eso marcara una diferencia. Pero vio la desesperación en sus hinchados ojos verdes, y su estómago se tensó con incomodidad.

—Maldito hospital de mierda —dijo con furia—. ¿Puedes creer que me retuvieron en el ala psiquiátrica por dos malditos días?

Posó su huesudo trasero al filo de su escritorio, junto a él, echando su cabello castaño hacia atrás con un movimiento de la cabeza. Dornan estaba entretenido. Caroline era joven, tenía veinticinco, y era el epítome de la puta del club. En realidad pertenecía a las chicas de compañía, pero Dornan suponía que había visto su pase de salida con John y lo había tomado.

—Me pregunto qué haces aquí —le dijo; subió las botas al escritorio y cruzó los tobillos.

—Sólo quería saludar —Caroline se encogió de hombros.

Dornan apretó los labios para no reírse.

—Hola, Caroline —dijo con suavidad—. ¿Dónde está tu hija?

Sus hombros cayeron y la luz de sus ojos se escurrió.

—Con Celia —dijo despacio.

Por supuesto que sí. En un instante el entretenimiento que su carácter previsible suponía se convirtió en apatía pura.

—Con Celia —repitió Dornan con una calma peligrosa—. Y supongo que vas camino a recogerla, ¿no? Para llevarla a casa y cocinarle algo. Para leerle un maldito libro, ¿no es así?

Se burló de ella porque si no expresaba su frustración comenzaría a destrozar cosas. Y tenía que recordar que era la esposa de John. *No lo hagas; no lo hagas.*

Caroline se movió con nerviosismo en la esquina del escritorio.

—Ve a casa, Car —dijo Dornan con tono áspero—. Compórtate como la maldita madre de esa niña por una sola noche de tu vida.

Siguió sin moverse, y él notó el deseo silencioso en sus ojos. No por él, ni loco. Ya habían cogido una vez —cuando John estaba en prisión y Dornan borracho—, pero no sentía nada por ella. Su desesperación apestaba a perfume corriente.

—Estoy consumida, De —imploró—. Por favor. El doctor dijo que tendría que desintoxicarme de manera gradual. Sólo necesito un poco...

—Ya veo —interrumpió Dornan con sarcasmo. Había estado esperando que le pidiera droga. Lo que realmente quería. Sus súplicas eran típicas.

Dornan bajó los pies con un golpe sordo y se puso de pie de manera enfática para elevarse sobre la drogadicta con quien su mejor amigo había tenido la mala suerte de casarse.

—Estoy harto de tus pendejadas, Caroline. Te repudio. Lárgate de mi vista antes de que te lastime.

Disfrutó ver cómo entraba en pánico. Estaba a punto de derrumbarse frente a él, y casi deseó tener tiempo para dejarla hacerlo. Se merecía rogar un poco, tal vez incluso humillarse.

—No puedes tratarme así —tartamudeó al intentar quedarse donde estaba mientras él la jalaba de un brazo hacia la puerta—. ¡Le diré a John lo que me hiciste mientras estaba en la cárcel!

Dornan se paró en seco y la soltó como si tuviera algo contagioso.

—Si te refieres a la vez que desperté en tu sofá para encontrarte trepada sobre mí con tu coño en mi verga, por favor, dile. Estoy seguro de que le encantará saberlo.

La ira y frustración salieron en oleadas de su cuerpo, combinadas con el ligero aroma dulce que era tan particular de todos los drogatas que se desintoxicaban. Ese dulce aroma a desesperación y ansiedad. Como una fruta antes de echarse a perder y comenzar a pudrirse. El límite. Ella estaba al límite.

—Le diré que me obligaste —amenazó.

Eso lo llevó a él al límite. Agarró un manojo de su grasiento cabello oscuro y lo jaló para acercar su rostro al de él.

—Inténtalo —devolvió la amenaza entre dientes—. Te reto a que lo hagas.

El espíritu de lucha la abandonó, y se doblegó bajo sus manos. Todos los drogadictos eran iguales. Ya había tenido que lidiar con suficientes en su línea de trabajo. La empujó por la puerta y dio un portazo antes de querer golpear su estúpida cara.

Maldita perra.

24

Mariana

Pasaron tres días. Tres días de caminar por el cuarto, de rascarme las heridas de las muñecas que apenas comenzaban a sanar. Tres días de tres comidas diarias que el mismo Murphy me llevaba. Tres días de un completo infierno.

Tres días sin noticias de Dornan.

Debía saber que no me ayudaría.

Y entonces, en un instante, todo comenzó a pasar muy rápido. Murphy me dio una toalla y señaló la puerta.

—Ve a ducharte —ordenó—. Lávate el maldito cabello. Parece espagueti grasiento y mohoso.

Lo miré con odio, pero sí quería darme una ducha. No me había limpiado en varios días, y estaba completamente agotada.

Después de refrescarme, regresé con sigilo al cuarto, envuelta en la toalla y con ropa interior nueva. Pasé lo más lejos que pude de Murphy, aterrada de pensar en lo que sería capaz de hacer ahora que estaba limpia y medio desnuda frente a él.

Pero lo que hizo me sorprendió. Me dio una prenda de vestir negra, doblada, y cuando la extendí mis ojos me delataron.

Era un vestido inocente, cortado en seda y sin mangas, que me cubriría hasta los talones.

Pero no era el vestido lo que me preocupaba, sino el porqué.

—No —dije al tirar la prenda frente a mis pies mojados y alejarme—. No, no, no.

Me sobresalté cuando una mujer apareció en la puerta. Parecía ser un poco más grande que yo, pero estaba inmaculada, como una muñeca de porcelana. Sus enormes ojos azules eran lo que más sobresalía de su pálido rostro, sus labios delgados fruncidos. Su cabello castaño brillante estaba restirado en un rodete y llevaba un vestido negro holgado de pinta fina. Parecía un palo, tan delgada que los pómulos se le salían, los codos y las rodillas huesudas. Tal vez también era una prisionera.

Cuando habló, no obstante, me di cuenta de que en definitiva no estaba atrapada.

—Está regordeta —la mujer chascó con los ojos helados barriéndome de arriba abajo. Aunque aún tenía mi toalla, me sentía muy expuesta bajo su mirada fulminante. Retrocedí hacia la cama. Su acento era difícil de identificar, pero claramente no era de California. Y estaba segura de que era italiana. Ay, Dios. ¿Sería la esposa de Dornan? ¿Era ella de quien había hablado? Si sí, comprendía por completo su comentario «Mi esposa es una perra». No se me ocurría ninguna otra manera de definirla.

—Soy obesa comparada contigo —aclaré con el mismo desdén—. ¿Quién eres?

—Calla, Bela —dijo Murphy con una sonrisita—. Sólo estás celosa de sus tetas.

Bela. Definitivamente italiana. Pero el nombre no le quedaba. Era bonita, elegante, pero no era bella.

Resopló con un interés fingido al dirigirse a Murphy.

—No tengo todo el día —dijo presentando una pequeña bolsa roja. Un estuche de maquillaje—. Y necesitaré mucho tiempo con ésta.

O estaban preparándome para la venta o para introducirme al salón de la fama de los prostíbulos. Ninguna de las opciones me agradaba. Apreté los dientes y retrocedí tanto como pude hacia un rincón del cuarto. *Dornan, ¿dónde demonios estás?* No estaba segura de que él pudiera evitar que Emilio me vendiera, pero por alguna razón aún deseaba que estuviera ahí. Evidentemente, mi cabeza no estaba del todo bien.

Murphy me examinó desde la puerta, y después la azotó.

—Ponte el vestido —dijo.

—¿Qué está pasando? —exigí saber sin dejar de apretar la toalla contra mi pecho.

Avanzó hacia mí con el semblante serio. De repente me pareció extraño que en esta ocasión, por primera vez desde que lo había conocido en la casa de mi padre, no hubiera insinuaciones sexuales, contacto inapropiado o amenazas. Era un hombre sombrío, y eso resultaba más aterrador de lo que hubiera imaginado.

—Estás nervioso —dije incrédula. Miré su mano y noté un ligero temblor—. ¿Por qué estás nervioso?

Alguien había estremecido al imperturbable hijo de puta. ¿Pero quién y por qué?

—Ponte el vestido, cariño —dijo en tono cortante—, o te llevaré desnuda, y créeme, no quieres que haga eso. Te comerán viva.

Bela se rio con frialdad a mis espaldas.

—¿Y a ti qué te importa? —farfullé, pero me giré y de inmediato me puse el vestido, tirando la toalla al mismo tiempo. No me atraía la idea de que me comieran viva y desnuda, fuera ésa una amenaza real o no.

De alguna manera, sabía que las cosas estaban a punto de cambiar. Lo percibí desde que Murphy entró a la habitación.

¿Van a venderme?

Sí.

Sí. La respuesta de Dornan se me atoró en la garganta como bilis, y tragué con nerviosismo.

El pánico me consumió mientras me acomodaba el vestido; me consumió cuando Murphy me sentó al borde de la cama.

Me consumió mientras la zorra esquelética mascaba chicle y me maquillaba. Me consumió bajo el calor del secador de cabello con que me apuntaba. Un grito silencioso sacudía mi interior y amenazaba con emerger y escapar de mis labios involuntariamente.

Nunca demuestres miedo: el mantra que cantaba una y otra vez en mi cabeza desde que me había ofrecido a las manos de Emilio. Pero mi determinación se desgastaba y el miedo me rasgaba, irradiando luz entre las grietas, como un millón de estrellas decadentes en el firmamento. Todos verían a través de esas fisuras y sabrían qué sucedía. Verán mi miedo y lo disfrutarían.

No luché contra Murphy y su maldita asistente Bela porque sabía qué me esperaba. Era casi como si viera la fotografía arrugada de Luis en el bolsillo de Murphy, justo junto al lugar donde su negro corazón muerto debía estar.

No luché porque sabía que era inútil. Ése era el momento en que recibirían ofertas por mi vida.

—Levántate —ordenó Murphy cuando Bela terminó de ponerme una plasta de rímel en las pestañas—. Date una vuelta para tu papi.

No giré. Que se fuera a la mierda.

Murphy esperó mientras Bela dejaba el estuche de maquillaje en la cama y salía del cuarto con un portazo.

Con los ojos clavados en la puerta, di un brinco cuando tomó mi mentón con sus largos dedos.

—Yo te compraría —dijo.

Invoqué toda la ira y el odio que se había acumulado en mi pecho durante los últimos días y lo canalicé en mi rodilla. Sonreí con dulzura al proyectarla contra sus bolas, dando en el blanco con fuerza y precisión.

Extendí la sonrisa mientras se doblaba de dolor frente a mí.

—Cariño —le dije al oído—, no podrías darte el lujo.

25

Dornan

Sentía la mirada de su padre; sentía que la furia dentro de Emilio le taladraba dos agujeros en el rostro.

La chica sería subastada, y la angustia que eso le ocasionaba en el pecho era muy desconcertante. Sólo había pasado unos pocos momentos con ella.

Pero había probado sus lágrimas.

Probado su sangre.

Y no soportaba lo que pasaría a continuación.

Por un momento consideró pujar él mismo, pero no tenía cincuenta mil dólares. Tenía un padre rico, pero la riqueza de Dornan era en especie, no en efectivo. Tenía seis hijos, carajo. Seis hijos que comían como para perjudicarlo.

—No quieres venderla —dijo Dornan apuntando en dirección al sótano.

—Claro que quiero, *figlio*. Y quiero que su dueño sea un hijo de puta despiadado. Quiero enviarle a Marco fotografías que lo hagan desear estar muerto.

Los dedos de Dornan se tensaron sobre su vaso. Whisky con hielo para calmar la ansiedad. Bela, la puta, siempre había sido buena para dos cosas: para chuparle la verga y para pasarle los chismes. Así, cuando ella llamó unas horas antes y le dijo que esta noche habría una subasta, Dornan se montó en su motocicleta antes incluso de colgar. Se movió tan rápido como el motor y el tráfico le permitieron, atravesándose de forma peligrosa entre autos y camionetas, por el tramo más transitado de la autopista que corría desde Venice Beach, en Los Ángeles, hasta las afueras de San Diego, donde Estados Unidos y México se tocaban.

—Papá, hablé con algunas personas —protestó Dornan. Su dedo índice estaba inquieto, y tuvo un deseo impulsivo de tomar la pistola de su funda y dispararle a su padre en la cara. Solía ser muy impulsivo cuando algo lo agobiaba—. Estuve hablando con los socios de Marco.

Emilio lo miró con rabia desde donde revisaba una lista manuscrita de nombres.

—¿Que hiciste qué?

—Fue por coincidencia —continuó Dornan, casi creyendo su propia mentira.

Había heredado la labia de su padre, por lo que era mucho más difícil persuadirlo a él. Pero valía la pena intentarlo. No podía dejar ir a Ana; no había pensado en nada más durante los últimos días. Había tratado de exorcizarla de su sistema con otras mujeres, luego recurrió al alcohol y las drogas, pero nada funcionó.

Emilio se puso de pie y rodeó su escritorio, acercándose a Dornan.

—¿Me quieres desafiar, hijo? ¿Por una niña? ¿Por una maldita puta colombiana?

Sí quería. En verdad que sí quería.

—Gino dice que ha llevado la contabilidad de Marco durante años. Dos o tres. Dice que es muy buena para juntar el dinero sucio y llevarlo a la lavandería.

Emilio se detuvo; su indignación retrocedió un poco.

—Continúa —dijo.

—Aparentemente nuestro Marco ha sido un gran apostador. Le debe muchísimo dinero a muchos corredores de apuestas.

Emilio agitó los brazos con exasperación.

—Todo eso ya lo sé. Dime cuál es tu punto.

—Ella usaba el taller de Gino como fachada. Pasaba mucho dinero ilegal por ahí y mantenía a raya a los corredores porque también les lavaba su dinero.

Emilio tenía cara de aburrimiento.

—¿Cuál es el punto? —lo instó chasqueando los dedos.

—Creo que Bela está en un callejón sin salida —dijo Dornan—. El cabaret de Venice está perdiendo dinero, y es demasiado estúpida para resolverlo. Yo sugiero que pongamos a esta niña a trabajar para ver si puede hacerlo mejor.

Emilio no parecía muy entusiasmado, pero al menos no le ordenó a Dornan que saliera de su oficina, así que no estaba tan mal. Completó el círculo de regreso a su lado del escritorio y destapó una garrafa de whisky.

—Si no funciona, yo mismo le disparo —se ofreció Dornan.

Emilio se frotó el diente falso con la yema del dedo, como hacía cuando consideraba algo.

—El taller de Gino debió ser demasiado fácil —dijo.

—Millones, papá —lo corrigió Dornan—. Millones.

—Ya invité a dieciséis personas a la maldita subasta —replicó Emilio—. ¿No podrías haberme dicho esto ayer?

Dornan farfulló.

—No creo que ella sea la única chica de la que puedes disponer —Emilio sonrió. Al salvar a Mariana, Dornan sabía que estaba condenando a alguien más. Se preguntó si sería alguien más grande. No, probablemente más joven. Tal vez una niña a la que se le había prometido una vida mejor y que luego arrearon a un camión de carga y después a su cuarto. Se le heló la sangre. *No pienses en eso. Concéntrate.*

No podía salvarlas a todas, pero necesitaba a Mariana.

—¿Tú vas a responder por esta putita? —los ojos de Emilio estaban entornados y encendidos de repente. ¿Furia? No. Estaba sorprendido.

Dornan se recargó en su silla mientras examinaba a su padre.

—Claro —dijo—. Es una simple perra colombiana; no puede hacer mucho daño.

Emilio levantó las cejas.

—Ya debiste haber aprendido que no puedes garantizar eso, hijo.

—La mantendré encerrada. Me haré cargo de que la vigilen los hermanos.

Emilio sonrió.

—¿Sólo de que la vigilen?

Dornan se rio.

—Por supuesto que no —*Nadie más podrá tocarla*. Pero Emilio no necesitaba esa información.

Se notaba que Emilio estaba a punto de tomar una decisión.

—Si representa un problema, nos encargaremos. Nada nos impide venderla en un mes. ¿Pero mientras tanto? Tal vez incluso pueda pagar algo de la deuda de Marco.

Emilio se mordió el labio.

—Al diablo —dijo mientras levantaba su vaso en dirección a Emilio—. Llévate al coño. Hazla que trabaje. Asegúrate de que reciba una bienvenida digna de los Hermanos Gitanos. Y Dornan…

Necesitaba alejarse de su padre para poder sonreír. Necesitaba sonreír o la cara se le iba a desprender.

—¿Sí? —dijo como si nada.

—Quiero fotos —continuó Emilio; tomó un trago de su whisky e hizo un ruido de satisfacción al tragarlo—. Quiero pruebas de su sufrimiento. Y necesitaré pruebas de que esto realmente funciona. De otro modo, le toca una bala en la cabeza.

Dornan rio disimuladamente.

—Como usted diga, jefe.

Emilio se levantó de su silla y le dio a su hijo una palmada paternal en la mejilla al salir.

—Cierra bien cuando termines —gritó, y luego se fue.

Dornan esperó un momento; trató de mantener su respiración regular y controlada.

No podía creerlo.

Sonrió al levantarse y metió sus manos en los bolsillos para que dejaran de temblar.

Emilio se había creído el cuento, Mariana sería *suya*.

26

Mariana

Murphy se recobró lo suficiente del daño que mi rodilla le hizo en las bolas para abofetearme. Sabía que en realidad quería romperme la cara a juzgar por cómo sus dedos se retorcían, pero desde luego que no podía hacer eso justo antes de venderme, ¿o sí?

—Debería patearte en el coño por eso —dijo.

No respondí: estaba muy ocupada riéndome. La puerta se abrió de golpe y aún me reía cuando me giré con mi bonito vestido. La sonrisa se esfumó en cuanto lo vi.

—Tú —susurré.

Dornan Ross se recargó contra el marco de la puerta con una sonrisa casi contagiosa por su intensidad.

—Ya puedes irte —le dijo a Murphy sin apartar sus ojos de los míos. Algo ardía entre nosotros; algo poderoso. Algo que me asustaba por cuánto me gustaba. Me gustaba él. No quería irme.

—Estás interrumpiendo —replicó Murphy al sujetarme del codo—. Ésta será la primera, aparentemente.

Suspiré con sorpresa cuando vi que el rostro de Dornan pasaba de estar sonriente a algo aterrador. Desenfundó su pistola en menos de un instante —vaya que era rápido para eso— y le apuntó a Murphy.

—Dije que ya puedes irte —respondió Dornan con la sonrisa más falsa y cursi que jamás había visto.

Murphy me miró, luego a Dornan, y de nuevo a mí. Ahora el corazón se me quería salir porque ahí estaba él, apuntándole a Murphy. ¿En verdad estaba pasando esto? ¿Venía a ayudarme? Probablemente no. Era el hijo de Emilio Ross.

—Así que lo convenciste, ¿eh? —dijo Murphy con amargura—. Qué pérdida de tiempo. —Se giró hacia mí—. Parece que debí dispararte cuando tuve la oportunidad.

Traté de soltarme, pero sus dedos eran como ganchos; mi piel debajo de ellos se tornaba blanca.

—¿Qué le dijiste, eh? —quiso saber Murphy mientras me sacudía y se dirigía a Dornan—. ¿Qué mentira se te ocurrió esta vez, De?

—Ocúpate de tus asuntos —contestó Dornan—, o decoraré la pared con tu maldito cráneo.

Murphy dio un resoplido, me soltó y salió con grandes zancadas. Dornan pateó la puerta que se azotó detrás de Murphy.

—Ya puedes respirar —dijo Dornan enfundando su pistola. Me di cuenta de que había estado conteniendo el aliento y lo dejé salir con un silbido ruidoso.

Nos miramos de extremo a extremo del cuarto. Algo pasaba entre nosotros… algo que quería hacerme llorar, porque su padre estaba a punto de venderme. El mismo padre cuyos hombres mataron a mi novio, al amor de mi vida.

Una parte de mí quería desviar la mirada, que dejara de hacer contacto con sus ojos, que detuviera lo que sucedía entre ambos.

—No volviste —dije con calma. Y ahora, ya era demasiado tarde. Tal vez siempre había sido tarde.

Sonrió.

—Estaba ocupado.

Asentí.

—Te ves bonita —dijo con una voz un poco cansada.

Y de repente recordé por qué. Maldición.

—Parece que estoy en venta. Murphy dice que él me compraría —dije aturdida—. ¿Tú qué opinas? ¿Tú me comprarías, Dornan?

Su sonrisa regresó. No retrocedí cuando se me acercó. Se inclinó hacia adelante, sus labios en mi oído. Las palabras que salieron de su boca definirían toda mi existencia.

—Cariño —susurró—, ya lo hice.

Dornan

En un rincón de su mente, durante los tres días que pasaron desde la última vez que vio a Mariana, había repasado un plan de cómo sería la vida si tenía la fortuna de evitar que su padre pusiera en venta a la chica. Era dueño de un apartamento de una pieza en Santa Mónica, el cual había ganado en un juego de póquer hacía cinco años, por una situación justo como ésta. Había logrado mantener el apartamento en secreto de casi todos, especialmente de Celia, y eso le encantaba. Era un lugar de refugio, de calma frente a lo que pasara en la casa club o en su propia casa. Ni siquiera Bela sabía que existía: era mucho más preferible tenderla sobre una mesa de la sede del club cuando hacían sus cosas sucias.

Los últimos días había sometido a las putas del club a cosas que nunca había hecho. Las lastimó, las hizo sangrar y lo disfrutó. Pero no consiguió saciar el deseo que sentía por la voluptuosa mujer colombiana. Si acaso, lo empeoró.

Una pequeña parte de él estaba un tanto agobiada por los pensamientos oscuros que lo asaltaban a cada hora. Se estaba distrayendo, perdía el control de sus propias ideas, y sabía que ella lo acecharía en todo momento hasta que consiguiera ensartarse en el suave y húmedo espacio entre sus piernas.

Jugueteaba con la noción perversa de que una vez que estuviera con ella podría llevar a cabo todas las fantasías retorcidas que se había imaginado. Podría estirarla, amarrarle las extremidades hasta que le dolieran y cogérsela hasta que le pidiera que parara.

Aunque no pararía.

Distinguió el poder que podría tener sobre ella, y una parte de su ser lo codiciaba.

No la dejó empacar nada; no quería verla con la mierda barata y de mal gusto que Murphy le había dado. Le compraría ropa más sencilla, negra y azul para destacar su hermosa piel canela. Y los moretones negros y azules, en caso de que no lo obedeciera.

Incluso parecía desear que fuera desobediente, porque no quería sólo lastimarla. No; eso sería demasiado brutal.

Aunque tal vez sería una prisionera espantosa. Tal vez acabaría cogiéndosela para luego matarla y tirar su cuerpo en el mar con un pedazo de concreto. Eso era algo para lo que estaba listo. Nunca había violado a una mujer, pero sí había matado a una. A varias, de hecho. Y ya se había armado de valor para enfrentar las cosas terribles que podrían desatarse una vez que introdujera a Mariana a su mundo despiadado.

El viaje a su apartamento de Santa Mónica fue excitante, algo que ya no le pasaba con frecuencia. Esperaba que en cualquier momento el elegante Mercedes de su padre los pasara, les cerrara el paso y lo obligara a regresar a la niña al cuartucho debajo del extravagante recinto de Emilio. Por eso había acelerado tan rápido y con decisión; y había fantaseado con Ana mientras sus dedos delgados lo tomaban de la cintura con fuerza.

Ahora, encerrados en la seguridad de su apartamento, permanecieron de frente en el largo vestíbulo de baldosas blancas.

Miró a su alrededor, insegura.

—¿Puedo quedarme aquí?

Él inclinó la cabeza.

—Mi padre quiere que sufras. Me dejó llevarte porque te compré como puta del club.

—¿Puta del club? —sus ojos hicieron contacto con los de él; las manos le temblaban—. ¿Eso le dijiste a Emilio para cancelar la subasta? ¿Que me comprarías para tu club?

Se rio.

—No te compré con dinero, muñeca. Te compré con una promesa —ladeó la cabeza para que sus labios casi tocaran la oreja de Mariana, y habló en susurros—. Le prometí que te haría sufrir.

Mariana puso los ojos como plato, y el placer perverso que él sentía se extendió hasta su verga y la presionó con fuerza.

—Le dije a mi padre que te llevaría al club y dejaría que los chicos usaran y abusaran cada centímetro de tu bonita piel colombiana. Que te cogerían por todos los orificios hasta que te hicieran sangrar.

Mariana gimoteó.

—Pero así está la cosa —dijo en tono amenazante, encogiéndose más para que sus ojos estuvieran a la misma altura—: no estamos en el club. Porque no quiero compartirte.

Mariana tragó saliva, sin moverse. La aprisionó contra la pared con sus brazos tatuados, y los colores brillantes contrastaron por completo con los brazos desnudos y bronceados de ella.

Miró la forma en que lo observaba. No lo había imaginado. Y la chispa que se prendía entre los dos… Sabía que con una buena jugada ella sería suya. Si le hacía creer que tenía elección.

Quería que decidiera estar con él más de lo que jamás había querido algo.

Acomodó un mechón de cabello detrás de su oreja.

—Tú decides, Ana —le dijo—. No te obligaré a hacer nada que no quieras.

Ella permaneció callada.

—¿Qué eliges? —preguntó con firmeza. Esperaba que se rebelara, que le dijera que la llevara al club y que los dejara destruirla, sólo para darle la satisfacción de rechazarlo.

Pero vio la desesperación en sus ojos en el instante en que mencionó el club de los Hermanos Gitanos. Se imaginó sus temores verdaderos. No quería ser una puta del grupo, un cascarón que había que agotar y descartar una vez arruinado.

—¿Lo prometes? —preguntó ella con suavidad.

—¿Prometer qué, cariño? —Su tono era relajado.

—Prométeme que si me quedo contigo, me protegerás de ellos.

Pasó un pulgar por los labios de Mariana y sonrió.

—Te prometo que si te quedas aquí, conmigo, y haces lo que te pida, te protegeré de todo el mundo.

Sus ojos se llenaron de lágrimas, no lo suficiente como para derramarse por sus mejillas cuando parpadeó, sino sólo para formar una delgada capa húmeda contra el azul profundo.

Se estremeció.

—Gracias.

Se sintió como el hombre más pendejo del mundo. Se estaba aprovechando de esta chica para su propio beneficio al ofrecerle dos versiones diferentes de un mismo infierno, ¿y ella le agradecía?

—No me agradezcas —dijo con brusquedad y dando un paso hacia atrás—. Sólo no me decepciones al tratar de escapar. No me van las segundas oportunidades.

Ella asintió con expresión de alivio palpable. Maldición, ¿por qué estaba siendo tan agradecida?

—Tendrás que hacer otras cosas también —dijo—. Contabilidad y cosas así. Le dije a Emilio lo que hacías para tu padre. El lavado de dinero.

Su rostro se descompuso. Era claro que no le gustaba que divulgara su secreto.

—No tuve opción —aclaró—. El club necesita tus habilidades con los libros mucho más de lo que necesita una puta. Tienes un empleo, y ese empleo ayudó a evitar que te vendieran.

Mariana asintió. Nunca la había visto así de callada. Se veía… impactada.

—Entonces… —dijo ella.

Dornan levantó las cejas con anticipación.

—¿Qué?

—Entonces mi trabajo es llevar las cuentas y fingir que soy una puta —dijo—. ¿Tú qué haces? ¿A qué te dedicas en realidad?

Dornan resopló.

—Soy consultor.

Mariana sonrió. Helo ahí. El fuego de sus ojos se asomó un poco e hizo que el corazón de Dornan se sintiera extraño dentro de su pecho.

—¿Ah, sí? —lo provocó—. ¿Me das una tarjeta de presentación?

Presionó sus puños contra la pared. Sin pensarlo dos veces, Dornan bajó la cabeza y se precipitó contra sus labios, su boca contra la de ella, como si ahí se encontrara el aire que necesitaba para respirar. La sintió tensarse por un instante, pero él no retrocedió. Esperó un momento, otro, y algo pareció quebrarse dentro de ella. Se derritió contra la pared mientras abría sus labios aterciopelados y encontraba su lengua. Sus manos pequeñas se enredaron sobre la nuca de Dornan y lo besó con la misma ferocidad desenfrenada que él había introducido. Exploraron sus bocas y se aferraron el uno al otro.

No tenía sentido. Ella no pertenecía a este mundo. Era demasiado hermosa, y las cosas hermosas siempre se rompían en sus manos. Pero aquí, solos, nadie se enteraría. Nadie vería. Sólo estaban ellos.

Después de un tiempo Dornan se retiró con reticencia; si alargaba ese beso un poco más comenzaría a arrancarle la ropa para clavarla contra la pared con su verga rígida. No quería espantarla, no cuando apenas llevaban cinco minutos en el apartamento.

Le dedicó una sonrisa malévola al dar un paso hacia atrás para contemplarla. Sus oscuros ojos azules lo miraban con atención, con los párpados caídos después del intercambio. Sus labios estaban ligeramente separados, las mejillas sonrojadas, sus largos mechones de cabello café revueltos por el contacto con sus manos fuertes.

—¿Qué fue eso? —preguntó la chica con la voz un poco cansada.

—Mi tarjeta de presentación —respondió—. Puedes contactarme en cualquier momento.

Le gustaba ver cómo se sonrojaba cuando le decía cosas como ésa.

Ella le sonrió y su pecho se expandió.

Sí. La había salvado.

Y ahora le pertenecía.

28

Mariana

Poder.

Durante semanas no había tenido ningún tipo de poder. No había tenido nada.

Y ahora, él había vuelto. Me sacó de ese calabozo, me montó en su motocicleta y me trajo aquí.

Me había salvado.

Estuvimos en la carretera cerca de cuatro horas. Con el casco oscurecido que me cegaba, no tenía idea de a dónde nos dirigíamos. Me aferré a Dornan como si él fuera una isla y yo me estuviera ahogando, y con cada segundo que nos alejábamos del recinto de Emilio, un poco más de aire me llegaba a los pulmones.

Lo cual era estúpido, en realidad. En lo que a mí concernía, Dornan podría tener la intención de llevarme a algún lugar retirado para dispararme y enterrar la evidencia.

Pensé en soltarme del chaleco de cuero de Dornan para volar detrás de la moto, atravesar el aire, hasta que el duro y despiadado asfalto me destrozara el cuerpo y me reclamara.

Pero algo me detuvo. Me agarré a la vida, durante horas, hasta que sentí que la velocidad disminuía y luego nos detuvimos. Escuché el mar, o al menos eso me pareció.

—Levántate el visor —dijo Dornan.

Titubeé por un momento, segura de que había escuchado mal.

—Está bien —agregó—. Levántalo. Mira a tu alrededor.

Empujé el visor ennegrecido hacia arriba y el aire frío se apresuró dentro del casco. Mis ojos lagrimearon un momento por el viento repentino.

Nos encontrábamos frente a una playa. La noche se extendía a nuestro alrededor y las calles estaban vacías, las hileras de tiendas y restaurantes a un lado, completamente desiertas.

—¿Dónde estamos? —dije recobrando el aliento.

—Los Ángeles —respondió. Pisó el acelerador y continuamos el camino; recargué un costado de mi cabeza dentro del casco, contra su espalda al mismo tiempo que veía cómo la costa nos pasaba.

Después de un rato me hizo bajar el visor de nuevo y seguimos viajando un poco más hasta que la moto se detuvo otra vez y me ayudó a descender. Cuando estuvimos dentro del apartamento me quitó el casco y por un momento pensé que todo estaría bien, pero entonces dijo las palabras «puta del club».

Al oír esas palabras, la esperanza que había albergado al salir del recinto desapareció. La esperanza de que me dejara ir. La esperanza de que todo esto fuera una loca pesadilla de la cual en cualquier momento despertaría.

Pero todo era real.

Puta.

Club.

Me estremecí porque recordé la manera en que Murphy me había sujetado mientras me aplicaban la cera; un acto inútil y doloroso para una subasta que nunca se desarrolló. Pero mi piel enrojecida, ahora suave y sin vellos, escociendo con furia, estaba ahí como un recordatorio de que quien decidiera someterme para violarme primero se daría cuenta de en lo que me habían convertido: una muñeca inflable; un objeto.

No soportaba pensar sobre lo que me harían. Hombres sin rostro vestidos en cuero que forzarían su entrada a mi cuerpo para no dejarme respirar, se asegurarían de lastimarme para hacerme gritar.

Pero después Dornan me ofreció una alternativa.

Y, aterrada como estaba, se inclinó y me besó.

Y le devolví el beso.

Pero fue algo más que un beso.

Me había sacado de ese horrible lugar, de la subasta, y me trajo aquí.

Yo fui quien interrumpió el momento. Vi por la ventana, que ocupaba toda la pared opuesta del vestíbulo donde estábamos, que la luna pendía muy cerca del horizonte. Y había algo más... algo grande y redondo que relucía en la distancia.

—¿Qué es eso? —murmuré mientras estiraba el cuello para ver. Dornan se alejó por el pasillo, indicándome que lo siguiera. Por un segundo no me moví y sólo observé sus zancadas decididas. Su chaleco de motociclista se apretaba sobre sus hombros macizos, la playera blanca debajo de éste dejaba ver los tatuajes que adornaban sus brazos. Su cabello oscuro estaba más corto que la última vez que lo había visto hacía unos cuantos días, y me pregunté si se lo había cortado para mí. Por supuesto que no. Eso sería ridículo.

No obstante, toda esta situación era ridícula.

Lo seguí; pasé al lado de un cuarto, de una sala. Al final del pasillo el apartamento se abría a una cocina y un desayunador a la derecha. El lado izquierdo del apartamento contenía un pequeño sofá de piel y un comedor de cristal con dos sillas bien acomodadas debajo. Pero lo realmente sorprendente, la vista que me había distraído del delicioso hombre frente a mí, estaba afuera.

Dornan pareció leer mis pensamientos: abrió la puerta corrediza de cristal y salió a un balcón tan grande como para contener una mesa, dos sillas y a él, y con espacio de sobra. Estábamos en el segundo piso, debajo de nosotros el mar golpeaba la costa con timidez. Salí detrás de él y el fresco aire salado que se pegó a mi piel en pequeñas gotitas de humedad me dio la bienvenida.

El apartamento en sí no era lujoso, pero para una muchacha que había pasado la mayor parte de la semana enclaustrada en una celda, era hermoso.

—¿Vives aquí? —pregunté con un suspiro al colocarme junto a él contra el barandal.

Mi pregunta pareció divertirlo. Dejó de mirar el agua y posó los ojos sobre mí.

—No —respondió—. Ahora tú vives aquí.

Instintivamente, como siempre había hecho, me llevé la mano al pecho en busca de mi guardapelo. Maldición. Todo lo que había pasado en la semana me llegó de golpe, y me sostuve del filo del balcón cuando mis rodillas flaquearon. Fue sólo por un instante, pero él se dio cuenta.

—¿Estás bien? —cuestionó; su preocupación me conmovió. Asentí con la mano aún sobre el espacio desnudo donde el medallón solía descansar; donde mi foto desgastada de Luis colgaba. Ya no estaba. Ya no quedaba nada.

Tragué más saliva tratando de desatar el nudo en mi garganta, pero no lo logré. La aflicción me consumió a una velocidad vertiginosa; las lágrimas se derramaron de mis ojos mientras observaba el agua frente a mí. Pensé en subirme al barandal y lanzarme para aterrizar sobre la acera que corría junto a la playa. Me paré sobre la punta de los pies para ver bien lo que yacía debajo de mí. No era lo suficientemente alto. Era probable que me rompiera algunos huesos, pero dudaba que la caída me matara.

No seas idiota, me reprendí. No podía suicidarme.

—¿Cómo se llamaba? —preguntó Dornan—. Tu novio.

Me pasé una mano por el rostro para secar las lágrimas que se adherían a mi piel.

—Este —dije con un vuelco en el estómago sólo por mencionar su nombre—. Esteban.

Dornan asintió.

—Tal vez no signifique mucho, pero lamento lo que le pasó —colocó su mano sobre mi espalda baja, y me sentí un poco menos sola.

—Cada vez que cierro los ojos veo su rostro —confesé. Me sentía culpable por el mero hecho de hablarle de Este, dado que fueron los hombres de su padre quienes lo habían acribillado—. No era necesario, ¿sabes? No necesitaban dispararle. No necesitaban lastimarlo en lo absoluto. Simplemente les estorbaba y lo mataron.

Estaba hastiada conmigo misma. Este se había desangrado frente a mis ojos apenas hacía una semana, ¿y ya me besaba con desconocidos en callejones oscuros?

—Y ahora estoy aquí contigo y… te acabo de besar, y él seguramente aún está en la morgue, en algún lugar frío —lloré. Lloré con tantas ganas que apenas podía respirar al pensar en mi difunto amante dentro de una bolsa para cadáveres, en un refrigerador. No se merecía eso. Nadie lo merecía. Lo mataron porque me amaba.

—No te sientas mal —dijo Dornan—. Yo te besé, querida, ¿te acuerdas? Su espectro no te perseguirá por eso.

Lo pensé por unos momentos. Tal vez tenía razón.

—Nadie te reprocharía por tratar de sobrevivir. Es lo más inteligente que puedes hacer.

—¿Eso es todo lo que es? —pregunté—. ¿Sólo algo inteligente?

No me pareció inteligente por la manera en que reaccioné. Por cómo me había sentido desilusionada cuando él retrocedió.

—Para ti, tal vez —dijo con su usual destello de diversión en la mirada—. Para mí… creo que fue lo contrario de inteligente.

—¿Entonces por qué lo hiciste? —inquirí sin miramientos.

Se rio con ligereza e inocencia, lo cual no correspondía con su apariencia violenta. El sonido de su risa viajó sobre las olas mientras la marea se alejaba de la orilla, y de repente todo estaba silencioso de nuevo.

Se giró hacia mí con la cabeza un poco ladeada.

—No tengo idea —contestó. Estiró un brazo para pasar sus dedos por mi brazo—. Estás fría.

Me apoyé contra su mano por un segundo, pero la culpa y repugnancia me desgarraron por dentro de nuevo. Este subibaja de emociones era agotador.

—¿No te espera tu esposa? —pregunté al apartar mi brazo.

Su sonrisa se esfumó. Dejó caer su mano con lentitud.

—Lo dudo —dijo—. Con el tiempo ha aprendido.

Me indicó que era momento de volver adentro; cerró la puerta con llave cuando entré al apartamento, detrás de él.

Miró el largo vestido negro que aún llevaba puesto. Mi disfraz para la subasta.

—Quemaré ese maldito vestido la próxima vez que venga —dijo enérgicamente.

Se giró para retirarse.

—Espera —pedí. De repente me aterraba el prospecto de quedarme sola—. ¿Cuándo regresarás?

Levantó su casco y caminó por la idea hacia el teclado numérico junto a la puerta, donde introdujo una combinación.

—Cuando mi esposa me deje salir de la casa —lanzó sobre su hombro antes de azotar la puerta a sus espaldas.

Y entonces, así sin más, se fue y mis labios aún quemaban donde me había besado. Me llevé los dedos a la boca y sentí cómo temblaban.

29

Dornan

A la mierda. ¡Que todo se vaya a la maldita mierda! Mariana lo tenía amarrado a un dedo, y él estaba jadeando como un maldito perro en celo alrededor de ella.

Sería mejor poner un poco de distancia entre ambos por el momento; que comience a entender la situación en la que se encuentra. La situación en la que él le había salvado el trasero para instalarla en unos lindos aposentos tras conocerla por tan sólo unos días.

A pesar de lo que había dicho, no se dirigía a casa. Celia lo había hostigado últimamente, tal vez porque estaba en su maldito periodo, y él se mantenía alejado de ella cuando eso pasaba. Además, la mujer no era estúpida. Conocía a Dornan. Le gustaba creer que tenían un acuerdo silencioso. Ella vivía en la casa bonita y gastaba su dinero, y él podía salir a hacer lo que le diera la maldita gana, cualquier bonita oportunidad que la Hermandad Gitana le presentara.

Iba a alta velocidad, pero no demasiado. Al estar tan cerca de Los Ángeles no quería llamar más atención de la debida. Tenía al alguacil local en la palma de la mano, pero nunca estaba de más fingir que desempeñaba el papel de un ciudadano respetuoso de las leyes para que las cosas fluyeran con calma.

Cuando estacionó la moto y entró al club de los Hermanos Gitanos, ya era medianoche. Había sido un día largo, tedioso con negociaciones de rehenes, y realmente quería que algo le quitara la molestia.

Había música. Atravesó el recibidor y llegó al área principal del club con el contoneo que lo delataba como el dueño del lugar. Quería olvidarse de Mariana Rodríguez por unas horas. El estrés de su existencia, de haber metido las manos al fuego por ella frente a su padre, lo enervaba. La clara posibilidad de que lo hiciera quedar como un tonto se enterró en su mente para instalarse ahí, mofándose de él. Necesitaba distraerse, y pronto.

Jimmy y Viper bebían en el bar. John no estaba, pero eso no era extraño: casi nunca se encontraba. El club era una carga para él estos días. Y con su esposa drogadicta, Dornan entendía por qué. Era como tener una cantina y estar casado con alguien alcohólico. Lo último que Caroline necesitaba era estar cerca de un lugar como éste, lleno de alcohol, drogas y sexo.

Dornan, por otro lado… bueno, él se sentía como pez en el agua.

Se sentó en un banco y golpeó la barra frente a él con la palma extendida. La muñeca del otro lado era nueva y estaba completamente desnuda, salvo por el abrebotellas que le colgaba con un trozo de cordel del cuello. Parecía joven, pero en edad legal. Eso era crucial para un club con una reputación como la de ellos. Tal vez tenían a la policía local en la palma de la mano, pero eso no evitaba que los malditos narcos pusieran el lugar patas arriba de forma regular en busca de drogas o de menores de edad.

La chica le dio una cerveza y le dijo su nombre, pero lo olvidó de inmediato. Todas se veían iguales, lo cual lo llevó a preguntarse quién demonios se encargaba del reclutamiento. Rubias, jóvenes, con tetas alegres.

—Te ves de la mierda —dijo Jimmy cuando entrechocaron sus cervezas antes de darles un trago—. Deja que Destiny te ayude a liberarte —Jimmy señaló a otra muchacha que acomodaba botellas de cerveza en el refrigerador detrás de la barra. A diferencia de la primera rubia, ésta todavía tenía sus pantis puestos. Sólo así podía diferenciarlas.

—¿Destiny? ¿Qué clase de nombre es ése?

La chica se levantó y azotó la puerta del refrigerador con su tacón de aguja. Vaya, también llevaba zapatillas. Se le veían bien. Dornan se miró la entrepierna. Nada. Ni siquiera un cosquilleo. ¿Qué demonios le pasaba?

—El vicepresidente —dijo Destiny alargando las sílabas y mordiéndose el labio de forma sensual—. He oído de ti.

Dornan le guiñó un ojo y le dio un sorbo a su cerveza. Era Dornan Ross, hijo de Emilio. Hijo de Il Sangue. Por supuesto que había oído de él. Todos habían oído de él para cuando los miraba por primera vez, y ésa era una parte importante de su problema. Su reputación, falsa o verdadera, lo precedía a tal grado que ya ni se molestaba en corregir a la gente. Que piensen lo que quieran. No tenía tiempo para preocuparse por eso.

De nuevo estaba fantaseando, y mientras lo hacía la muñeca había rodeado la barra para pararse junto a él.

—Me dijeron que es tu cumpleaños —dijo; se pasó la lengua por los labios de forma sugerente y miró hacia su regazo—. Viper me dijo que debería darte un regalo.

—¿Ah, sí? —preguntó Dornan a la vez que le daba un golpe a Viper en la cabeza. Viper, que significaba «víbora», se había ganado su apodo por su afición a morder a todas las mujeres que se cogía. Dornan notó las marcas de mordida amoratadas en el hombro de Destiny, y su verga se puso más flácida, si eso era posible. Si Viper había estado mordiendo y cogiéndose a esta chica, Dornan no la quería de ninguna manera.

—Te diré lo que quiero —dijo Dornan; sacó sus cigarrillos y encendió uno—. Quiero que te acuestes en esa mesa de billar —señaló con la punta del cigarro—, y que te quedes ahí.

Ella sonrió. Sus tetas rebotaron cuando prácticamente saltó hacia la mesa. Dornan sacó el paquetito de plástico que había tomado de su apartamento cuando Mariana no lo veía. Lo último que necesitaba era que encontrara su reserva de coca y tuviera una sobredosis antes de que regresara a verla.

Destiny ya estaba acostada donde le había indicado, sus pechos hacia el techo y la tanga roja apenas cubriéndole algo. Dornan sonrió al rociarle una gruesa línea de polvo blanco sobre cada uno de los tensos pezones rosados; dejó la bolsita a un lado para enrollar un billete.

—Feliz cumpleaños —dijo Destiny mientras él se inclinaba e inhalaba de golpe sobre sus tetas. Un taladro le golpeó el cerebro. Sí. Se sentía muy bien ser así de poderoso. Sonrió al tiempo que la coca se integraba con placer en su torrente sanguíneo para opacar el cansancio y la incertidumbre. Ahora se sentía bien.

Se agachó y lamió los restos del polvo de la teta; dejó que su lengua se quedara ahí más tiempo del necesario.

La vida era buena en la superficie.

Mariana

Esperaba que regresara. Vagué por el apartamento vacío, demasiado asustada como para ducharme o para dormir en caso de que alguien más —Emilio, Murphy, algún Hermano Gitano— decidiera visitarme. Encontré el refrigerador y la alacena bien abastecidos y me dispuse a prepararme un sándwich. El televisor funcionaba, así que lo prendí y vi infomerciales hecha un ovillo aún con mi vestido para la subasta.

No sé en qué momento me quedé dormida, pero cuando desperté ya había luz, y desde el sofá en la sala vi que la puerta principal se abría. El sonido de la cerradura debió ser lo que me despertó; en mi sueño, Emilio me apuntaba a la cabeza, y el chasquido era su dedo contra el gatillo. Qué locura. Me asomé desde un rincón con sigilo, y vi un brazo tatuado rodear la puerta para dejar una bolsa en el suelo. La puerta se cerró de nuevo, el seguro se activó y unos pasos se alejaron.

—Espera —pedí mientras me apresuraba a la puerta. Reconocí el tatuaje. Era Dornan, quien me había dejado... ¿una bolsa llena de ropa?

Escuché el rugido de una motocicleta que se alejaba del estacionamiento. Se había ido y ni siquiera había visto su rostro.

El día avanzó muy lento. Me puse una playera y unos shorts que encontré en la bolsa que trajo. Llegó la noche aún sin señales de Dornan. Había suficiente comida en la cocina. No moriría de hambre. Pero ansiaba el contacto humano. Miré tanta televisión como soporté, y la delgada línea del mar que podía ver desde adentro del apartamento. Dornan había cerrado el balcón con llave y se la había llevado, probablemente porque notó cómo observé el asfalto que yacía abajo.

Me pregunté si volvería.

Una noche se convirtió en dos, en cinco, en doce, y todavía no regresaba. Una parte de mí estaba furiosa. La otra parte estaba aterrada. ¿Y si nunca volvía? Claro, podría tratar de romper una ventana, pero me preocupaba más lo que pasaría después. No tenía nada.

En este mundo cruel no me quedaba nada más que Dornan Ross, pero ahora incluso él se había ido.

Esperé cada día. Y seguía sin volver.

Dornan

—¿Dónde demonios estabas? —gritó Mariana con los brazos envolviendo su cuerpo protegiéndolo de la noche fría. Trató de regresar la tarde después de haberle dejado la bolsa de ropa, pero la agencia antidrogas había tomado otro de los cargamentos de Emilio, y ya ni siquiera podían culpar a Marco. El cártel había aprendido la lección y ahora separaba los envíos, haciéndolos llegar diario, a veces incluso en varios viajes al día. El embargo no afectaría el negocio, pero tal parecía que había un topo en la operación, y era el trabajo de Dornan encontrarlo y cortarle la cabeza.

Pasó toda la semana en México para interrogar al equipo, y efectivamente dio con el traidor. Juan había estado con ellos durante años, pero su colaboración llegó a un abrupto final cuando Dornan le plantó una bala entre las cejas. No podías confiar en nadie en estos tiempos.

No había visto a sus hijos en una semana. Celia se quejaba de que siempre estaba fuera y ahora la chica ruda estaba frente a él con los ojos completamente enrojecidos y fulminándolo con la mirada.

Ah, y le acababan de disparar.

La postura enojada de Mariana se suavizó cuando vio la sangre gotear debajo de Dornan.

—Mierda —farfulló. Se apresuró hacia él, en busca de la herida. Él le dedicó una sonrisa que probablemente pareció una mueca mientras se tambaleaba hasta la mesa y se derrumbaba sobre una silla.

—¿Qué te pasó? —preguntó ella al tiempo que él se quitaba con gran dificultad la playera negra llena de sangre. La tiró al suelo.

—Vodka.

—¿El vodka te hizo esto?

Estaba a punto de responderle con violencia, pero ella ya se estiraba para bajar la botella de arriba del refrigerador. A través de la neblina escarlata de dolor vio que estaba mucho más vacía de cuando él la había dejado.

Mariana la destapó y se la pasó. Le dio un trago y agradeció que la quemazón en la garganta y el pecho le quitaran sólo un poco del dolor en el hombro. Maldita sea, ese bastardo del Club Motociclista Bohemios había salido de la nada. Pensaba que ya había puesto todos los problemas en orden con su presidente hacía meses. Al parecer estaban más que un poco molestos por el corte en el flujo de coca tras la épica cagada de Marco.

Dornan le iba a gritar a Mariana para que se moviera y fuera por el kit de primeros auxilios, pero ella ya estaba en eso. El estuche rojo con la cruz blanca descansaba sobre la mesa a su lado, y Ana revolvía sus contenidos. Sacó unas pincitas, les puso un poco de alcohol en la punta y después prácticamente se sentó en el regazo de Dornan, donde comenzó a atender el brazo lleno de sangre.

—No puedo ver con tanta sangre —dijo con calma—. Necesito más luz.

Él sacudió la cabeza; le quitó las pinzas y se las enterró en el brazo. La sensación del metal dentro de la herida le provocó náuseas. Se sentía muy extraño y no contaba con la concentración suficiente para buscar una bala en su propia herida.

—¿Alguien te disparó? —preguntó ella con una voz llena de preocupación—. No veo por qué alguien tendría algo en contra de ti.

Eso lo irritó, hasta que se giró y vio que ella sonreía. Era una perra sarcástica, pero era graciosa, y eso lo distrajo un poco del dolor. Estiró la mano desocupada para tomar el vodka, bebió otro trago y volvió a disfrutar el ardor que lo recorría hasta el estómago. Azotó la botella y retomó la cacería de la bala en la fuente sangrienta que solía ser su brazo.

Dios. No la encontraba, pero la sentía quemándolo por dentro, más y más caliente. La presión era intensa.

—Podrías dejarla ahí y coser la herida —dijo Mariana—. Los doctores suelen dejar balas dentro de la gente.

Podría haberle gritado de tener la energía, pero justo ahora lo único que necesitaba era escarbar un poco más y… ¡sí! Ahí estaba. Apretó las pinzas alrededor del rígido pedazo de metal en su brazo y tiró con fuerza.

La bala salió en una pieza, si bien llena de sangre. Dornan dejó caer las pincitas y la bala en la mesa, en un charco de su propia sangre, y al mismo tiempo sintió presión en su brazo.

Era ella, sobre él, apretando una toalla contra la herida.

—Déjame adivinar —dijo—. ¿Ellos empezaron?

Negó con la cabeza, riéndose a pesar del dolor. Vaya que era molesta, y la había extrañado.

—Un tal Marco lo empezó todo.

Su rostro se descompuso. Maldición. No tenía que haber dicho eso.

—Mi padre no te dispararía —dijo ella mientras retrocedía con la toalla sangrienta aún en las manos. Se la quitó y la presionó él mismo en su brazo, tratando de volver sobre sus pasos.

—No entiendes…

—¿Estaba ahí? —preguntó indignada—. ¿Le disparaste?

—¡Mariana! —la cortó Dornan con aspereza—. No fue él, ¿de acuerdo? Fue un pendejo de otro club que se puso loco porque tu papá perdió nuestra coca.

Ella no movía ni un músculo.

—¿Entonces él está a salvo?

—¡Sí! Mierda, ¿por qué le dispararía a tu padre? ¿Por qué me dispararía él a mí?

Mariana levantó las cejas.

—Se me ocurren una o dos razones.

Dornan apretó la mandíbula y sintió cómo sus dientes se encontraban con fuerza.

—Sí, bueno —dijo mientras buscaba en el estuche de primeros auxilios el kit de costura que guardaba para estos casos—. Así son las cosas, ¿no?

Lo encontró y trató con dificultad de abrirlo con una mano; Mariana se acercó de nuevo, extendió el brazo y se lo quitó.

—Permíteme —dijo—. Por fin le encuentro uso a mis lecciones de costura.

La observó desinfectar la aguja y ensartarla. Cuando la acercó a su brazo, ella le indicó que quitara la toalla empapada de sangre.

Mariana sonrió al colocar la punta de la aguja contra su brazo.

—Cariño —dijo con un tono travieso, repitiendo las palabras que él había usado antes de extirparle el microchip—, esto va a doler.

Dornan se tensó cuando ella comenzó a curarle el brazo. Mierda, sí que dolía, ¿pero acaso no era ése el punto? Vino específicamente aquí después de recibir el disparo, en lugar de ir a casa con Celia o al club.

Sangre y dolor: eso es lo que los había acercado en un principio.

Lo que los mantendría juntos.

Y eso le gustaba.

Cuando terminó con las puntadas y colocó una venda gruesa alrededor de su brazo, salieron al balcón. El viento corría con fuerza, pero ella insistió en permanecer pegada al barandal y aspirar bocanadas de aire. No trató de detenerla. Había estado encerrada en el apartamento durante días, semanas, y probablemente se estaba volviendo loca.

Dornan estaba a su lado, rozando su brazo sano con el de ella. Mariana se sobresaltó un poco, pero no se retiró.

¿Se… se había acercado más? ¿O era su imaginación? No estaba seguro. Había tomado una buena cantidad de vodka en muy poco tiempo, y aunque no estaba ebrio, tampoco podía decirse que estuviera sobrio.

Aún sujetaba la botella, y ella se la quitó de las manos con una sonrisa forzada. Dornan se recargó hacia atrás un poco para ver cómo su bello cuello se estiraba y daba un trago antes de sacudirse.

—Pensé que no volverías —confesó Mariana con los ojos clavados en el agua oscura frente a ellos.

Como si pudiera permanecer lejos de ella. Era como un imán que lo atraía hacia sí, un imán que era imposible de abandonar mientras más tiempo pasaba en su presencia.

La tomó del hombro y la giró para tenerla de frente con la brisa; su cabello volaba en todas las direcciones.

—Siempre volveré —dijo bruscamente. Ella asintió mientras se humedecía los labios y le daba el vodka. Tuvo que soltarla para tomar la botella con su brazo sano, y eso lo hizo sentir un poco triste. Todo estaba mejor cuando la tocaba.

—Pensé que me estaba volviendo loca —dijo al tiempo que se llevaba los dedos a los labios—. Podría jurar que me besaste antes de irte; pero ahora, no recuerdo si fue real o si sólo lo imaginé.

El estómago de Dornan se tensó; las mejillas de Mariana se sonrojaron. Estaba más pálida, demacrada. Parecía que no había comido bien desde que la había dejado. Aún lloraba la muerte de su novio, de su vida anterior, pero a él no le gustaba lo que eso le hacía a sus ojos y lo maltratada que la hacía verse. Colocó la botella sobre el barandal y la tomó de la barbilla con una mano ahuecada. No se movió, no habló, sólo lo miró con esos enormes ojos azul profundo.

—¿Has estado comiendo? —preguntó— ¿Durmiendo? Porque me parece que estás muy flaca —le pasó un dedo debajo del ojo, donde una bolsa oscura se había formado. Ella no respondió—. ¿Qué sucede? —le preguntó con una voz que exigía respuestas.

Los ojos de Mariana se veían húmedos y brillantes bajo la luna.

—Supongo que sólo estoy… triste.

Dornan suspiró; observó las olas agitadas debajo de ellos. No había ni un alma en la calle; incluso la rueda de la fortuna que estaba más allá en la playa permanecía oscura esta noche.

—Dios, Ana, no te traje al maldito apartamento para que estuvieras triste.

—¿Para qué me trajiste? —murmuró. Su largo cabello se le agitaba alrededor de la cabeza con el viento. Parecía un maldito ángel exterminador, ahí de pie, frente a él, con sus grandes ojos tristes y sus labios temblorosos.

Apretó los dientes mientras pensaba en una respuesta. ¿Cómo decirle si ni él mismo sabía por qué la había escogido? ¿Por qué era diferente a las demás? ¿Por qué merecía ser salvada mientras otras eran condenadas al infierno?

—No lo sé —dijo finalmente.

—Tienes que darme alguna explicación —replicó Mariana con una mirada enfurecida—. Soy como una maldita prisionera. Habla conmigo —le imploró con un tono más calmado—. Dime algo. Lo que sea.

Dornan apretó los puños y la herida de bala le palpitó al hacerlo.

—Te diré algo —replicó—. He visto chicas como tú. He visto cómo las venden. Cómo las matan. Vendidas y sacrificadas como si fueran ganado. Sabía lo que harían contigo. Y no podría vivir tranquilo si no intentaba evitarlo.

—Oh —dijo ella. Parecía sorprendida frente a tan repentina confesión. Él también.

—Debo irme —dijo de golpe.

La sonrisa de Mariana se convirtió en gesto de enojo. Dio un paso atrás, mirando al suelo.

—Genial —balbuceó—. Nos vemos en dos semanas.

—Dios, Ana —respondió—. ¿Qué quieres?

—No importa —dijo. Sacudiendo la cabeza, tomó la botella de vodka y volvió adentro; se dirigió por el corredor hacia la habitación principal que estaba cerca de la puerta de entrada.

Mujeres. Era imposible entenderlas. Y ésta lo estaba volviendo loco. La siguió, la tomó del codo y la empujó contra la pared junto a la puerta de la recámara.

Se miraron fijamente por un momento. Dornan se estiró para tratar de quitarle la botella de vodka, pero los dedos de Ana la apretaron con fuerza. Al final, tuvo que usar su otra mano para abrirle los dedos y arrancarle la botella.

—Vete a dormir —le espetó apuntando a la puerta.

Se dio la vuelta para retirarse, pero un ligero contacto en su mano lo detuvo.

Ella lo veía con atención, con una mirada peculiar que bailaba en el espacio entre ambos. Los ojos de Dornan bajaron hacia sus pechos. Respiraba con rapidez, y mientras él observaba el vaivén de su pecho debajo de esa delgada camiseta de algodón, se dio cuenta de que él también respiraba sin control.

Contempló el oleaje de su pecho e imaginó los pezones claros, ocultos, endureciéndose entre sus dedos. El calor que de ella emanaba era una esencia dulce y seductiva que amenazaba con dominar todo en su interior, todo dentro de él, hasta el último gramo de su resolución.

Se pasó la lengua por los labios, pero esta vez a él no le pareció que estuviera nerviosa. No; esta vez se lamió los labios con hambre mientras veía su boca.

Posó sus manos a ambos lados de la cabeza de Mariana, la botella aún colgaba de la derecha.

—Vete a dormir —dijo.

Su boca se sacudió; el dejo de una sonrisa apareció y se esfumó; dio lugar a un deseo lascivo.

—No tengo sueño —susurró.

Maldita sea esta niña.

Las mejillas de Mariana se ruborizaron, su pecho continuaba moviéndose rápido. Una mano vacilante subió; como él no la detuvo, la pasó por su corto cabello marrón y tomó su cabeza.

Explosivo.

Ésa fue la única palabra que le llegó a la mente cuando los labios de Mariana chocaron con los suyos en un abrazo ardiente que lo emocionó y lo perturbó a fondo.

Estaba completamente sorprendido por la agresión de su beso; parecía estar dispuesta a devorarlo si se lo permitía. Sus delicados puños se cerraron sobre mechones de su cabello y lo sujetaron con una urgencia que era casi violenta. Casi. Juntos, los dos delinearon el delgado límite entre el placer y el dolor, entre la necesidad y la locura.

Finalmente, cuando ya no aguantaba más las ganas de enterrarla en la pared y follársela hasta que gritara, Dornan se retiró. Uno por uno, le soltó los dedos que lo tomaban del cabello y bajó sus brazos para colocárselos a los costados. Cuando ella trató de tomarlo de nuevo, él negó con la cabeza y puso una mano sobre su bonita garganta. La botella de vodka colgaba a un lado, en su mano libre.

La presión contra su garganta no era tanta como para lastimarla. Sólo era un gesto. *Quédate quieta.*

Ella parecía entender. Presionó sus manos sobre la pared en la que estaba recargada, mirándolo, esperando.

Control, Dornan. Control.

Con mucha reticencia, retrocedió hasta que su espalda pegó con la pared opuesta del pasillo. Necesitaba poner más espacio entre ellos. Quería que ella entendiera que no tenía que hacer nada de esto, al menos aún no. Él no era un animal.

Bueno, de acuerdo, lo era. Su verga tensa lo confirmaba. Pero aun así, tenía consciencia.

—Vete a dormir —dijo por tercera vez. Su voz sonó más profunda ahora, más imponente que nunca. Parecía decir: no te atrevas a desobedecerme.

Los rasgos de Mariana denotaban cierta diversión. Cruzó de puntitas el espacio que los separaba y colocó una mano gentil sobre el centro de su pecho desnudo. El corazón de Dornan latía como si acabara de correr un maratón, lo cual la hizo sonreír.

—¿No me darás un beso de buenas noches? —preguntó ella.

Mariana lo tomó de la mano y separó un dedo de los demás. Él miró con fascinación e incredulidad cómo se llevaba su índice a la boca y lo chupaba con sus labios húmedos y sensuales. Sintió su lengua arremolinándose sobre la punta de su dedo, vio la provocación en sus ojos y su resolución explotó en mil pedazos junto con la botella de vodka que se resbaló de su mano, estrellándose contra las baldosas bajo sus pies.

Se iría al infierno.

Pero valdría la pena.

32

Mariana

Me dijo que me fuera a dormir, pero en lugar de eso atravesé el vacío que había entre nosotros, un espacio simbólico que él había puesto ahí cuando dio dos pasos atrás y se recargó en la pared de enfrente. Había dicho que me dejaría elegir, y lo estaba eligiendo a él. No porque lo amara —Dios, ni siquiera estaba segura de que me agradara—, sino porque vi mi boleto de salida, y me aferré a eso con las dos manos cuando arrastré sus labios a los míos. No tenía que relacionarse con el amor. Podría ser sólo sexo, y él podría librarme de este problema, de esta soledad, de este vacío doloroso en mi interior. Podría deshacerse de eso por mí.

Y tal vez, sólo tal vez, podría hacer que sintiera algo por mí en el proceso. Sí. Podría tenerlo en la palma de mi mano para que hiciera cualquier cosa por mí. No era estúpida: sabía que era una chica linda, y la tensión que crepitaba ente ambos era incontenible.

Sentí que el interruptor dentro de él se encendía por la manera en que me agarró los brazos y los apretó casi al punto de lastimarme. Su boca sabía tan bien en la mía que no parecía ser el enemigo, pero ésa era parte de la emoción, supongo. Lo estaba derrotando en su propio juego. Tenía que poseerlo para que él no me poseyera a mí.

Me levantó con sus brazos increíblemente fuertes, me llevó a la habitación principal mientras continuábamos besándonos con una llama que amenazaba con destruirnos a ambos. Ya estaba desnudo de la cintura para arriba, y quería igualarlo lo más pronto posible. Me pasé la camiseta sobre la cabeza y la dejé caer al suelo.

Cuando me inclinó sobre la cama y me desabrochó los shorts, no estaba preparada. Antes de igualarlo, metió una mano por el frente de los pantaloncillos y empujó dos dedos dentro de mi húmedo cuerpo caliente.

Gemí con fuerza y desesperación.

Sus ojos se abrieron y me dejó caer como si estuviera en llamas. Aterricé de espaldas sobre la cama suave, con Dornan sobre mí, mis piernas atrapadas en el espacio entre sus muslos.

—¿Estás bien?

—Sí —dije sin aire, avergonzada sin razón.

Se retiró un poco.

—¿Estás segura de querer hacer esto?

Tragué saliva. Parecía agraviado.

—Vístete —dijo al recoger mi playera y lanzármela.

Atrapé la prenda y se la aventé de regreso con la misma fuerza.

—¿Tienes miedo? —lo estaba retando.

—¿De lastimarte? Sí —dijo de forma amenazante.

Me hice hacia adelante para sentarme en la orilla de la cama.

—Ya lo creo —afirmé.

Antes de que pudiera alejarse, lo besé de nuevo. Si tan sólo lograba que sintiera algo por mí, tal vez me protegería. Este estaba muerto. Y yo me moría por dentro, como una niña fantasma atrapada sola en un mundo que Dornan había creado para mí.

Él tenía la solución a mi sufrimiento.

Lo jalé otra vez, besándolo con más urgencia ahora.

—Maldita sea, mujer —dijo entre los besos rudos y furiosos que rasgaban mi piel delicada con su fina barba y que me humedecían de la excitación.

Dejó de besarme y me empujó con énfasis. Aterricé sobre mis codos y mis nalgas, agradecida de que ahí hubiera un colchón para detener mi caída. Por un momento pensé que me dejaría otra vez, insatisfecha y asustada, sola con mis pesadillas en una oscuridad.

Pero entonces me tomó de los tobillos y me jaló hacia él, y en ese momento lo supe.

Era mío. Lo tenía en la palma de mi mano.

—Quítate los malditos pantis antes de que te los arranque —gruñó, y lo complací al instante, deslizándolos por mis muslos y pateándolos al suelo.

Respiré hondo, aterrada y excitada, mientras él me agarraba los tobillos de nuevo y me los separaba, abriendo mis piernas tanto como podía.

—Más te vale gritar muy fuerte si quieres que me detenga —susurró al tocar mi pierna con su boca y besarme en la parte interior del muslo—. Porque a menos que grites, no me detendré.

Resollé, moviendo las caderas de forma involuntaria cuando su lengua rozó con mucha delicadeza el manojo de nervios sensibles. Me sacudí al sentir que empujaba un dedo gentilmente dentro de mí mientras gemía contra mi coño.

—No me jodas, estás bien mojada —jadeó mientras me follaba con su dedo y su lengua. Se sentía tan bien que incluso la sangre que me subió a las mejillas por su observación valió la pena. No tendría que estar tan cachonda en ese momento, pero lo estaba.

De alguna manera sabía que me haría gritar, pero no lo dejaría detenerse hasta que estuviera completamente saciado con mi cuerpo. Me retorcí debajo de él mientras su lengua me llevaba al borde de la locura, a un paso del final.

Mi novio estaba muerto. Yo era una esclava. Y el hombre cuya cabeza descansaba entre mis piernas era, por extensión, responsable del asesinato de mi novio.

Todo esto pasaba por mi cabeza mientras mis rodillas comenzaban a estremecerse con violencia y me elevaba hacia un precipicio, aferrándome a las sábanas como si estuviera a punto de caerme. En el fondo, sabía que una vez que hiciéramos esto, los últimos restos de quien yo solía ser se los llevarían la sangre y las lágrimas.

Regresé a la realidad en el momento en que Dornan agregaba otro dedo y se movía rápido pero con cuidado. Pasé una mano por su cabello sedoso, acercándolo más a mí al mismo tiempo que yo gritaba.

Justo cuando me encontraba cerca, cuando ese candente placer amenazaba con envolverme y robarme el aliento, se detuvo. Se paró en seco. Sacó los dedos, retiró la boca del lugar donde había estado chupando con habilidad, y se puso de pie.

Un ruidito de decepción salió del fondo de mi garganta, me apoyé sobre los codos y abrí los ojos para ver qué estaba sucediendo. Escuché un cierre abrirse y el susurro de su ropa, y mientras mis ojos aún se acostumbraban a la oscuridad, su silueta se acercó a mí. Todavía no podía verlo bien, sólo podía vislumbrar su contorno, mi cabeza se esforzó por comprender.

Antes de entender lo que hacía, antes de poder prepararme, sentí que se posicionaba en mi entrada. Respiré profundo cuando se introdujo de golpe en mí, con una sensación que no puedo describir del todo. Fuegos artificiales y ferocidad. Un final violento para un inicio violento.

Gimió.

Grité.

Se detuvo donde estaba, aún muy adentro de mí, casi incómodo, mientras yo trataba de recobrar el aliento.

Todo mi cuerpo seguía temblando, sobrecogido con dolor y placer y con la apabullante irreversibilidad de todo.

Acababa de invitar al enemigo a mi cuerpo, a mi alma. Quería morirme. Estaba tan avergonzada.

Porque, a pesar de la niebla de melancolía, me gustaba.

Mis ojos se adaptaron a la penumbra, por fin, y lo único que podía ver eran dos lóbregos ojos cafés tan oscuros que apenas podía distinguir las pupilas de los iris. Ojos oscuros como el demonio. Le acababa de entregar mi alma al diablo.

—¿Estás bien? —preguntó con una preocupación genuina en la voz. Qué extraño. Era mi enemigo pero aun así me tocaba como si fuera mi amante. No podía conciliar ambas cosas.

Unas lágrimas se formaron en mis ojos y me esforcé por encontrar mi voz.

—Sí.

—Gritaste.

—Lo sé.

—¿Quieres que me detenga?

¿Quería que se detuviera?

Me aterraba no querer que lo hiciera.

Había estado sola por mucho tiempo. Llorando por Este, llorando por nuestro hijo. Llorando por mí. Todo era cruel y frío en este duro mundo nuevo, y necesitaba que alguien estuviera conmigo como Dornan estaba.

Yo ya sabía que no era un hombre bueno. Lo noté desde el primer momento que lo vi. Dicen que puedes saber si un hombre ha matado a alguien con tan solo verle los ojos, y los ojos de Dornan encerraban las almas de muchos. A veces los veía bailando ahí, alrededor de la turbia oscuridad, mientras él contemplaba a su siguiente víctima.

No lo justificaba. No lo amaba.

Pero lo necesitaba.

No quería ser violada por motociclistas desconocidos, uno tras otro. No quería que me sujetaran mientras me llenaban de ellos mismos. Quería sentirme a salvo.

Quería estar con Dornan.

Él me había salvado.

Lo abracé con las piernas y crucé los tobillos detrás de su espalda.

—No —dije finalmente—. No te detengas.

Sonrió y comenzó a moverse de nuevo; el placer se intensificó. Tomé bocanadas de aire y apreté con mis puños las sábanas mientras en mi vientre se encendía un fuego.

Cada golpe era insoportable. Insoportable porque se sentía muy bien. Encajábamos juntos como si fuéramos las últimas dos piezas de un rompecabezas olvidado.

Físicamente estábamos hechos el uno para el otro.

Pero cuando mis nervios comenzaron a crepitar y crisparse, y la fricción se volvía casi inaguantable, Dornan puso una mano entre los dos y presionó su pulgar contra mi punto más sensible, y al instante me caí a ese precipicio que había estado rodeando, hacia una noche oscura.

El orgasmo me recorrió todo el cuerpo, y fue tan doloroso como placentero. Me presioné contra su verga mientras él seguía golpeándose en mí, casi lastimándome, una y otra vez, hasta que dejé de temblar y solté las sábanas, jadeando para recuperar el aliento.

Gimoteé cuando se salió de mí; el vacío repentino era más doloroso que tenerlo todo adentro. Pulsaba y sentía malestar. Era el mejor tipo de dolor, un dolor que indicaba que ahora éramos más que desconocidos en la oscuridad.

Dornan se paró junto a la cama, aún completamente erecto frente a mí.

—Levántate —me dijo. No titubeé. Sabía qué quería, porque yo también lo quería. Rodé hacia adelante y me coloqué sobre mis manos y rodillas, gateando hacia él.

Sujetó la base de su verga con una mano, y me tomó del cabello bruscamente con la otra.

Mi familia se habría sorprendido de mi comportamiento, pero en ese momento yo era alguien más.

Alguien más que haría lo que fuera para garantizar su supervivencia.

Me gusta tu sangre.

Abrí la boca y saqué la lengua para lamer la punta de su verga. Sentí mi propio sabor y su excitación salada al rodearlo con mi lengua, luego meterme la punta a la boca.

Me gusta mucho.

Sangre, violencia, sexo y dolor. A esto se redujo mi vida. Ésta era la persona que debía ser si quería tener la oportunidad de sobrevivir.

Reprimí mis arcadas al meterlo más adentro de mi boca, tanto como pude. Suspiró con agradecimiento, un retumbo que parecía emerger directo de su pecho y enredarse en mí como zarcillos. Ya estaba cerca; lo noté desde que puse los labios sobre él y lo sentí pulsar entre ellos.

Otro par de caricias, se puso duro como piedra; me pellizcó el hombro tan fuerte como pudo. La señal universal para *Estoy a punto de disparar mi carga en tu boca*. Última oportunidad para retirarse.

No lo hice. Relajé mi lengua y esperé a sentir el primer chorro contra el fondo de mi garganta, el cual no tardó mucho. Esperé hasta que terminara y me lo tragué todo. No pretendía escupir y decepcionarlo. Me comprometí hasta el último disparo cálido que bajó por mi garganta.

Se retiró de mi boca y aproveché para sobarme la mandíbula adolorida. Mi boca pequeña y su enorme apéndice no se correspondían, pero, de manera inquietante, estaba muy orgullosa de lo que acababa de hacer.

Casi como si se tratara de un examen que hubiera pasado.

—¿Te dolió? —me preguntó en el silencio que siguió.

—No —respondí.

Se detuvo por un momento.

—¿Te gustó?

Sentí que las mejillas se me llenaban de sangre al asentir en la oscuridad.

33

Dornan

Cuando Mariana llegó al orgasmo, él casi explota. No podía creerlo. Se había detenido después de introducirle los dedos, cuando recobró los sentidos por el sonido que salió de la garganta de ella.

Estaba triste. Se le notaba en las mejillas hundidas; lo escuchó en el quejido gutural que dejó escapar cuando la tocó. Se había detenido, listo para irse, incluso si las bolas azules lo mataban. Se negaba a entristecerla más.

Pero ella no quería estar sola.

Quería estar con él. Quería estar debajo de él. Quería estar alrededor de él.

Apenas logró contenerse, pero agradecía haberlo hecho. Porque la manera en que lo hizo terminar, en que lo recibió todo y se lo tragó, y luego lo miró en busca de su aprobación… eso lo hizo sentir como un maldito rey.

Lógicamente, sabía que se había acostado con él porque era lo que más le convenía. Se trataba de sobrevivir.

Pero a ella le había gustado. Lo supo desde antes de que se lo dijera. Lo notó por el modo en que cruzó los tobillos sobre su espalda y lo jaló. Por cómo sus labios buscaban los suyos; por los sutiles gemidos que escapaban de su boca mientras él la follaba. Sí, en definitiva lo estaba usando, pero al menos parecía que eso la excitaba tanto como a él.

Se sentía inquieto con respecto a lo que haría después. El viaje. La desolación que lo sucedería. Pero se recordó de que era necesario. Uno de sus hombres, Jimmy, ya estaba en posición. Otro, Viper, seguía al padre y al hermano de Mariana.

Sabía exactamente a dónde se dirigían. Después de todo, él les había dicho dónde estaba ella.

Observó el constante vaivén del pecho de Ana mientras dormía en su cama. Había sido sensato y la esposó a la cabecera antes de quedarse dormido para que no tuviera oportunidad de arruinar sus planes. No pensaba que lo hiciera, especialmente después de cómo había respondido, de cómo se había entregado a él, pero era mejor prevenir. Nunca confiaba en las mujeres. Siempre acababan por decepcionarlo.

Ella se estiró en la cama con pereza, y al hacerlo las esposas tintinearon.

Abrió los ojos en ese instante y dejó salir un soplido al darse cuenta de que estaba encadenada. Dornan se recargó contra el marco de la puerta, sorbiendo su café negro. Sintió que se le ponía dura de nuevo tan sólo de verla ahí, acostada exquisitamente frente a él como un maldito bufet, pero no trataría de cogérsela esta mañana. Con todo y las protestas de su verga, la chica debía estar adolorida de la noche maratónica.

Miró de las esposas hacia su cuerpo desnudo y finalmente hacia él.

—Buenos días —la saludó—. ¿Tienes hambre?

Asintió. Dejó su café y le quitó las esposas, una por una, dejando sus manos descansar sobre sus muñecas más tiempo del necesario.

El desayuno era tocino con huevos revueltos y salsa, y un complemento de café cargado. Ella arrugó la nariz con desagrado y se estiró para acercarse la taza de café. Él había pensado en obligarla a desayunar desnuda, pero al final le permitió ponerse una de esas batas de hotel que de algún lado había obtenido. Era blanca y esponjosa con bordados de flores en la parte de abajo. En contraste con la cremosa piel acaramelada de Ana se veía divina. Le cubría los pechos pero dejaba ver el contorno de sus pezones.

—¿Qué es eso? —preguntó ella con el café cerca del pecho mientras inspeccionaba con recelo los huevos saturados de salsa en el plato de Dornan.

Se rio.

—Desayuno mestizo.

—¿O sea?

Masticó un bocado y se lo tragó.

—Son huevos rancheros, café italiano y un delicioso trozo de tocino tipo americano.

Lo observó mientras él continuaba devorando su comida.

—Tú eres un poco mestizo, ¿no? —le preguntó.

Él le dedicó una ronrisa.

—¿Sí?

—Es decir, tu familia es italiana, eres estadounidense y convives con muchos colombianos.

—Me crié en la frontera con México —agregó al meterse a la boca el último bocado de tocino—. En la casa en donde estuviste.

Su rostro palideció al escuchar esto.

—¿Creciste en ese lugar?

Dornan tragó y empujó su plato.

—Sí. Lo odiaba con todas mis fuerzas. Todavía lo odio.

Ninguno de los dos habló por un momento.

—¿Vives aquí? —preguntó ella después de un tiempo.

Él mordió una rebanada de pizza, la masticó y sonrió.

—A veces sí, a veces no —contestó. A pesar de lo que estaba por suceder, se sentía muy alegre esta mañana. Tal vez era porque cuando miraba sus labios se acordaba de anoche.

Se le daba muy bien ser una chica mala. Él valoraba a las mujeres que eran ingeniosas y retorcidas. Con frecuencia eran una cosa o la otra, pero que fueran las dos le parecía exquisito.

—¿Dónde más vives?

No lo engañó con su aparente tono desinteresado.

—Eso no te incumbe —contestó, mientras se ponía de pie de repente y rodeaba el banco para aventar su plato vacío al fregadero.

—Lo siento —respondió ella de inmediato—. Lo que quiero decir es… ¿me quedaré aquí? ¿O iré a algún otro lado?

Se calmó un poco.

—Depende.

Mariana levantó una ceja.

—¿Depende de cuánto te complazca? —sus palabras sonaron sumisas pero había un cierto destello en sus ojos que lo encendió.

—No es difícil hacerme feliz —respondió bruscamente; trataba de contener su deseo—. Sólo no trates de escapar. Así de sencillo.

Ella asintió con una ligera sonrisa en los labios.

—Come algo —le ordenó indicando la alacena—. Si no quieres mi desayuno, agarra el maldito cereal o algo. No quiero que te mates de hambre.

Sonrió al verla contemplar su café.

—¿En qué piensas?

Puso los ojos en blanco.

—Estoy pensando en maneras de hacerte preguntas que no te molesten.

Dornan se rio.

—Te acabo de coger como para lanzarte de vuelta a Colombia. Creo que ya superamos la cortesía.

Mariana se sonrojó.

—Sólo pregúntame lo que quieras. Si no quiero responder, no lo haré.

Ella asintió despacio, y él casi podía ver cómo su cerebro se ponía a trabajar.

Al final se aclaró la garganta para hablar.

—¿Estoy a salvo aquí? —preguntó—. Es decir, ¿vendrá alguien más a…? —señaló el cuarto con un movimiento de la cabeza.

—No —la interrumpió Dornan de golpe—. La única persona que puede tocarte soy yo.

—Tu padre no estaría de acuerdo —dijo en voz baja.

Dornan azotó un puño contra el desayunador.

—Él no está aquí, ¿o sí? Te traje aquí para mantenerte lejos de su alcance. Además —trató de calmarse para que su ira no explotara frente a ella—, está muy ocupado con las otras chicas.

Su cabeza se levantó al oír esto.

—¿Las otras chicas?

—Se acabaron las preguntas —gruñó—. Necesitas vestirte. Y come algo, o te haré comerme a mí cuando regrese. Y créeme, cariño: necesitarás un estómago lleno para el viaje que estás a punto de hacer.

Le dio un golpe a la alacena al salir de la cocina con dirección a la puerta principal.

—¡Espera! —le rogó—. ¿Qué tal si hay un incendio? ¿Cómo saldré?

Se giró con lentitud sobre sus talones.

—Si hay un incendio durante los cuarenta minutos que me ausentaré, entonces fue un maldito placer conocerte.

Azotó la puerta a sus espaldas y sacudió la cabeza con asombro.

La pequeña zorra era casi demasiado inteligente. Aunque le había entregado su cuerpo anoche, podía ver el miedo en sus ojos, el odio. Sería peligrosa por mucho tiempo.

34

Mariana

Me senté en el suelo frente a la lavadora y observé mientras las sábanas blancas giraban y giraban con la espuma que limpiaba la evidencia de todo lo que habíamos hecho la noche anterior. Aunque no importaba. Podría lavar las sábanas, vaya, podría quemarlas, y de todos modos no borraría las marcas invisibles que él había dejado sobre mi piel.

Cuando Dornan se fue, escombré la mesa de la cocina y me deshice de las vendas sangrientas y la bala que se había arrancado del brazo. Luego me duché y me lavé el cabello hasta que rechinaba entre mis dedos. Después quité las sábanas de la cama para lavar la evidencia nocturna antes de que Dornan regresara.

Lo que realmente quería hacer era pararme frente a la puerta y gritar y golpearla con los puños hasta que alguien me ayudara a salir. Comenzaba a sentirme cada vez más inquieta con respecto a mi situación, especialmente tras lanzarme a los brazos de Dornan la noche anterior.

Este llevaba muerto menos de un mes y yo ya me había comportado de esa manera.

Pero no golpeé la puerta, ni grité para pedir ayuda, ni monté ninguno de los dramáticos escenarios que había imaginado. Encontré pan en el congelador y lo calenté un poco, lo llené de mantequilla y me preparé otro café. Entonces, en gran parte para dejar de caminar con ansias de un lado del corredor al otro, tomé mi pan tostado y mi café y me senté frente a la lavadora.

Era un sitio extraño —podría haberme sentado en el sofá, o en el desayunador, incluso en la cama—, pero había preferido instalarme en este cuartito y aspirar el aroma artificial a primavera del suavizante que había encontrado.

Primavera. Cómo ansiaba un poco de eso. Mientras masticaba mi pan tostado, imaginé cómo sería vivir aquí a largo plazo. Dornan había dicho que no me obligaría a acostarme con él, y le creía.

Seguía organizando mis pensamientos cuando escuché que la puerta principal se azotaba.

Maldición.

Debía estar lista para partir. Eso dijo antes de irse. ¡Mierda! Me paré con dificultad y me olvidé de las sábanas y del aroma del suavizante.

Dejé el plato y la taza sobre el desayunador justo a tiempo para alcanzar a ver a Dornan en el corredor.

Dejó caer su casco junto a sus pies y di un brinco cuando se estrelló contra las baldosas de porcelana blanca.

Caminó hacia mí. Se veía enojado.

—Lo siento —dije. Dios. ¿Desde cuándo me había convertido en una chica sumisa? ¿Por qué me disculpaba, en todo caso?

Me di cuenta de que estaba cansada. Cansada hasta los huesos, y no quería hacerlo enojar y que me dejara sola nuevamente durante semanas.

—Estaba lavando las sábanas —dije presurosa—. Ahora me visto.

Su semblante cambió; esa sonrisa exasperante volvió a aparecer en su boca. No dijo nada, así que interpreté su silencio como permiso para ir a cambiarme. Me dirigí a la habitación, rehuyéndole.

Aunque era inútil. Parecía que sin importar qué tan lejos estuviéramos, Dornan siempre encontraba la manera de alcanzarme. Dio un paso adelante y estiró una mano para sujetarme del brazo.

No forcejeé. Me quedé donde estaba, a medio camino de la cocina al cuarto, con sus dedos enterrándose en mi piel.

—Mírame —me ordenó.

Lentamente, me giré para encontrar sus ojos.

Su mirada me repasó, como si supiera que ya me tenía en el bolsillo.

Y así era. Tal vez su padre poseía las escrituras de mi vida, pero después de anoche ya no había dudas sobre quién mandaba.

Dornan Ross.

Quería temblar, pero me negaba a dejarle ver el efecto que me producía.

Me soltó el brazo y se colocó frente a mí; se estiró para tomar el cordón que mantenía la bata cerrada alrededor de mi cintura. Tiró de un extremo con fuerza y la prenda se abrió. Dejé escapar un resoplido. Estaba completamente desnuda bajo la bata, y la piel expuesta se me erizó, a pesar del calor californiano.

Traté de ceñirme la tela delgada, pero me apartó las manos de un golpe y me llevó hacia atrás hasta que mi espalda golpeó la pared. Era casi el mismo lugar donde la noche anterior me le había abalanzado; donde traté de ponerlo de mi lado.

Pasó un dedo por mi hombro, por mi estómago, entre mis piernas.

Con su otra mano me agarró la base de la garganta. Me apretó, pero estaba lo suficientemente cómoda para entender el mensaje. Él estaba a cargo.

—Lavaste las sábanas.

Era una afirmación. No me atreví a moverme. Asentí.

—¿Por qué?

¿Cómo que por qué?

—Porque estaban sucias —respondí de inmediato, con el ceño fruncido, confundida.

Lo consideró un momento antes de soltarme y retroceder un paso.

—Vístete —dijo—. Tienes un minuto. Ve.

Me tambaleé a la habitación, consciente de que si no estaba lista en un minuto, me haría salir de la casa desnuda. Saqué una falda de mezclilla y unos pantis del clóset y me los puse, seguidos de un sostén y una blusa negra de tirantes que se me pegaba a los pechos. La bolsa que me había dejado hacía unas semanas no incluía pantalones. La ironía de eso no pasó desapercibida.

Escuché el chasquido de sus dedos e inferí que apenas me había librado de salir en ropa interior.

Traté de agarrar un par de zapatos, pero él ya estaba ahí para bloquearme el paso.

—Sin zapatos —dijo—. Los zapatos hacen muy tentadora la idea de escapar.

Asentí ligeramente con la cabeza para indicar que comprendía.

—¿A dónde vamos? —inquirí con tiento, los ojos clavados en el suelo.

Me tomó de la mano y me miró sobre su hombro mientras me guiaba a la puerta.

—Ya lo verás. —La amenaza en su voz era inconfundible.

35

Dornan

El camino era burdo: el asfalto se extendía hasta la principal carretera turística del Parque Nacional Joshua Tree, pero más allá las ondulaciones eran muy rústicas. Continuó manejando mientras Mariana se movía con nerviosismo junto a él.

Después de un tiempo, ella habló.

—¿Tienes agua? —preguntó en voz baja.

—No —respondió—. No hasta que nos vayamos —no quería que tratara de escapársele. Sin zapatos ni agua estaba más indefensa que de costumbre.

—Tengo sed —protestó.

La fulminó con la mirada; se llevó una mano al cinturón.

—En este auto sólo hay una cosa que te meterás a la boca —la amenazó—. Tú eliges, cariño.

Cerró la boca y se recostó en su asiento para mirar por la ventana.

Eso pensé. Puso la mano de vuelta en el volante. Maldición, comportarse como un bastardo a veces le resultaba demasiado fácil. Casi se deleitaba con su sufrimiento.

—¿Me traes aquí para matarme? —preguntó después de un rato.

Las cejas de Dornan se levantaron.

—No.

—Parece un muy buen lugar para enterrar un cuerpo —continuó ella.

Él resopló.

—Si quisiera matarte, no perdería el tiempo manejando a un maldito parque nacional, cariño.

Asintió, al parecer satisfecha.

Unos minutos después se orillaron en la cuneta de un angosto camino de tierra.

—Fuera —dijo Dornan.

Lo miró con tiento.

—No tengo zapatos.

Él sonrió.

—Lo sé.

Salió del auto y lo rodeó para abrirle la puerta. Pero qué caballeroso era. La ironía lo hizo reír.

Ella se apeó y caminó con indecisión sobre las piedras y la tierra llena de maleza, hasta que llegó a la parte trasera del automóvil.

—Quédate aquí —le dijo. Abrió el maletero y sacó un fusil que hacía que los de los militares parecieran de juguete. Les había costado a los Hermanos una buena cantidad de dinero, y Dornan lo resguardaba como si fuera una joya preciosa. Había matado a un par de tipos con él; los había hecho explotar, más bien. No era un tirador de largo alcance, pero ella no lo sabía.

Descansó el arma sobre su hombro y señaló la cima de la colina frente a ellos.

—Vamos hacia allá —dijo—. Si te quedas atrás, te amarraré a un maldito árbol y dejaré que las hormigas se den un banquete con esos bonitos pies descalzos.

Ella le dedicó una mirada ausente antes de seguirle el paso.

El terreno era áspero, despiadado. Vio sus gestos de dolor cuando las rocas de la vereda de caliza le cortaban las plantas de los pies.

—Ya casi —dijo. Ella dibujó una sonrisita de apreciación.
Espera. ¿Por qué mierda la reconfortaba? ¿Porque habían follado la noche anterior?

Cuando llegara a la cima y le diera un par de binoculares, ya no sonreiría con agradecimiento. Estaría desgañitándose y sacándose los ojos con desesperación.

No sabía si el molesto alboroto en su estómago era de emoción o de pavor.

Estaba a punto de destruir a una muchacha que ya pensaba que lo había perdido todo.

36

Mariana

Mis pies estaban sangrantes y ampollados. Ya habíamos llegado a la cima de la vereda, la cual estaba muy desgastada en algunos lugares, y completamente destruida en otros. Aun así, Dornan parecía tener muy claro hacia dónde iba y no se detuvo en ningún momento.

Pero el bastardo llevaba botas de montaña. Tenía agua. Recurrí a lamer el sudor de mis palmas cuando parecía que no me veía.

—Eso no funcionará —dijo cuando volví a presionar mi mano contra mi boca—. Demasiada sal. Sólo estás aumentando tu sed.

Me detuve y lo miré con furia.

Él siguió unos pasos más y luego se giró de forma abrupta, con lo que sus botas pesadas despidieron varias piedras escurridizas.

—¿De verdad quieres ponerme a prueba? —preguntó—. No sabes de lo que soy capaz.

Parpadeé para contener las lágrimas. Mi camiseta se me pegaba a la espalda, empapada de sudor. Las moscas me zumbaban en la cara tratando de extraer la última gota de humedad de entre mis ojos y mi boca. Traté de espantarlas con la mano, pero eran implacables.

—Por favor —imploré—. Mis pies están sangrando.

Apuntó hacia un lugar a unos cien metros.

—Sólo un poco más. Ahí te puedes sentar. —Sonrió—. Incluso te daré un poco de agua.

Me guiñó un ojo y siguió andando, incrementando la distancia entre ambos. Titubeé por un momento y aproveché para recobrar el aliento y mirar a mi alrededor. Éste no era un camino de montaña para pasear, ah no. Habíamos dejado atrás varios letreros que advertían que estábamos en propiedad privada y que debíamos volver. Dornan los ignoró todos.

Mi vacilación se evaporó cuando contemplé el desierto que nos rodeaba, interrumpido sólo por las montañas y una ciénaga salada. El terreno era mortífero.

Si me escapaba, moriría. Incluso si lograba evadir a Dornan, el desierto reclamaría mi vida.

Ahora tenía sentido que me negara el agua. Dependía de él, incluso aquí afuera. Por supuesto que no huiría.

Comencé a caminar de nuevo, apoyando mis manos sobre las rodillas para tratar de generar más tracción con cada paso mordaz y pesado que me arrancaba la piel de las plantas.

Finalmente llegué a la cima de esa impresionante colina; jadeé cuando me puse junto a Dornan.

Le dio un largo trago a su cantimplora.

—¿Quieres agua?

—Sí, por favor —dije.

Asintió con la cabeza e indicó la roca que yacía junto a él.

—Siéntate.

Eso hice, agradecida por aliviar el peso de mis pies maltratados.

Se puso en cuclillas frente a mí con una sonrisa irritante en la cara.

—¿De qué te ríes? —pregunté con más agresividad de la que debí.

La oscuridad regresó de golpe a sus ojos; me asusté.

—Voy a mostrarte algo —dijo en tono serio. Una carga eléctrica crepitó y tronó con un destello entre nosotros.

Fue como si el aire de repente se volviera más denso, más húmedo, y si él me tocaba me combustionaría al instante.

—De acuerdo —dije muerta de sed.

—No estás autorizada para correr —me advirtió—. Si corres, te dispararé. ¿Comprendes?

Asentí con la cabeza.

—Lo que te mostraré —continuó— te parecerá cruel. Sentirás que te quieres morir. Pero no morirás, Ana.

Mis manos comenzaron a temblar mientras tomaba una bocanada caliente del seco aire desértico.

—¿Estás seguro de que quiero verlo? —susurré.

Él inclinó la cabeza.

—Me lo agradecerás algún día. Pero primero, agua —dijo. En mi interior se despertó cierto placer.

Sonreí como una buena esclava.

—Gracias —le respondí de todo corazón. Estaba muy agradecida de que por fin me permitiera beber algo.

Aún agazapado frente a mí, nuestros ojos a la misma altura, tomó la cantimplora que estaba amarrada a su cinturón y la destapó. Sonrió ligeramente antes de llevarse el acero inoxidable a los labios y tomar un trago.

¿Me estaba provocando?

Colocó la cantimplora a sus pies y lo miré confundida. Su sonrisa permaneció, lobuna y confiada, y me di cuenta de que no había tragado. Me incitó con un dedo flexionado a que me acercara.

Ah.

Me incliné hacia adelante. En ese momento me importó un comino que quisiera darme el agua con su propia boca. En otras circunstancias ese juego de poder me habría irritado sobremanera. Pero ahora, lo único que veía era la oportunidad de saciar mi sed perpetua.

Presionó sus labios contra los míos, elevándose un poco sobre mí. Entonces abrió su boca y dejó que el agua fría fluyera dentro de la mía.

Fue divino. Fue una dicha. Eso era exactamente lo que necesitaba.

Cuando tragué la última gota, su mano me tomó por la nuca. Evalué con ligereza qué tan fuerte me sostenía: no podría retirarme si lo intentaba.

Nuestras bocas sólo se habían tocado para formar un puente que pasara el agua de un contenedor al otro. Pero ahora ya no había agua, y me sobresalté cuando sentí su lengua con la mía.

Estaba fría, todavía fresca con la humedad del agua. Sin pensarlo, apreté mis labios contra los suyos con más fuerza, incliné la cabeza y acaricié su lengua con mi lengua. Me lo habría comido vivo si eso hubiera aplacado mi sed.

Sentí que sus labios se torcían y deduje que estaba sonriendo. Bastardo. Traté de alejarme pero él anticipó mis movimientos, abrió más la boca y me besó con una violencia tan aterradora como excitante.

Dejé de resistirme. Me derretí bajo su dominante abrazo.

Ya estaba destinada a vivir y morir con este hombre.

Más me valía disfrutarlo.

37

Mariana

Fue él quien interrumpió el beso, inesperadamente. Su semblante estaba serio de nuevo, lo cual me puso nerviosa.

—¿Todo en orden? —pregunté mientras él me ayudaba a levantarme.

Me miró de soslayo con unos ojos que ocultaban algo impermeable debajo de la superficie. Algo que casi podía alcanzar y tocar, pero permanecía lejos de mí.

La incertidumbre me mareó.

Se plantó frente a mí y colocó ambas manos sobre mis hombros.

—No me odies —dijo reacio—. Lo que estoy a punto de mostrarte… es por misericordia, cariño. Es lo mejor.

El corazón me dio un vuelco. Me apretó los hombros y luego me soltó, desabrochó un par de binoculares de su cinturón y los presionó contra mis manos.

Di un paso atrás, mis talones golpearon la roca en la que me había sentado.

—N… no quiero ver —tartamudeé mientras intentaba devolverle los binoculares; él sólo empujó mis manos.

—¿No quieres ver a tu padre? —preguntó—. ¿A tu hermano?

Lo miré por un instante hasta que asimilé sus palabras. No mentía.

Apresuré los binoculares a mis ojos y peiné el árido desierto frente a nosotros; no vi nada más que matorrales y una ciénaga con alguno que otro peñasco.

Una mano se colocó sobre la mía, y Dornan me guio en la dirección correcta.

Dos personas aparecieron, borrosas al principio, pero mis ojos se ajustaron y me atraganté. Mi padre caminaba por una vereda sujetando algo pequeño y redondo frente a él... ¿una brújula, tal vez? Tras él, Pablo lo seguía con dos palas sobre la parte trasera de sus hombros.

—¿A dónde van? —susurré—. ¿Saben que estoy aquí?

Dornan chasqueó la lengua.

—Observa.

Quité los ojos del objeto y miré a Dornan por un segundo. Él no prestaba atención a mis dos parientes; contemplaba todas mis reacciones con una intensidad que sugería que estaba esperando a que reaccionara a algo específico.

Sentí un incómodo vacío en el estómago.

—¿Vas a dispararles? —pregunté con calma, los ojos sobre el fusil que colgaba de su hombro.

Pasó sus dedos por mi pelo, desde la coronilla y hasta las puntas abiertas de mis cabellos, terminando con unos golpecitos en mi espalda para finalizar el gesto reconfortante.

—No les dispararé —dijo—. A menos que llames su atención. Sabes a qué me refiero, ¿no? No grites, cariño. No los llames. Y desde luego no escapes.

Asentí con entendimiento, poniendo los binoculares de nuevo en mis ojos.

Una extraña sensación de destrucción inminente comenzó a germinar en mi interior cuando encontré a mi hermano una vez más en los cristales redondos. Mientras hablábamos, él había comenzado a cavar. No sabía en busca de qué, pero una sospecha terrible estaba tomando forma en mi mente.

Un cuerpo. Estaban buscando un cuerpo.

De repente, mi hermano golpeó algo. Tiró la pala y se dejó caer de rodillas para mover la tierra con las manos. Mi padre lo imitó, ambos quitando la tierra y el barro tan rápido como podían.

—Ana —dijo Dornan a mi lado. Despegué los ojos de la escena que tenía enfrente y lo miré con horror.

—¿Qué están desenterrando?

No respondió, sino que apuntó el fusil.

—Usaré la mira para ver mejor —me advirtió mientras colocaba el arma sobre su hombro—. No voy a disparar.

Mi boca se abrió y dejó salir un gemido suprimido. Mis ojos comenzaron a quemarse con lágrimas.

—¿De acuerdo? —preguntó. Asentí—. No pierdas la compostura aún —dijo al mirar con el fusil—. Esto es por tu propio bien.

No comprendía cómo eso era posible, pero no había nada que pudiera hacer, de todos modos, así que volví a ver con los binoculares.

Una mano. Una mano había emergido de la tierra. Cuando mi hermano se movió, vi un pie, y luego por un instante pude ver un material negro pegado a unos opacos muslos bronceados.

Me asfixié; traté de buscar respuestas en el rostro de Dornan.

—Por favor —supliqué—. Por favor, dime que ésa no es mi hermana. Por favor.

Para entonces estaba sollozando con unos gemidos destructivos que se extendían por mi pecho. ¿Había hecho algo mal? ¿Era esto algún tipo de castigo?

Dornan bajó el fusil, lo dejó colgar de la correa en su hombro y pasó sus brazos por mi cintura. Se inclinó y colocó su rostro en el espacio entre mi mejilla y mi hombro.

—No es tu hermana —dijo, y en ese instante lo supe. Bajé los binoculares y vi mi mano desnuda. Mi anillo de ónix negro, el que tenía puesto cuando me llevaron, me lo había quitado Murphy al prepararme para la subasta.

Lloré más fuerte cuando Dornan confirmó mis sospechas.

—Eres tú —susurró sujetándome con tanta fuerza que apenas ponía respirar.

Entonces mi padre gritó con un alarido tal que lo escuché con claridad a pesar de la considerable distancia que nos separaba.

—Pero no soy yo —dije con desesperación entre mis lágrimas—. ¡Verán mi rostro!

Dornan me apretó con más fuerza cuando comencé a forcejear contra sus brazos fornidos.

—Mira de nuevo.

Me tomó de las manos para acercar los binoculares a mi rostro.

—Espera —dije mientras me frotaba los ojos en el hombro, librándome de las lágrimas.

Tragué saliva, me preparé y me asomé una vez más.

No podrían determinar que el cuerpo no era mío.

No tenía cabeza.

Me petrifiqué sin poder despegar los ojos del cadáver degollado que ahora sacaban de su superficial tumba. Llevaba mi vestido negro y el anillo de ónix negro de mi abuela, pero no era yo. Me pregunté si ya estaba muerta para cuando Dornan la encontró, si simplemente se había aprovechado de la situación, o si había muerto sólo para formar parte de este grotesco espectáculo que Dornan había montado.

Respiré hondo al ver que mi hermano se amarraba un pañuelo sobre la nariz y la boca antes de sacar un enorme cuchillo de caza.

El microchip. Por supuesto.

Comenzó a cortar la piel firme del cadáver. Se veía resbaladiza, no obstante, y entrecerré los ojos ante las muchas ocasiones en que él tenía que detenerse para serenarse.

Pero lo consiguió. Seccionó la piel en descomposición y metió los dedos en la carne. El cuerpo no sangró como lo habría hecho el de una persona con vida.

Mi hermano sacó algo y se lo dio a mi padre. El microchip. Mi padre gimió y cayó de rodillas.

—Creen que estás muerta —me dijo Dornan al oído.

No me digas, hombre.

—Ya no quiero seguir viendo —dije—. Por favor, ¿por qué haces esto?

—Espera —suspiró Dornan. Hice lo que me pidió, y esperé.

No tuve que esperar mucho tiempo antes de que una tercera persona entrara en mi magnificado campo visual.

No.

—Para —imploré, pero Dornan presionó los binoculares aún más sobre mis ojos, con lo que comenzaron a humedecérseme.

Me aparté violentamente cuando le vi la cara.

Hijo... de... puta.

Era mi hermana. Lloraba y gritaba al ver lo que ella creía que era mi cuerpo sin vida, y miré horrorizada cómo se doblaba y vomitaba junto al cadáver que se pudría. Contemplar su reacción desconsolada me hizo perder el control.

Comencé a forcejear con toda la fuerza que me quedaba, azotando los codos en todas direcciones. Lancé mi cabeza hacia adelante, lo cual Dornan claramente no esperaba, y la regresé para atrás con fuerza, dejando escapar un grito de dolor cuando mi cráneo se estrelló contra su cara. Escuché un crujido nauseabundo y me pregunté si le había roto la nariz.

—Detente —dijo con firmeza; algo húmedo y caliente cayó sobre mi hombro. Le había hecho sangrar la nariz. Pero no me importaba. Seguí luchando incluso cuando puso una mano sobre mi rostro y me selló la nariz y la boca al mismo tiempo.

De inmediato traté de respirar pero no lo conseguí, y sólo aspiré el vacío sofocante que Dornan había creado.

—Cálmate —murmuró en mi oído; su sangre seguía goteando sobre mi hombro. Pero el dolor se había apoderado de mí, irónicamente. Ya había llorado por perder a mi familia, pero ahora ellos llorarían mi muerte, a pesar de que nadie había muerto en realidad.

La boca de Dornan se sentía cálida en mi oreja; sus palabras sonaban más y más alejadas mientras yo trataba de respirar.

—Escucha, cariño —susurró con esa voz grave y profunda—. Lamentarán tu muerte. Llorarán por ti. Y dejarán de intentar recuperarte.

Luché por encontrar un poco de aire, pero no lo logré. Todo comenzó a dar vueltas; lo único claro y constante en el universo era esa voz en mi oído que me acechaba.

—Ahora eres libre —murmuró—. Te dejarán ir.

Estiré los brazos con desesperación tratando de tocar a mis seres queridos, aunque sabía que se encontraban a cientos de metros de distancia. Seguramente no se creían esta farsa, ¿o sí? Ésa no era yo. Sus brazos eran más cortos que los míos, su piel más clara. ¡Yo estaba viva! Aquí estaba.

El sol descendía con furia, me cegaba con su ferocidad, y yo aún intentaba alcanzarlos hasta que mis brazos se volvieron demasiado pesados. Cayeron a mis costados mientras me perdía en el constante abrazo de Dornan y el mundo pasaba de amarillo a negro con un estallido.

Dornan debió cargarme todo el camino de vuelta y colocarme en el asiento trasero. Desperté cuando mi cabeza golpeó la ventana a mis espaldas.

Traté de retroceder mientras él se arrastraba sobre mí con los dedos explorando mis muslos.

Lancé un grito y me abofeteó tan fuerte que percibí el sabor a sangre. La furia emanaba de mi cuerpo en oleadas, y si apretaba más la mandíbula me rompería todos los dientes.

Bueno, a la mierda. No podía ganarle; era demasiado fuerte para siquiera intentarlo. Mis extremidades se quedaron sin fuerza mientras me derretía sobre el asiento del auto que tenía debajo, con ganas de morir. Acababa de ver a mi familia desenterrar mi cadáver, o lo que ellos creían que era mi cadáver, así que para qué perseverar. ¿Para qué esperar que la vida mejorara?

—Si sirve de algo —dijo Dornan en voz baja—, lamento mucho que te pasara esto, Ana.

Entonces sollocé porque ya no quedaba nada más que hacer. Abrí los labios y tomé grandes bocanadas de aire; la cabeza me daba vueltas; mi cuerpo se estremecía con desesperación.

—No quiero tu compasión —escupí con los ojos llenos de lágrimas. Después, con más calma—: Les quitaste toda esperanza. ¿Por qué hiciste eso?

Me miró con atención: era aterrador. Me acarició un costado del rostro con una preponderancia que indicaba que nunca me dejaría libre.

—Te contaré una historia sobre la esperanza —dijo con los dientes apretados—. Una vez amé a una chica. Era hermosa, graciosa, inteligente —tragó saliva con enojo—. Un día, desapareció sin dejar rastro. Así nada más. La busqué, pero nunca la encontré. La busqué por ocho malditos años.

—¿Y no tienes la esperanza de que esté viva? —pregunté.

Sonrió sin alegría, poniendo los ojos en blanco antes de volver a clavarme con ellos. La furia y aflicción irradiaban de él, combinándose con mi propia ira y tristeza.

Éramos un par patético.

—Ojalá estuviera muerta —refunfuñó—. La esperanza es una pendejada que no te lleva a nada, ¿entiendes? La esperanza es una maldita emoción inútil.

Lancé mis puños con furia. Los pescó sin dificultad antes de que llegaran a su rostro.

—¡No depende de ti! —grité—. ¡No eres Dios! ¡No tienes derecho a decidir!

Sin embargo, mi ataque no pareció molestarlo. Bajó su cabeza hacia la mía y me besó en la mejilla, en la boca, en el cuello y en la clavícula: donde las lágrimas me habían tocado.

—¿Por qué crees que te enseñé? —susurró entre los besos que cada vez eran más insistentes.

Me reí como loca con los ojos tan hinchados que sólo veía la mitad del mundo.

—Para torturarme. Para hacerme llorar.

Me tomó del mentón y me obligó a mirarlo. Observé sus ojos con odio.

—Te enseñé para hacerte comprender lo que está pasando.

—Ah, ya veo —comenté con menos desprecio—. ¿Y qué es lo que está pasando?

Dejó de besarme por un momento y se elevó sobre mí para que su rostro quedara sobre el mío.

—Una muestra de buena fe —murmuró mientras me recorría los labios con un dedo—. Algo para tener esperanza.

—Acabas de decir que la esperanza es una emoción inútil. Además, ya no hay nada para lo que deba tener esperanzas.

—Claro que sí —argumentó con una mano sobre mi pecho. Sentí su erección en mi muslo, y se presionó contra mí con más ahínco.

Acercó sus labios a los míos y me besó con delicadeza, lo cual era una contradicción viniendo de él. Me di cuenta de que me estaba poniendo a prueba. Quería ver si yo le devolvía el beso.

No sé por qué lo hice, pero abrí mucho la boca, dándole acceso. Ya no me quedaba nada, excepto dolor y soledad. Dolor y soledad, y él. Me abrió más las piernas, tanto como pudo en el pequeño espacio del asiento trasero. De forma inconsciente, mi mano se dirigió a su cinturón y desabrochó la hebilla, liberó el botón de su pantalón y lentamente le bajó el cierre. Levantó la cabeza y me miró con atención, jadeando, mientras lo envolvía con mi mano y lo apretaba.

¿Qué estoy haciendo?, grité para mis adentros.

No quiero estar sola, me respondí. *No soporto estar sola. Tiene que desearme. Tiene que lograr amarme. Y entonces me protegerá de los demás. Soy un fantasma. Sin él, no soy nada.*

—¿En qué debo tener esperanza? —pregunté al mismo tiempo que me hacía las pantis a un lado y me introducía un dedo; me estremecí—. ¿En que me dejarás ir?

Se acomodó sobre mí. Quitó mi mano y metió la suya en su pantalón. Su verga salió con vigor y lo sostuvo entre nosotros; sus ojos inquisitivos me miraban. Asentí de manera casi imperceptible, besándolo de nuevo con pasión, dándole permiso. *Sí.*

Inhalé profundo cuando se sujetó para meterse en mí; la ternura y el placer se combinaron en mi interior. Gemí por la sensación de plenitud, por sentir cómo mi cuerpo se estiraba despacio mientras él continuaba empujándose más adentro.

—No —dijo; me levantó la blusa sobre el cuello y me bajó el sostén para exhibir mis pechos—. Nunca te dejaré ir.

La aflicción y el placer se apoderaron de mí cuando comenzó a mecerse hacia adelante y atrás, deslizándose adentro y afuera con una presión que era tan devastadora como deliciosa.

Más lágrimas rodaron por mi rostro mientras él seguía follándome. Era algo puro, prístino, y era lo único que me quedaba.

Acarició mi punto de mayor sensibilidad y mis piernas se abrieron más en respuesta.

Quería llorar. Quería gritar. Todas mis emociones estaban al límite, y en ese momento mi cuerpo me traicionó. Mi cerebro quería que lo alejara, pero en lugar de eso lo acerqué más. Más adentro.

No era nada. Lo era todo. Él era lo único que tenía.

—¿Me odias? —preguntó con voz fatigada, sin disminuir el ritmo.

—¡Sí! —grité—. ¡Te odio, maldito!

Sonrió.

—Algún día me amarás. Lo prometo.

Tuve miedo de que tuviera razón.

38

Mariana

La vergüenza me consumía mientras Dornan manejaba a casa. Acababa de tener sexo consensuado con el hombre que me mantenía prisionera. Le había chupado la verga y lo había dejado penetrarme ya dos veces, y todo era muy confuso.

Y mi familia creía que yo estaba muerta.

—¿Piensas en ellos? —preguntó interrumpiendo mis reflexiones.

—No —respondí—. Pensaba en ti.

Frunció el ceño por un momento, me miró con intensidad y volvió a ver el camino frente a nosotros. Ya casi anochecía: el sol había descendido y adquirido varias tonalidades naranjas y amarillas contra el cielo californiano.

—¿En cuánto me odias? —preguntó con seriedad.

Negué con la cabeza.

—No.

Después de eso no me preguntó nada más.

Al llegar al apartamento, miré fijo la puerta del auto. Quería abrirla, pero no sabía cómo.

Estoy en shock. La idea me llegó de la nada, me pareció extraña y la ignoré.

Dornan comprendió qué pasaba. Me ayudó a salir y me sostuvo mientras subimos las escaleras, como si fuéramos la misma persona, hacia su apartamento. ¿Hacia mi apartamento? No sonaba bien. Pero aquí fue a donde me había traído, y donde quería que me quedara.

Una vez adentro, me preparó la tina. Me desvistió con dedos delicados que aprovecharon para deslizarse por mi piel; descartó mi ropa sobre los escuetos azulejos del baño hasta que estuve desnuda frente a él. No traté de alejar sus manos. Tal vez era un monstruo, pero su contacto se sentía bien. Prefería que me acariciara a que me pateara.

Prefería que me follara a que me matara.

Me tomó de la mano cuando me metí en la bañera y me hundí en el agua. Me sentí en el paraíso. Había llenado la tina con una loción aromatizante de algún tipo, algo que olía a sándalo y a naranja, pero que no hacía espuma.

Sabía por qué.

La espuma bloquearía la vista.

Me recosté en la tina; mis pies ardían con el agua que se precipitaba dentro de todas las grietas y fisuras producto de caminar descalza por el terreno áspero. Los apreté contra la superficie opuesta para que la presión aliviara un poco el dolor.

Antes de desplomarme en la tina respiré profundo, y me deslicé por debajo del nivel del agua. Emergí un momento después, me quité el exceso de gotas de los ojos y me alisé el cabello hacia atrás.

—¿Mejor? —me preguntó desde el borde.

Asentí.

Salió del cuarto y regresó a los pocos instantes con un líquido ámbar en un vaso.

Se sentó en la orilla de nuevo y me extendió el vaso. Lo tomé sin decir nada, y me lo tomé de un trago. Me quemó al pasar por mi garganta, pero no me importó.

Ya nada me importaba.

Dornan sacó una cajetilla de cigarros del bolsillo de su camisa y prendió uno; lo chupó con fuerza. Observé la punta del cigarro, hipnotizada con los rescoldos brillantes que dejaban cenizas grises tras el paso de la brasa.

Dornan debió darse cuenta de que estaba hipnotizada con su cigarrillo, porque le dio una chupada más y me lo ofreció. Lo agarré. ¿Por qué no? Nunca fui una gran fumadora, a excepción de unas cuantas ocasiones en mi etapa de adolescente curiosa, pero ahora ya estaba condenada a muerte. Tal vez un poco de cáncer de pulmón me sacaría de este mundo asqueroso unos segundos antes de tiempo.

Cerré los ojos y dejé que mi brazo colgara por el borde de la tina. De vez en cuando me llevaba el cigarro o el whisky a los labios, pero principalmente sólo me quedé quieta y rogaba porque el agua tibia lavara mis terribles pecados.

Eran tantos. Tantos pecados. Debería haberme esforzado más para gritar. Tendría que haber aullado. Tan sólo un alarido habría llamado su atención. Maldición, tal vez en el automóvil que pasó junto al nuestro cuando cogíamos en el asiento trasero iban Karina, Pablo y mi padre.

Se me hizo un nudo en la garganta que todos los cigarros del mundo no lograrían quemar. El whisky lo aflojó un poco, pero no lo deshizo por más de un segundo.

Algo me tocó la mejilla y cuando abrí los ojos Dornan me acariciaba el rostro.

Comencé a sollozar al recordar cómo lo había jalado más hacia mis adentros. Más fuerte. Cómo lo había besado con una pasión y una desesperación que nunca antes había experimentado. Cómo me había hecho tensarme a su alrededor, a pesar del horror que acababa de presenciar.

—¿Ahora en qué piensas? —me preguntó. Su tono no era malicioso, sino de auténtico interés.

—En que soy una mala persona —dije sin ánimo. Le di otra chupada al cigarro y dejé caer la cabeza para exhalar una nube de humo hacia arriba. Noté que así era como me sentía; como si una nube gris colgara sobre mí, decolorando todo a mi alrededor.

—¿Por qué? —insistió—. ¿Porque están vivos y piensan que tú estás muerta?

Clavé la mirada en el techo mientras dejaba que la ceniza cayera al agua, donde siseó con discreción.

—Porque estoy viva y mi novio está muerto —susurré—. Y porque a pesar de que tu gente lo mató, me siento atraída a ti.

Asintió.

—¿Lo amabas?

Me puse rígida; lo miré con preocupación. ¿Debería decir que sí? ¿Que no? Me había amenazado para que no le mintiera. Sopesé lo que implicaría mentir en lugar de decir la verdad, y finalmente sólo expresé mi confusión con las manos.

—No sé qué quieres que diga. Si digo que no, sería una mentira. Si digo que sí, ¿me lastimarás?

Sonrió y negó con la cabeza.

—No te lastimaré. Cuéntame sobre él. Dime cómo lo conociste.

Lo miré con cautela.

—Está bien —dije despacio. Mientras le contaba la historia de Este y mía, me concentré en dejar fuera los detalles de mi embarazo accidental. De nuestro hijo. Conservaría eso cerca de mi pecho, hasta que la arrancaran de mis frías manos inanimadas.

Cuando terminé, me di cuenta de que me había dejado llevar por la narración. Hablé cerca de quince minutos o más. Dornan no me interrumpió más que para servir whisky y para prender cigarrillos frescos para ambos. De esa manera, hacia el final del relato estaba exhausta, mareada, y mi garganta estaba insensible por tanta nicotina.

—Lo siento —comenté de nuevo—. No quiero hacerte enojar.

—Disfruté mucho tu historia —repuso con su voz ronca y profunda.

Mis ojos se llenaron de lágrimas y un dolor extraño se alojó en mi pecho mientras contemplaba a este aterrador hombre hermoso que tenía en sus manos el curso de mi existencia.

—¿Por qué? —le pregunté.

—Porque lo amabas —dijo al acomodarme un mechón de cabello detrás de la oreja—. Me gusta escuchar cómo te expresas de él. Es algo... tierno.

Pero ésa no podía ser la razón. Él era mucho más diabólico que eso.

—¿Y? —le insistí.

—Y... —continuó mientras acercaba su rostro a pocos centímetros del mío—. Algún día te expresarás así de mí.

No respondí.

No sabía qué mierda responder a eso.

Después de eso, cuando mi piel parecía de ciruela y el agua se había enfriado, me sacó de la tina, me envolvió con una toalla blanca y esponjosa, y me cargó hasta el dormitorio.

Me colocó en la cama y su cuerpo se presionó contra mi espalda, abrazándome como una capa protectora. Eso me confortó de la manera más extraña.

—¿Por qué me salvaste? —le pregunté en la oscuridad.

Escuché que su respiración se agitaba un poco.

—Ya sabes por qué.

Me giré para tenerlo de frente y extendí una mano vacilante en la oscuridad hasta que encontré su mejilla. Rocé mi pulgar a lo largo de su mandíbula y disfruté la sensación de mi mano contra su barba incipiente.

—¿Pero por qué yo? —insté—. ¿Por qué no cualquier otra chica?

—Tú eres diferente —dijo—. Tú no me temes.

Me quedé sin aliento.

—Sí te temo —susurré. Mis labios temblaron al dejar salir esas palabras. Por supuesto que le tenía miedo.

Pasó una mano por mi hombro, por mi cintura, luego por la piel y las costillas que protegían mi corazón. La dejó ahí. El peso sobre mi pecho se sentía reconfortante.

—Hay algo aquí —dijo después de un momento—. Algo en llamas.

Así que él también lo sentía; no era sólo yo.

—¿Entonces no te dedicas a rescatar a todas las muchachas de las que tu padre se apropia?

Soltó una risita.

—No. Definitivamente eres la primera y la última.

Sus palabras resonaron en mi interior. De forma impulsiva, me acerqué para besarlo en la frente.

—Gracias —murmuré. Por Dios, estaba tan confundida. Una parte de mí protestaba a gritos: ¿por qué le estaba agradeciendo al hijo de Emilio? Sus hombres mataron a Este.

Pero Dornan me había salvado. Evitó que me subastaran como a una cabeza de ganado o a un mueble; me eximió de afrontar horrores aún peores.

—¿Sabes? —dije al colocar mi mano sobre sus pectorales— No sé anda acerca de ti.

Se rio.

—Soy como un libro abierto. ¿Qué quieres saber?

Me mordí el labio mientras pensaba.

—¿Cuánto tiempo has estado casado? —pregunté. Supuse que lo mejor sería comenzar con la pregunta más incómoda.

Se quedó rígido por un momento.

—Demasiado maldito tiempo —dijo—. El matrimonio está sobrevalorado. Me consta. Me he casado dos veces.

—¡Dos veces! —empujé su pecho lentamente.

—Tengo seis hijos —dijo en voz baja—. Todos varones.

El corazón me dio un brinco. Era padre. No se me había ocurrido.

—¿Y estás aquí conmigo? —pregunté—. ¿No deberías estar con ellos?

Me agarró la muñeca con más fuerza. Quizá había hecho una pregunta inadecuada; estaba indagando demasiado.

—Iré a casa con ellos —respondió—. Pronto. Por ahora, estoy contigo.

—¿Cómo se llaman? —inquirí pensando en mi propio hijo. Tal vez podría contarle. A lo mejor no pasaría nada malo.

—El mayor es Chad —comenzó con clama; su semblante se relajó. Orgullo. Se deslizó sobre los detalles de su rostro y se instaló ahí mientras recitaba otros cinco nombres. Un padre orgulloso.

Este nunca llegaría a ser un padre orgulloso porque estaba muerto.

De repente me sentí muy mal. Si Este viera en qué me había convertido…

—¿Tu esposa sabe que te acuestas con otras mujeres? —pregunté.

Otra risa contenida.

—Nunca le he preguntado. Pero sí, estoy seguro de que lo tiene claro.

Abrí la boca para preguntar algo más, pero puso un dedo sobre mis labios.

—Es mi turno —dijo—. Cuéntame algo de ti, Ana.

Retrocedí un poco.

—Te acabo de contar toda mi historia durante años en el baño.

—A que no lo hiciste. Me contaste todo sobre Esteban. No me dijiste nada de ti. Lo que piensas. Lo que sientes aquí —quitó su dedo de mis labios y colocó sobre mi pecho.

Su pregunta me conmovió más de lo pude anticipar. Tragué saliva y las lágrimas me quemaron el borde de los ojos.

—Mi padre es un desastre —dije casi con cariño—. Solía embriagarse y creer que era Mohamed Ali o algo así. Sólo que nos golpeaba a mis hermanos, a mi madre y a mí.

Dornan pasó su mano a mi brazo y lo apretó con firmeza.

—¿Qué te hacía? —preguntó; noté un ligero tono de furia oculto en su voz.

Me reí.

—Querrás decir qué le hacía yo a él. Era un borracho muy torpe. Una vez le rompí la nariz. Nunca lograba terminar lo que empezaba.

El agarre de Dornan se aflojó y lo escuché liberar un suspiro.

—Suena a que es un pendejo.

—Sí —dije—. Podría ser peor.

—¿Cómo? —preguntó.

Sin pensarlo mucho, respondí.

—Podría ser como tu padre.

Dornan exhaló.

—Bonita e inteligente. ¿Qué más hay en esa linda cabeza? Algo que nunca le hayas contado a nadie. Lo que sea.

Lo pensé por un momento, repasando todos mis secretos oscuros antes de elegir uno de los más ambiguos. Uno no tan peligroso.

—A veces me siento muy sola —murmuré sintiendo lo que decía—. A veces me siento tan sola que me duele.

Me envolvió con sus grandes brazos y me acercó más a su pecho, casi aplastándome con la intensidad de su abrazo.

Nos quedamos así por un buen rato, mientras mi cabeza zumbaba y daba vueltas de manera dolorosa. Todo esto me había mareado.

—¿Cuál era su nombre? —susurré—. De la chica… la chica que amabas. La que desapareció.

Lo sentí tensarse por un instante, suspirando.

—No. Eso no me lo puedes preguntar.

39

Mariana

El día siguiente era lunes y marcó un cambio en mi vida.

En primer lugar, no me había esposado la noche anterior. Desperté sola y desnuda con los ruidos de la cafetera y el olor a tocino.

—Hoy es un gran día —me informó Dornan cuando me senté al desayunador.

Levanté las cejas. Mis ojos aún se sentían hinchados por todo el llanto que había liberado la noche previa, y comenzaba a preguntarme si me estaba volviendo loca. No era normal sentirme encariñada con mi captor.

—A trabajar, cariño. No pensaste que abrir las piernas pagaría tu deuda, ¿o sí?

Las palabras me agraviaron. Por supuesto que no lo había pensado.

Me guiñó un ojo mientras metía dos rebanadas gruesas de pan a la tostadora. Se estaba divirtiendo a mis expensas.

—Es hora de mostrarnos esas habilidades de lavado financiero.

Supuse que iríamos a la sede motociclista, o al recinto, o al club. Como fuera que lo llamasen. No podía pensar en los términos correctos. Necesitaba otro café sólo para mantenerme en pie el resto del día sin caer en un coma provocado por la aflicción.

Pablo. Karina. Mis padres. Este. Este.

Ocupaban todos mis pensamientos, plagaban mi mente, hasta que comencé a sacudir la cabeza de un lado a otro para tratar de deshacerme de sus espectros.

Pensar en ellos no me serviría de nada. Tenía que actuar como si no existieran.

Nuestro destino no fue el club de los Hermanos Gitanos, sino un cabaret.

Me referí al lugar como un *striptease*, pero Dornan me aseguró que era algo mucho más elegante que eso. Las muchachas tenían círculos cubiertos de brillantina pegados en los pezones y hacían rutinas que no involucraban restregarse contra un tubo. De alguna forma eso lo hacía distinto, aunque no estaba completamente segura de cómo.

Me condujo a un pequeño cuarto sin ventanas en el segundo piso del club y casi me ahogo cuando vi quién nos esperaba ahí.

—Buenos días, cabroncita —me saludó Emilio. Su sonrisa parecía más una mueca, principalmente por su diente de oro que brillaba bajo la luz fluorescente de la oficina, y tuve que esforzarme por recobrar la compostura. Quería gritar y salir corriendo, pero eso sólo me habría hecho merecedora de una golpiza, o tal vez de una bala.

—Por lo que escucho tuviste un gran fin de semana —dijo Emilio; jugueteaba con un mondadientes en la boca.

¿Estaba hablando conmigo? No estaba segura. Miré hacia el suelo y traté de parecer dócil. Me sentía como con resaca, y todo el corrector no había logrado disimular las lágrimas de la noche anterior.

—Respóndele —Dornan chasqueó los dedos frente a mi cara. Brinqué por el extraño tono de su voz y me enfoqué en no tratar de alejarme.

—Dile cómo fuiste usada y abusada —dijo Dornan con voz jovial— por un Hermano Gitano tras otro.

Ah. Mentía por mí.

Espera. *¿Él mentía por mí?*

Emilio rio disimuladamente y se giró para recoger su portafolios del suelo. Mientras lo hacía, le lancé una mirada a Dornan. En mis ojos había una pregunta que sabía que entendería.

Ni siquiera necesitábamos hablar. ¿Le había mentido a su padre para protegerme?

¿Era esto algún tipo de prueba? ¿Una trampa elaborada para atraparme?

Dornan me dio la espalda y tomó un bonche de carpetas manila del escritorio para forzarlas en mis brazos.

—Toma —dijo.

—Ehhh… ¿gracias? —respondí al sujetar la pila de papeles desordenados y cartulina.

Miré a mi alrededor buscando dónde sentarme.

Dornan señaló una mesita en el rincón.

—Instálate ahí —dijo.

Comencé a caminar hacia el escritorio y me detuve cuando Emilio me habló.

—Te has vuelto muy obediente en tan sólo unos días, Ana —comentó con admiración—. Parece que los Hermanos Gitanos te follaron hasta exprimirte toda esa hostilidad.

Estaba a punto de abrir la boca para replicar, pero Dornan se me adelantó.

—Le he estado recordando a su pobre novio muerto —dijo mientras me pasaba los dedos por el pelo y me lo jalaba con fuerza de las puntas.

Un escalofrío me recorrió todo el cuerpo y me tropecé cuando me tiró del cabello. Las carpetas salieron volando de mis brazos y cayeron hechas un lío por todo el suelo.

—Lo siento —tartamudeé al arrodillarme para recoger los papeles. Emilio puso un pie sobre el que estaba a punto de tomar.

—Levántate la falda —dijo—. Necesitamos ver algo mientras limpias tu desastre.

Con los dientes apretados, solté los papeles y me enderecé sobre las rodillas levantándome la falda entubada sobre las caderas para dejarla amontonada alrededor de mi cintura. El aire frío me golpeó las nalgas y sentí que mi rostro ardía de la vergüenza. No se me había permitido ponerme ropa interior esa mañana. Ahora sabía por qué.

Para que pudieran humillarme.

Seguí recolectando los papeles tan rápido como pude; sentía dos pares de ojos negros clavados en mi trasero.

Después de acomodar los montones de documentos me dispuse a ponerme de pie.

—Espera —dijo Emilio.

Me quedé donde estaba, sin ánimos de mirarlo.

Dornan se aclaró la garganta pero no dijo nada.

—La cabeza al piso —ordenó Emilio al caminar por atrás de mí—. Pon las manos a tus costados.

Hice lo que me indicó. No quería que me pateara entre las piernas. No quería hacerlo enojar cuando estaba así de vulnerable frente a él.

Presioné mi frente contra la olorosa alfombra, esperando que no me diera herpes tan sólo de tocarla. Apreté la mandíbula cuando sentí unas manos agarrándome las nalgas y separándolas.

Me asfixié con un sollozo. Aún estaba sensible ahí abajo. Los ojos se me humedecieron mientras unos dedos me tocaban y me inspeccionaban, como si me estuvieran preparando para un maldito Papanicolau.

—¿Has sido una niña buena, cabroncita? —preguntó Emilio con los dedos apretados contra mi cuerpo.

Me quejé ante su contacto. No era como el de Dornan. No me invitaba a querer acercarme más.

Me hacía querer morir.

—Sí —respondí con lágrimas frescas quemándome los ojos.

Me dio unas palmadas en la nalga izquierda, un gesto extraño, y luego me bajó la falta para cubrirme de nuevo.

—Me da gusto escuchar eso —dijo—. Ya puedes levantarte.

Sentí los ojos de Dornan contra mi piel mientras me ponía de pie y me bajaba la falta para taparme bien. Pero yo no podía verlo.

En vez de eso, clave los ojos en el suelo; la ira y el asco me ardían entre las piernas y en los dos mares de llamas que se anegaban en mis mejillas.

No eres nada. Eres mía.

Tal vez Dornan me había alejado de la cruel mano de su padre, pero no había duda de que yo aún le pertenecía a Emilio.

Dos horas después estaba metida en mierda hasta el cuello. En corrupción y doble contabilidad disfrazada de forma inteligente, pero no tanto para una chica que se especializaba en eso. Lo había hecho durante años con las riesgosas inversiones comerciales de mi padre, moviendo el dinero de gente que pensaba que nos lo debía cuando en realidad no era así. Las cuentas eran un caos, pero las mismas aparentemente inofensivas deducciones se hacían una y otra vez.

—¿Hay algo útil? —preguntó Emilio.

Mis ojos brincaron hacia él. No me había dado cuenta de que alguien más estaba ahí. Combatí el horror en mi garganta cuando recordé que la noche en que lo conocí yo había sido una chica vengativa y tenaz.

Ya no sabía en dónde había quedado ella. Ansiaba verla, pero sabía que si mostraba su rostro demasiado, yo terminaría muerta.

La opción era la sumisión, entonces. Incluso la palabra sonaba falsa.

Tal vez vio el temor en mi cara, porque jaló una silla y se sentó frente a mí.

—Dime —inquirió.

Tragué saliva.

—Por favor, no me patees en las costillas por decirte esto —comencé mientras le pasaba el pedazo de papel en que había computado todas las cifras sospechosas que había encontrado hasta el momento—, pero alguien te ha estado robando.

Parecía calmado. Pero algo en su semblante me indicó que lo había sorprendido.

—¿Tanto? —preguntó con un dedo sobre la cifra al final del papel. Asentí.

—Sí, señor. Apenas voy a la mitad del montón, así que podría ser aún más.

Lo llamé «señor» porque me negaba a llamarlo «amo». Esperaba que no lo notara.

Algo pasó por sus ojos. Estaba encabronado. Su irritación me pareció comiquísima. Pero me contuve para no reírme.

Me negué a convertirme en el receptáculo de su furia.

Se me ocurrió algo más, aunque demasiado tarde para marcar una diferencia.

Quien había estado a cargo de la contabilidad probablemente moriría, muy pronto y de forma muy dolorosa.

Le acababa de dar a Emilio la sentencia de muerte de alguien a quien ni siquiera conocía.

Se había tratado de una prueba. Siempre era una prueba y, esta vez, la había pasado.

¿Pero quién moriría como consecuencia?

40

Dornan

—¿Hace cuánto tiempo que se fue? —preguntó Dornan sorbiendo su café negro. Le había añadido un poco de whisky al de esta mañana; tuvo un fin de semana ajetreado, por decir lo menos.

John se paseó frente a él en la pequeña cocina comunal del cabaret que les servía tanto a las bailarinas como a los hombres detrás del espectáculo. John trabajaba aquí la mayor parte del tiempo en términos de negocios. Existía un acuerdo implícito de que John pasaba el menos tiempo posible en el club mientras se desempeñaba como presidente.

Era un lacayo, y lo sabía.

Pero aquí, en este antro, se encontraba en su ambiente. Siempre se notaba menos estresado cuando estaba aquí, y no porque las bailarinas hicieran buen sexo oral. No. John era un hombre leal, y Dornan sabía que nunca se alejaría de Caroline.

Esa lealtad perenne de John había hecho que fuera más difícil para Dornan despertar aquella noche hace tantos años, medio borracho, para encontrar a Caroline desnuda y meciéndose sobre su verga. La había lanzado al instante, amenazó con golpearla hasta matarla, pero ella sólo se rio. Perra loca.

Estaba seguro de que John no sabía nada al respecto, pero aun así se sentía como basura cada vez que hablaba con su amigo.

Algunos límites no debían cruzarse, y sin darse cuenta él había cruzado uno.

—Una semana —dijo John.

—Divórciate de ella —sugirió Dornan.

John apretó los puños.

—Si nos divorciamos, podría irse con Juliette —dijo indignado—. Siempre que nos peleamos me amenaza con eso. Es impredecible. Al menos como están las cosas, le doy un poco dinero, desaparece para hacer locuras, pero siempre regresa.

Dornan cruzó los tobillos y asintió para indicar que lo escuchaba.

—Excepto cuando no regresa —comentó Dornan.

Si fuera alguien más, Jimmy o Viper o cualquier otro malnacido del club, podría decirle que se apretara los huevos y se mostrara firme.

Pero se trataba de John. Su mejor amigo. Eran como hermanos.

Dornan se preguntó si éste sería un buen momento para mencionar que había suspendido y prohibido el suministro de Caroline. No sabía cómo darle la noticia a John, dado que no estaba seguro de que John supiera que él le había estado proporcionando pequeñas dosis.

John dejó de caminar y golpeó la puerta. Dornan no trató de detenerlo.

A veces un hombre sólo necesita sacar sus demonios.

—Ojalá —dijo John con el puño todavía presionado contra la puerta que acababa de atacar.

—¿Ojalá? —preguntó Dornan. Sabía lo que John pensaba. Deseaba nunca haber conocido a Dornan. Deseaba nunca haber tenido la brillante idea de los Hermanos Gitanos. El sueño —viajar en moto por las carreteras y vivir como nómadas, como camaradas— se destrozó en el momento en que aceptaron trabajar para Il Sangue.

John respiró hondo y dejó que su puño cayera a su costado.

—Ojalá Caroline volviera a casa —dijo finalmente.

Pero ambos sabían que eso no era lo que realmente estuvo a punto de decir.

El padre de Dornan entró en silencio, como una serpiente. El viejo bastardo siempre estaba listo para atacar, para reptar y manipular la situación en su propio beneficio. Dornan lo admiraba y lo detestaba. Y desde hacía tiempo sospechaba que John simplemente odiaba a Emilio.

—¿Cuál es la situación? —cuestionó Dornan poniéndose de pie con la entrada de su padre. John se giró y saludó a Emilio con un movimiento de la cabeza. El respeto estaba hasta arriba en la lista del despiadado capo, y todos se alineaban o morían a manos de él.

—John —asintió Emilio saludando al niño que se había convertido en un hombre junto a su propio hijo—. ¿Podrías darnos unos momentos?

John inclinó la cabeza en aprobación.

—Sí. Claro —pasó junto a Emilio en dirección a la oficina.

—¿Sabe que ella está ahí? —le preguntó Emilio a su hijo.

Dornan se encogió de hombros.

—Ya lo sabrá.

Dornan le dio un trago a su café y miró por la ventanita el sombrío día nublado. Tenían una impresionante vista del estacionamiento de grava detrás del antro. *Esto es vida.* Al menos en la casa club de los Hermanos Gitanos, si subías a la azotea, tenías una vista ilimitada de la costa de Venice Beach.

Con razón no pasaba mucho tiempo aquí. Siempre se sentía atrapado, como una rata en una jaula, corriendo sin cesar en una rueda que no lo llevaba a ningún lado. No sabía cómo John soportaba estar aquí todo el maldito tiempo.

—¿Encontraste algo interesante? —quiso saber Dornan de su padre.

La mirada de Emilio denotaba tanta furia que Dornan dio un paso atrás.

—¡Huy, papá! —protestó con las manos en alto, rindiéndose—. No sé qué habrá hecho ella, pero te juro que yo no fui.

Trataba de amortiguar la situación, pero Emilio no sonreía.

—¿A cuál puta te refieres? —le preguntó su padre.

—No sé —contestó Dornan con calma—. ¿Por qué no mejor me dices en qué estás pensando?

Sin hablar, Emilio le dio a Dornan el pedazo de papel. Lo revisó. Había muchos números en columnas, muchas veces el mismo número repetido, y todos resultaban en una considerable cifra al final.

—¿Esto es todo lo que nos hará ahorrarnos? —inquirió Dornan. Silbó—. Es una bonita cantidad de dinero. Habrá cubierto su deuda en un par de años a este paso.

Emilio le arrebató el papel; sus cejas temblaban con una expresión que Dornan conocía y temía.

Se tomó lo último de su café y estaba a punto de tragárselo cuando su padre respondió.

—Esto es lo que esa otra perra ha desviado de nuestras cuentas.

Dornan se atragantó con el café a medio trago. Azotó la taza sobre la mesa, se golpeó en el pecho y comenzó a toser y a escupir.

Al recobrar el aliento, Dornan levantó una mano y apuntó al papel de nuevo. Emilio se lo dio y Dornan leyó la última cifra con un hueco en el estómago. *Ay, Bela, tonta, estúpida mujer.*

—¿Estás seguro? —preguntó.

Los ojos de Emilio se encendieron con una furia que no se aplacaría hasta que él mismo probara la sangre de la contadora. Dornan no necesitaba que su padre dijera las palabras. Vio el destino de Bela en sus ojos negros.

—¿Dónde está? —preguntó Dornan.

—Viene en camino —respondió Emilio—. Si la ves, asegúrate de agarrar a la zorra ladrona y avísame.

—Lo haré, papá —contestó Dornan mientras su padre salía de la cocina.

Mierda. Sabía que el club perdía dinero, pero suponía que las generosas camareras que llenaban de más los vasos y se robaban billetes de veinte de la caja registradora eran las responsables. ¿Pero Bela? No podía creerlo.

—Dios —susurró moviendo la cabeza. La perra no había sido muy discreta. A veces se había preguntado cómo podía pagar los diamantes que usaba, pero ella le había asegurado que tenía muy buen ojo para la joyería de fantasía y que sus adornos eran circonio en cubos.

Pero esto… esto. Tenía sentido. Habían encontrado la herida en sus finanzas y estaba en el lugar más improbable de todos.

Sintió una punzada de nostalgia; Bela daba excelentes mamadas.

Al menos ahora tenía a Mariana.

41

Mariana

En algún rincón de mi mente me había estado preguntando qué clase de hombre sería el presidente de los Hermanos Gitanos. La forma en que Dornan actuaba, la manera en que se movía, el hecho de que fuera el hijo del líder del cártel Il Sangue... todas estas cosas me indicaban que él debía estar al mando, no alguien más.

Hasta el día en que el verdadero presidente entró de golpe a la oficina comprendí por qué.

Era como de la misma estatura de Dornan, uno ochenta y tantos, y tenía un mechón de cabello rubio que parecía salido de un comercial de champú; estaba alborotado y despeinado, pero apuesto a que de todos modos tenía que soportar las burlas de los otros Hermanos Gitanos. No era tan fornido como Dornan, pero sí igual de musculoso y definido. Parecía un surfista atrapado en el atuendo de un motociclista, o tal vez una oveja vestida de lobo, ya que lo pienso. Estaba bronceado, y supuse que salía al sol mucho más de lo que yo podía.

Se veía estresado, la mandíbula apretada.

—¿Tú quién eres? —me preguntó de pie frente al escritorio sobre el cual yo trabajaba. Lo miré con incertidumbre y con un poco de mala actitud.

—¿Quién eres tú? —le regresé enfatizando la última palabra.

Frunció el ceño; sus ojos pardos brillaron con irritación mientras señalaba el parche de presidente que adornaba su chaleco de cuero.

—Soy el jefe —dijo mirándome fijamente—. ¿Quién eres tú?

Miré hacia la puerta y de nuevo hacia él. Me comenzaba a sentir muy ansiosa por estar atrapada en este cuarto, sola, con un Hermano Gitano. Y el hombre que estuviera a cargo de un club con tan violenta reputación debía estar lejos de ser un hombre de bien, ¿no?

—¿Qué eres? —insistió—. ¿Una asistente? ¿Una amiga de Emilio? ¿Qué?

Tal vez vio el pánico en mis ojos, no lo sé. Sea lo que fuese, su expresión se suavizó un poco; quizá podía notar que estaba nerviosa, y que trataba de formular mi respuesta con cuidado.

—Soy Ana —dije con una sonrisita—. Y no estoy segura de lo que soy.

42

Dornan

Encontró dos chicas muertas en su club cuando llegó ahí más tarde esa noche.

Había llevado a Mariana de vuelta al apartamento, y aunque había querido quedarse con ella, su vida estaba llena de obligaciones con las cuales tenía que hacer malabarismos. Todo siempre estaba en el aire, y si no coordinaba a la perfección cada minuto de sus días, todo descendería estrepitosamente sobre él.

Llegó a la casa club para encontrar un Pontiac negro en el garaje grande que resguardaba las motocicletas; las ventanas del auto estaban salpicadas de sangre; había dos cuerpos femeninos tirados en el asiento trasero. El hedor a sangre coagulada le llenó la nariz. Cuando decía que le gustaba la sangre, definitivamente no se refería a esto.

Con un trapo sobre su nariz para sofocar el olor, sacó su celular y llamó a su padre. El teléfono sonó y sonó.

—*Figlio* —atendió Emilio tras diez timbres.

—Papá —respondió Dornan contenido, a punto de explotar—. ¿Perdiste algo?

Emilio se rio con alegría.

—Un favor, hijo, si no es mucha molestia. Que tus chicos lo limpien y se deshagan de las perras.

Dornan guardó el trapo y se frotó el mentón mientras se asomaba de nuevo al asiento trasero del vehículo. Su estómago se retorció al ver una mosca arrastrarse por la boca abierta de una de las chicas.

—¿Qué no iban a subastar a estas niñas? —preguntó Dornan sacudiendo la cabeza. Maldito Emilio; siempre le dejaba su trabajo sucio al club.

—Efectivamente —respondió.

—¿Y luego?

—Y luego se enfermaron. Así ya no servían.

Con razón el automóvil apestaba. Estaban a treinta y dos grados y las niñas muertas llevaban todo un día en él.

—Ya veo —dijo Dornan antes de colgar.

Reunió a unos cuantos Hermanos, quienes se quejaron amargamente, pero pronto se pusieron a envolver los cuerpos con plástico y a organizarse para desmantelar el auto y convertirlo en chatarra. Dornan observó todo desde el margen, con terror distante.

Pudo haber sido ella. Mariana pudo haber estado en el Pontiac con los sesos esparcidos por el asiento.

La amenaza estaba demasiado cerca como para sentirse tranquilo.

43

Mariana

Dornan regresó tarde al apartamento. Me había quedado despierta, bebiendo café cargado frente a la pequeña posibilidad de que volviera.

Sí. Era patética.

Pero su presencia era tan fugaz, tan adictiva, que haría cualquier cosa para asegurarme de no perdérmela. Mis oídos estaban pendientes de sus pasos, mi piel de su tacto. Éramos el secreto más sucio y prohibido de todos.

Y me encantaba.

La desesperación y soledad alimentaron el abrumador deseo que me llenaba.

Me cuidaba. Se aseguraba de que comiera, de que durmiera. Hacía que mi existencia fuera mucho menos dolorosa cuando él estaba ahí.

Era un hombre malvado, el peor de todos.

¿Pero y mi corazón, ese objeto traicionero dentro de mi pecho que se aceleraba al tenerlo cerca?

Quería traicionarme.

Me estaba enamorando de un monstruo.

¿Y qué con esta nueva vida que llevaba, donde las viejas reglas no aplicaban y el poder se medía en sangre y en balas?

No me importaba.

Sexo. Eso era lo único que me hacía sentir algo, lo único que interrumpía mi triste y solitaria existencia. No obstante, odiaba cuando me hacía llegar al orgasmo. Me odiaba a mí misma. Al momento gritaba con exquisita agonía, mientras me follaba o me lamía o me introducía un dedo hasta un punto en el que ya no había marcha atrás. Pero después, cuando eyaculaba dentro de mí —siempre era dentro de mí, o sobre mí de alguna manera, siempre marcándome como suya— permanecíamos el uno junto al otro, recuperando el aliento, y la culpa y la desesperación me rasgaban el alma en pequeños pedazos.

Escuché los pitidos de alguien que presionaba el código en el teclado numérico de afuera, y luego un chasquido cuando la cerradura de la puerta principal se abría. Un ligero crujido y la puerta se deslizó; otro, y se cerró, revelando al hombre que venía a consumir todos mis pensamientos.

Me incliné sobre la barra de la cocina. La revista frente a mí quedó olvidada mientras observaba a mi amante siniestro acercarse.

Dejó caer su casco sobre las baldosas, como siempre hacía. Rebotó una vez y rodó hacia un rincón, relegado, a la vez que Dornan Ross se movía bajo la débil iluminación del pasillo hacia mí. Se movía como un depredador; la lujuria posesiva de sus ojos oscuros que antes había sido sólo un destello ahora era un bosque en llamas que amenazaba con consumirnos a los dos. Estaba empapado por la lluvia que había caído toda la tarde, una lluvia que todavía no se deshacía del calor. Me sentía de vuelta en la pegajosa y húmeda Colombia.

Dornan llevaba ropa nueva. Una playera negra y ceñida que se abrazaba a sus brazos definidos, pantalones negros y su chaleco de piel. Todo de negro, parecía el maldito ángel de muerte más sensual que me pudiera imaginar.

Sonrió al aproximárseme. Comencé a girarme para saludarlo, pero sus manos se enredaron sobre mi cintura y jalaron mis nalgas con firmeza contra su erección. Sentí mariposas en el estómago cuando me levantó el camisón de algodón negro, agarrándolo todo en sus manos hasta que mis pantis y mi espalda baja quedaron expuestos. Metió las manos debajo de la tela y apretó mis caderas, balanceándose pegado a mí. Ya estaba muy rígido sobre mi piel, y sólo la ropa separaba nuestros cuerpos.

Pasó una mano hacía adelante bajo mi ropa interior y metió los dedos. Me estremecí en cuanto me rozó; su contacto era poderoso.

—Regresé tan pronto como pude —susurró en mi oreja mientras seguía pasando sus dedos por mi superficie húmeda. Yo respiraba con rapidez, jadeando al ritmo de sus dedos. Quería más. Quería todo.

—Estás muy mojada —murmuró.

Algo estaba completamente mal conmigo. Algo tenebroso había florecido en mi interior, extendiéndose como un cáncer que arrasaba con todo a su paso. En los momentos en que sus manos se sentían ásperas contra mi piel, cuando me doblegaba a sus propios deseos, yo existía. Existía sólo para él.

—¿Me deseas? —preguntó. Asentí.

Me agarró el cabello con un puño y me jaló: no tanto como para que doliera, pero lo suficiente como para percatarme.

—Dilo —exigió.

—Sí —susurré retorciéndome contra él—. Sí, te deseo.

Con las palmas de las manos extendidas sobre la barra, no podía ver lo que sucedía. Sólo sentí que tiraba de mis pantis hacia mis tobillos; una rodilla entre mis piernas las obligó a abrirse más.

Después, se empujó dentro de mí; la fricción y la presión fueron suficientes para hacerme resollar. Con el camisón aún sobre mi cintura, enterró los dedos en mi piel como para dejar moretones y comenzó a moverse en mi interior. Fue rudo, rápido, justo como necesitaba.

—¡Mierda! —grité cuando se introdujo más en mi cuerpo. Se sentía como si cada empujón borrara una parte de mí y la sustituyera con algo nuevo. Algo lúgubre.

La presión ya se acumulaba dentro de mí, y sentí que mis piernas se desplomaban cuando el orgasmo más poderoso que había experimentado me sacudió todo el cuerpo. Abrí la boca para dejar salir un gemido gutural mientras él me sujetaba y evitaba que me cayera.

—Eso estuvo increíble —lo escuché decir a través del abotargamiento. Dejé caer la frente sobre la barra, exhausta y con todo el cuerpo aún resonando con espasmos. Siguió empujando a mis espaldas, y escuché un inconfundible gemido seguido de su sólida persona encogida a mi alrededor.

Ambos nos esforzamos por recuperar el aliento.

—Mierda —jadeé—. Eso estuvo increíble.

Se salió de mí y se rio; me giró para que lo mirara de frente.

—¿De qué te ríes? —pregunté al cerrar las piernas para que sus fluidos salados no se escurrieran por mis piernas y cayeran las suelo.

Me besó la frente, lo cual fue un gesto extrañamente íntimo viniendo de él.

—No solías decir «mierda» con tanta frecuencia —dijo a modo de burla—. Mira en lo que te he convertido.

Me sentía atrevida.

—Tú no solías sonreír tanto —repliqué—. Mira en lo que te he convertido.

Dornan sólo sacudió la cabeza y siguió sonriendo.

En la ducha, después de que Dornan me doblara sobre la barra de la cocina y me follara con bestialidad, me presionó el brazo hasta que encontró el pequeño cilindro debajo de mi piel.

—¿Por cuánto tiempo más es efectivo? —me preguntó al acariciar mi piel con sus dedos cálidos mientras el agua y el olor a sándalo nos rodeaba.

—Dos años más —dije sin pensarlo.

—Tendremos que asegurarnos de conseguirte otro entonces —respondió moviéndolo debajo de mi piel—. Me parece que ya tengo suficientes hijos, ¿no crees?

Estaba bromeando, pero me petrifiqué cuando sus palabras hicieron mella.

Dos años. Había estado en el apartamento semanas apenas, y no podía imaginare dos años más de esta extraña y aterradora existencia. Tenía que salir. Nunca iba a salir.

Era insoportable. En vez de eso, me concentré en los dedos de Dornan que viajaban sobre mi estómago desnudo y comenzaban a frotarme el punto más sensible de nuevo. Pude haberme sentido devastada cada vez que lo dejaba tocarme, pero eso me daba un bien recibido descanso de todos los pensamientos oscuros que me plagaban la mente. Y de los luminosos también. Los que más me aterrorizaban. Cuando Dornan no estaba, lo extrañaba. Añoraba su tacto. Ansiaba su compañía. Y para una chica que había visto a su novio desangrarse hasta la muerte no era aceptable albergar estos sentimientos.

Traté de inmovilizar esas sensaciones que florecían en mi interior. Estaba determinada a no dejarme llevar por la fantasía de esperar que un hombre me salvara de su horrible padre, de vivir como esclava. Pero mi corazón tenía su propia mente, y se desbocaba con felicidad cuando trataba de controlarlo.

Era todo lo que tenía. Esas cinco palabras se reproducían una y otra vez en mi cabeza.

El resto del tiempo, lloraba. Mucho. El corrector no lograba disimular las ojeras que se habían instalado de forma permanente en mi rostro. En esos momentos tranquilos en que estaba sola, solía pensar en mi familia. Pensaba en mi niñito, aunque la simple memoria de él era suficiente para volverme loca. Mis brazos ansiaban abrazarlo. Recordé la fotografía arrugada en el bolsillo de Murphy y me sentí hastiada de que tuviera esa parte de mi alma en su poder.

A la mañana siguiente, desperté sin compañía. La soledad y la melancolía se clavaban en mi pecho, y me pregunté cómo llegaría a la oficina. No conocía el código de la puerta, y si ocurría un incendio en el apartamento con seguridad me quemaría viva. Dornan casi nunca me informaba sobre sus planes; sólo se aparecía sin aviso. Me permití dormir otros cinco minutos antes de ducharme y vestirme para el trabajo.

Esta vez me puse pantis. Emilio no pondría sus manos asquerosas cerca de mi coño de nuevo. Tuve la repentina fantasía de asesinarlo con una engrapadora mientras encendía la cafetera en la cocina.

El día anterior había trabajado mucho en limpiar los libros, y lo que encontré estaba muy sucio en verdad. Alguien había hecho una pequeña fortuna al desviar fondos del cabaret y de varios otros negocios que fungían como fachadas del cártel Il Sangue y del club de los Hermanos Gitanos. Aún estaba un poco confundida acerca de la dinámica entre ambos, para ser honesta. No había un límite claro entre uno y otro. No obstante, no quedaba duda de que Emilio era el jefe de todos. A él le pertenecían todos, con secretos, mentiras y amenazas. Me daba asco. ¿Cuánto poder, cuánto dinero y dominación realmente necesitaba un hombre? ¿Y cuándo se convertía esa necesidad en una ambición que lo destruía todo a su paso?

Me temía que él ya había cruzado esa línea hacía mucho tiempo.

Pronto dieron las 8 a.m., y ya estaba lista. Llevaba un holgado vestido negro que me llegaba hasta las rodillas y que se abrochaba por atrás. Había logrado subir el cierre tres cuartas partes del camino y supuse que le pediría a Dornan que lo subiera todo. Estaba parada frente al desayunador, bebía café y miraba la caja de cereal con desdén. Había perdido todo mi apetito en las semanas anteriores.

Alguien tocó la puerta y, sin pensarlo, me dirigí hacia ella. No fue hasta que llegué y que puse la mano sobre el picaporte que recordé que no podía abrirla. No me sabía el maldito código.

Pero no parecía importar: la persona al otro lado de la puerta comenzó a presionar el teclado con una serie de pitidos tenues, y escuché que la cerradura se abría. No me moví. Supuse que sería Dornan.

Qué… maldito… error.

Antes de poder azotar la puerta, Murphy estaba adentro, empujándome por el pasillo con una fuerza que no tenía modo de superar. Su sonrisa era arrogante y estaba llena de emoción.

—Buenos días —proclamó en voz alta, acechándome con una precisión metódica mientras yo retrocedía por el corredor. La cocina. Había cuchillos en la cocina.

—¿Qué haces aquí? —pregunté tratando de no tropezarme y caer sobre mi trasero.

—Vengo a recogerte para ir al trabajo, encanto —dijo arrastrando las palabras con una falsa dulzura empalagosa que me dio ganas de vomitarme encima. Sus ojos estaban más iluminados que nunca esta mañana; su apariencia era terrorífica.

—¿Dónde está Dornan? —pregunté muy cerca de la barra de la cocina. Casi junto al bloque de cuchillos. Miré hacia atrás. Sólo unos pasos más…

Me había girado durante menos de un segundo, y él aprovechó mi descuido para lanzarse sobre mí, agarrarme las muñecas y aventarme contra la barra con una ferocidad que me aterró. Me sujeté del borde del fregadero detrás de mí y traté de pensar en cómo librarme de ésta. ¡Dios! Qué estúpida era. ¡Pudo tratarse de cualquier persona! Alguien que viniera a lastimarme. Alguien que viniera a matarme. Alguien que viniera a violarme. Murphy, que parecía dispuesto a hacer las tres cosas.

—Tu motociclista intimidante tuvo que salir —dijo con voz burlona. Noté que aunque tal vez moría de ganas de follarme, me odiaba. Me odiaba porque no le daría lo que quería por mi propia voluntad.

—Emilio me estará esperando —solté.

Me arrinconó, forzándome el tronco hacia atrás de forma incómoda hasta que mi espalda estaba casi dentro de la jabonosa agua en la que acababa de meter las manos.

—Está con el motociclista intimidante —dijo mientras se encogía de hombros y sonreía con malicia.

No. No. Si lo que decía era cierto, estaba sola. Con él. En un apartamento del que no podía salir.

Y nadie vendría a salvarme.

44

Emilio

Había golpeado a Bela casi hasta matarla, pero la puta era terca. Aún protestaba que era inocente incluso después de que Emilio hiciera que sus socios revisaran las cuentas de Mariana una y otra vez. La niña había hecho un buen trabajo. Descubrió en tres horas lo que Emilio había tratado de resolver durante meses: a dónde se iba su dinero. Y era mucho maldito dinero el que desaparecía.

Se paró frente a la zorra ladrona; observó cómo sangraba por la herida más reciente, una cortada profunda en la frente que le chorreaba sangre a los ojos.

Ya le había hecho tantos cortes que su piel desnuda parecía de retacería, pero era muy obstinada. Aún no se doblegaba. La putita parpadeaba con velocidad; sus pestañas aleteaban mientras la sangre le anegaba la vista. Era morena, pero sus bonitos mechones castaños ahora estaban casi completamente teñidos de rojo.

—Dime por qué —pidió Emilio con un cuchillo cerca su rostro, tan cerca que el metal casi le acariciaba el globo ocular.

Tragó saliva y trató de alejarse, pero su cabeza estaba atrapada en la otra mano de Emilio, la cual le sujetaba un manojo de pelo desde la raíz.

—¿Por qué roba la gente? —le contestó finalmente, después de un día de tortura y hambre. Un día de no comer nada más que verga y licor, y de recibir todos los golpes posibles. De forma perversa, Emilio admiraba su resistencia—. Porque quería cosas bonitas. Porque quería una vida mejor.

Esta puta era fuerte.

La puta era también una ladrona. Se recordó eso a sí mismo cuando le cortaba la piel y ella berreaba. Había sido diabólica, manipulativa y ni todos los diamantes del mundo podrían salvarla ahora.

Eso lo hizo detenerse un momento. Sí. Podría asfixiarla con su propia ambición. Quería verla tratar de respirar mientras las afiladas piedras preciosas se amontonaban en sus vías respiratorias. Sería una muerte adecuada, y después la abriría y le sacaría las joyas con la intención de recuperar al menos algo de los fondos que ella había desviado hacia cuentas falsas durante los dos años que estuvo encargándose de sus libros.

Pero aún no había sufrido lo suficiente.

—Si me dejas ir, te diré dónde está el dinero —imploró Bela.

Él sonrió.

—Si me dices dónde está, te dejaré ir.

El último rayo de esperanza murió en sus ojos. Emilio Ross no dejaba ir a nadie una vez que lo hacían enojar, sin importar cuán pequeña hubiera sido la ofensa. Bela había presenciado suficientes muertes en el corto tiempo que había trabajado para ellos para comprender su destino.

Emilio caminó hacia la mesita que le había pedido a Jimmy arrastrar al frío cuartito húmedo. Ahí yacía una variedad de instrumentos improvisados de tortura, pero había uno que todavía no empleaba y quería probarlo. La mordaza grande. Sonrió, tomó el grotesco artefacto del montón y dejó el enorme cuchillo de carne.

Se acercó a Bela, que colgaba desnuda del techo, amarrada de las muñecas, cubierta de sangre y de moretones floridos que coloreaban su piel en varios tonos de negro, azul y morado. Emilio miró las nuevas marcas que le salieron donde le había enterrado los dedos, en las tetas. Sus pezones rosados estaban duros por el frío, y pellizcó uno con malicia, haciéndola chillar. Le faltaban pocos colores para parecer un arcoíris, reflexionó Emilio al soltar el pezón y usar ambas manos para colocarle el aparato alrededor de la cara.

Ella trató de agitar la cabeza de un lado a otro, pero gritó en cuanto lo hizo. Emilio sonrió, y aprovechó la oportunidad para meterle el hule de la mordaza en la boca y apretarla contra sus mejillas, a modo de que su boca quedara abierta en la perfecta forma de una «o». Con el broche en la parte de atrás quedó asegurada. Ahora, si intentaba morder, lo primero que mordería serían sus propias mejillas.

Sonrió al ver que el miedo sustituía la mirada aturdida de su rostro.

—Sabía que sería difícil quebrantarte —dijo Emilio al meter un dedo en el hoyo perfecto que llegaba hasta su garganta. La poseyó una arcada cuando golpeó la parte trasera de su cuello, y él retrocedió antes de que vomitara; no quería que los contenidos de su estómago se le acercaran.

—Ya sabes lo que pasa a continuación, ¿no, Bela?

Ella gritó. Sonaba extraño con la boca tan abierta de ese modo, pero aun así el pecho de Emilio se llenó de orgullo.

Bela trató de robarle poder al robarle su dinero, y ahora él le enseñaría quién realmente tenía el control.

Se escuchó un ligero golpeteo en la puerta y luego Jimmy y Viper, dos de los engendros más enfermos que él jamás había conocido, lo cual ya era decir mucho, entraron. Viper llevaba una botella de bourbon y una manguera, y ambos se veían listos para lo que se necesitara. Eso era lo que tenían todos estos motociclistas. Al principio lo había horrorizado que su hijo decidiera formar su propio club motorista, pero las cosas de las que eran capaces, la depravación que estos hombres albergaban en sus almas… todo resultaba muy útil, de hecho. Hacía que Il Sangue fuera más que sólo un cártel. Eran dueños de toda la costa oeste, desde San Francisco hasta muy al sur de Sudamérica. En otras palabras, eran intocables.

Emilio se alejó de Bela con una sonrisa burlona.

—Toda suya, muchachos.

Al cerrar la puerta, Emilio escuchó el inconfundible sonido de unas arcadas y supuso que los chicos le darían a la puta justo lo que se merecía. Nadie le robaba a Emilio Ross y vivía para contarlo.

45

Mariana

Murphy se presionó contra mí, atrapándome contra la barra mientras sonreía como un hijo de puta.

—¿Qué quieres? —espeté.

Su mueca de mierda decía «follarte»; era tan claro como si hubiera dicho las palabras. Mi espalda agonizaba mientras él me forzaba hacía atrás; el peso de su cuerpo me aprisionaba mientras sujetaba mis muñecas a mis costados. Sentí su erección en mi cadera con asco; ya sabía exactamente lo que quería.

—Quiero saber si eres de las que gimen —dijo en sonidos largos— o de las que gritan.

Invoqué toda mi fuerza, hasta el último gramo de mi ira y mi tristeza, y lo acumulé en mi frente. Luego, esperando no desmayarme con el impacto, lancé la cabeza hacia adelante y le di de lleno en la boca. Me soltó y tambaleó hacia atrás, y yo me enderecé con una mano en la frente, la cual me zumbaba con violencia.

Tomó un pañuelo del bolsillo de su saco y lo aplicó sobre la sangre que le salía del labio. ¿Eh? Me había acostumbrado tanto a la fascinación de Dornan con la sangre que había olvidado que otras personas no la apreciaban del mismo modo. La idea de haber lastimado a Murphy me dibujó una sonrisa.

No pareció gustarle eso.

—Ven aquí —me ordenó mientras guardaba el pañuelo san-griento—. Puedes pelear conmigo todo lo que quieras, pero tengo mucho tiempo, encanto.

Tenía ese cierto destello en los ojos, y no confiaba en lo más mínimo en él. Pero Dornan no estaba, y Emilio se hallaba con él, y yo me encontraba acorralada sin nada con lo cual defenderme. Ni siquiera traía zapatos para patearlo.

Murphy de nuevo se llevó la mano al bolsillo y sacó la foto de Luis.

—No quieres que el jefe se entere de esto, ¿o sí?

El corazón se me detuvo.

—No.

—Bueno —dijo—, entonces hagamos un trato.

Sentí un nudo en la garganta; clavé los ojos en la fotografía.

—Te escucho.

Sonrió con superioridad.

—Si haces todo lo que quiera por hoy, te devolveré esto y fin-giré que nunca lo vi.

Me mordí el labio y pasé la mirada de sus extraños ojos azules al retrato. Mi bebé. Lo extrañaba más que a nada. Me aterraba ya haber comenzado a olvidar ciertos detalles, como la forma exacta de su rostro o si su cabello era castaño oscuro o todo negro en la foto. Sentía vergüenza ante tales cosas, y me pregunté si mi mente sim-plemente bloqueaba todo lo que no podía enfrentar.

—¿Cómo sé que cumplirás tu parte del trato? —susurré.

Hizo una mueca, y el gesto hizo que sus labios expulsaran san-gre fresca.

—Ésta es la situación —dijo al empujarme contra el mueble para atraparme otra vez. Me acomodó un mechón de cabello tras la oreja y el acto me revolvió el estómago—. De una forma u otra, obten-dré lo que quiero, así que puedes cooperar —me tiró del cabello y mi cuello quedó expuesto— o puedes pelear. Ambas opciones serán igual de divertidas para mí —sacó su lengua viperina y me lamió el cuello, lo cual me causó escalofríos—. ¿Tenemos un trato?

Mis hombros se desplomaron. Tenía en su poder la fotografía que quería con desesperación, y a mí sólo me faltaba perder la cabeza. No podía permitir que Dornan y Emilio se enteraran del hijo que Este y yo compartíamos. Luis se merecía algo mejor que eso. No le cargaría mis pecados así como mi padre me había cargado los suyos.

¿Tenía alguna importancia? Ahora ésta era mi vida. Le pertenecía a hombres poderosos; me usarían y abusarían hasta convertirme en un caparazón vacío y pútrido. Eso era justamente lo que esperaba cuando me entregué, pero de alguna manera la realidad de la situación aún me sorprendía tanto como para robarme el aliento. No podía rendirme.

—No —dije con el rostro circunspecto.

Nunca le diría que sí a un hombre como Murphy.

Pero cuando tomó algo atrás de mí y lo apretó contra mi cuello, me inmovilicé. Un cuchillo. Tenía un cuchillo contra mi garganta.

—Entonces supongo que haremos esto a la mala —dijo con desprecio.

—¿Quieres violarme en el suelo de la cocina? —pregunté lanzándole una mirada de incredulidad.

Chasqueó la lengua.

—Comenzaremos en la cocina —dijo—, pero cariño, tenemos todo un apartamento para jugar.

Me tragué mi aversión y miré el filoso cuchillo de carne en su mano, el que yo había sido lo suficientemente tonta para pensar que podría utilizar en su contra.

Me dedicó una sonrisa amplia y señaló sus pantalones.

—Bueno —dijo con una inclinación de la cabeza mientras clavaba sus raros ojos azules en mí—. Te sugiero que te acuestes en el piso y te desnudes.

Apreté los dientes y lo miré fijo al mismo tiempo que él se apretaba la verga sobre el pantalón para luego comenzar a acariciársela con lentitud, tanto como la tela se lo permitía. No me quitó los ojos de encima en ningún momento.

Me miró con desesperación fingida; con su mano libre me llamaba la atención hacia su erección.

—Bueno, vamos —dijo—. No creo que se chupe solito, Anita.

Mi piel se estremeció cuando usó ese nombre de nuevo. Conteniendo las lágrimas y mis gritos, di un pequeño paso hacia atrás.

—No pondré la boca ni cerca de eso —respondí con contundencia. Sonrió y puso una mano sobre mí, entre mis pechos.

—¿Te crees que eres demasiado buena para mí, maldita putita mexicana?

Miré hacia el techo por un momento, tratando de morderme la lengua.

—Colombiana —dije con un largo suspiro.

—¿Qué? —cuestionó al mismo tiempo que pasaba su mano por mis pechos.

La sangre comenzó a hervirme mientras la furia recorría mis venas. Lo miré fijamente, odiando al maldito Emilio de mierda, a Dornan, a mi padre. Porque por culpa de ellos yo estaba aquí, tratando de escapar de un hombre al que despreciaba. Pensé en mi padre frente a una mesa de blackjack, apostando con mi futuro, y tuve ganas de ponerle una pistola en la cabeza y jalar yo misma el gatillo.

—Dije que soy colombiana —repetí más fuerte y más encabronada esta vez. Murphy dejó de tocarme los pechos y me miró el rostro con atención.

—Me disculpo —dijo con júbilo, sin disculparse en lo absoluto—. Pero el tiempo apremia, y esta foto parece estar quemándome el bolsillo, así que sugiero que te acuestes ahora.

Hice una mueca de obstinación y sacudí la cabeza. Se veía furioso; de repente presionó de nuevo el cuchillo contra mi garganta con tanta fuerza que sentí que la piel se me abría. Me quedé tan quieta como pude, imaginando qué pasaría si él se resbalaba y yo me ahogaba en el flujo de mi propia sangre.

Cuando estuve inmóvil, me rodeó lentamente, juntando su cuerpo contra mi espalda mientras me levantaba el vestido bruscamente con la mano que tenía libre. La otra aún sujetaba el cuchillo contra mi garganta, y los dientes de la hoja me jalaban la piel con cada estremecimiento.

Apreté los ojos con fuerza cuando metió la mano entre mis piernas e hizo a un lado mis pantis de forma violenta, pasando sus dedos sobre mí. La vergüenza y la ira se me acumularon en las mejillas y él soltó una risita.

—Parece que ya estás lista para recibirme —exclamó.

Hijo de puta.

Antes de que pudiera jalarme más hacia él, apreté un puño y lo lancé sobre mi hombro, enterrándolo en un costado de su petulante cara. Su cabeza se disparó hacia atrás, y yo apreté los dientes y me agaché para evitar que me rasgara la cuchilla a lo largo del cuello.

Fue un movimiento arriesgado, pero no podía sólo quedarme quieta mientras me violaba.

Lleno de rabia me atacó con el cuchillo, como si quisiera apuñalarme en la cara. Levanté de nuevo el puño punzante y esperé con una silenciosa expresión desafiante.

Sin darme tiempo de golpearlo, hizo la finta de atacarme por la izquierda para luego cambiar la dirección y embestirme como un tren de carga. Al taclearme ambos aterrizamos con un estruendo sobre las baldosas. La cabeza me daba vueltas y dejé salir un gemido tocándome el cráneo para ver si sangraba.

Los ojos azules de Murphy brillaban mientras se cernía sobre mí, burlándose en silencio mientras me aprisionaba con su peso.

—Sabía que te gustaría esto —dijo al apretarme el pezón a través de la tela—. Toda esta charla. Toda esta tensión. Es divertido —puso los ojos como plato cuando dijo «divertido», alzó un puño y lo azotó contra mi mejilla. Mis ojos se humedecieron y la mitad del rostro me palpitó. *Qué vida de mierda*, pensé; *finalmente estoy en la maldita tierra de los libres.*

Pero yo no era libre. Era propiedad de alguien. Ni siquiera una propiedad valiosa.

—Tienes que violarme porque sabes que jamás elegiría a alguien como tú —dije consciente de que su erección seguía apretada contra mi estómago—. Y no soportas esa idea, maldito patético bastardo.

Su sonrisa fue inmediatamente sustituida por una mirada de profundo desdén. Estaba a punto de responderme cuando vi algo por el rabillo del ojo. Había vaciado los contenidos de sus bolsillos sobre el banco cuando llegó y me amenazó con la fotografía, pero yo había estado muy ocupada manteniéndolo en mi campo visual para poner atención a lo que puso en la barra junto al retrato. Pero ahora lo vi. Y me aterroricé.

Una jeringa. Estaba tapada y llena hasta la mitad de un líquido transparente. *Ay, Dios*, pensé mientras me empujaba con sus caderas, frotándose contra mí sobre el delgado algodón que nos separaba. *Esto es real. Este hombre va a violarme.*

—¿Ibas a drogarme? —susurré con voz temblorosa.

Comenzaba a decirle algo más cuando un puño se estrelló en mi boca y me aturdió. Me llevé la mano a la boca y vi mis dedos mojados y rojos. Lentamente miré a Murphy a los ojos.

Chasqueó la lengua y me tomó de las muñecas; me apretó tanto que pensé que me las rompería.

—Cállate y no te muevas —dijo.

A la mierda. No me iba a quedar quieta. Forcejeé y luché mientras él seguía sobre mí; mi fuerza no se comparaba con la de él.

—Eres muy ardiente —bufó al apretar una mano contra mi cuello y pellizcar uno de mis pezones con los dedos de la otra. El cuchillo yacía en el suelo, cerca de mi rodilla, fuera de mi alcance—. Y ahora voy a follar…

Lo interrumpió el estruendo de la puerta principal al abrirse de golpe. Sus ojos se abrieron por un segundo y cuando traté de alejarlo de mí, me apretó las caderas con fuerza.

—¿A dónde crees que vas? —me preguntó sin prestar atención a quien fuese que estaba en la puerta.

—Déjame ir —murmuré con urgencia al tiempo que giraba la cabeza para ver quién había llegado.

Dornan no estaba solo. No sabía si sentirme aliviada o totalmente aterrada.

Me sentía de las dos maneras.

—Hermanos Gitanos —dijo Murphy mientras me metía un dedo en la boca. Los ojos se me humedecieron al mirar a John y a Dornan con expresión suplicante.

La mirada de Dornan se encontró con la mía; la peculiar corriente fluyó entre los dos una vez más. Parecía listo para matar a Murphy con sus propias manos.

—¡Hijo de puta! —rugió al abalanzarse contra nosotros.

—No, no —dijo Murphy con un chasquido de lengua, tomándome de la barbilla y obligándome a mirarlo. El cuchillo había vuelto a su mano, a mi garganta. Ni siquiera lo había visto agarrarlo—. Es de mala educación interrumpir, muchachos —dijo con voz cansina, deleitándose en el asco dibujado en mi rostro—. Tal vez deban esperarnos afuera. No quiero resbalarme y cortarle la bonita cabeza por accidente.

—Suéltala —ordenó John con una mano detrás de su espalda. Supuse que sacaría su pistola. *Dios.* Imploré que tuviera buena puntería.

Una vena palpitaba en la sien de Dornan. *Iba a explotar.*

—No la violaré —dijo Murphy, mirándome—. Dile. Dile cuánto me deseas.

—Vete a la mierda —solté con los dientes apretados.

—Dile con quién quieres estar —continuó mientras se estiraba para tomar la fotografía que descansaba sobre la barra. ¡Mierda! Si volvía a hacerse con ella, la conservaría para hacerme algo peor la próxima vez.

—Déjala ir —dijo John. Murphy le hizo una mueca, aún sujetándome con fuerza, y luego su sonrisa de desvaneció cuando John le apuntó con el arma a la cabeza—. No quieres que te lo vuelva a pedir —le advirtió.

Murphy soltó mi muñeca y el cuchillo; levantó las manos rindiéndose.

—John —dijo con premura—, tú no quieres dispararle a un agente federal. Sólo nos estábamos divirtiendo. No es mi culpa que la chica esté loca.

—Levántate —le ordenó John. Antes de que Murphy se pusiera de pie, Dornan lo agarró del cuello y lo arrastró hacia la sala.

Me estremecí mientras un brazo fuerte me alzaba en brazos y me colocaba sobre mis piernas temblorosas. Me bajé el vestido, humillada y asqueada.

John se cruzó de brazos y se recargó contra la barra. Se veía temible todo de cuero. El parche de presidente relucía en la espalda de su chaleco de piel y la pistola que sostenía de manera casual en una mano, con dos serpientes entrelazadas grabadas a lo largo del cañón plateado, era muy distinta a las que había visto.

—¿De qué es esa foto, encanto? —preguntó. Me quedé helada y abrí la boca para contestar, pero ningún sonido salió. Mi hijo. *Mi hijo.*

John notó que yo estaba al borde de algún ataque emocional y se asomó hacia donde Dornan golpeaba a Murphy con furia. Parecía que iba a matarlo. Sin parar por un instante, Dornan desenfundó su pistola y la preparó. Dentro del apartamento, el chasquido del metal sonó tan amenazante como aterrador.

—De —lo llamó John con calma. Dornan presionó la punta del arma contra la frente de Murphy y ejerció un poco de fuerza sobre el gatillo.

—¿Te lastimó, Ana? —preguntó Dornan con una voz peligrosamente tranquila—. ¿Te violó?

—Sí —dije—. No. Me golpeó. No logró… Quiero decir, ustedes lo detuvieron antes de que… eso.

—De, no le dispares al malnacido —insistió John—. Yo quiero hacerlo, tú también, todos queremos matarlo. Pero matar a un policía nos acarreará muchos problemas. Piénsalo, hermano.

Dornan torció la boca con furia; todos los músculos de su cuerpo estaban preparados y dispuestos a destruir a este inservible pedazo de mierda frente a él. Y, de manera preocupante, una parte de mí quería que le disparara a Murphy en la cara.

John se acercó a Dornan con la mano extendida.

—Dame el arma —dijo.

Dornan se giró y miró a John como si quisiera preguntarle si estaba de broma. Levantó la pistola sobre la cabeza de Murphy y lo golpeó en la cabeza con tanta fuerza que lo hizo perder el conocimiento. John resopló y cruzó los brazos.

—Amárralo —dijo John—. Le diré a Viper que venga a recoger su lastimero trasero.

John regresó a mi lado y clavó los ojos en la fotografía. La tomé en un movimiento y la arrugué con el puño mientras miraba a Dornan, quien estaba abstraído atando una cuerda alrededor de las extremidades de Murphy, lo apretaba con fuerza.

Cuando John me miró, sus ojos denotaban bondad. De repente se veía muy distinto a todas las personas que había conocido desde la noche en que abandoné la casa de mi padre. Su sonrisa era genuina y se extendía hasta sus profundos ojos azules.

—¿Estás bien? —me preguntó. Miró a Dornan, que jalaba a Murphy de los pies hacia la puerta. Un momento después, escuché que le gritaba instrucciones a alguien por teléfono.

Dije que sí con la cabeza, tragando saliva de nuevo. De repente me había quedado muda.

Me agarró con delicadeza el puño y lo levantó entre los dos; lentamente me desdobló los dedos, uno por uno. Tomó la foto como si se tratara de algo valioso y la analizó.

—¿Es tu bebé? —preguntó en silencio.

Ya no pude contenerme. Me llevé las manos a la boca y ahogué un grito mientras unas lágrimas me caían por el rostro. No podía dejar de sacudir la cabeza. No podía dejar de llorar.

John parecía solidario. Me tendió el retrato y lo tomé rápido, agradecida. Esperó con paciencia al tiempo que yo me secaba las mejillas y respiraba profundo para calmarme.

—¿Esto traerá más problemas? —preguntó.

Sacudí la cabeza.

—No más problemas. Lo prometo.

—Será mejor que encuentres un buen escondite para eso —dijo señalando la fotografía.

Asentí y miré a mi alrededor. No se me ocurría ningún lugar. John me la arrancó de la mano y la metió en el bolsillo de su chaleco justo cuando Dornan volvía.

Me di cuenta de que Dornan quería estrujarme entre sus brazos, a juzgar por cómo los movía, por cómo apretaba los puños. Pero no podía; éramos un secreto tan prohibido que no podía abrazarme enfrente de su mejor amigo.

Y ahora ese amigo tenía un secreto mucho más oscuro en su bolsillo. Un pedazo de mi pasado. *Mi hijo.*

46

Mariana

John y Dornan me permitieron recuperar la compostura y después me llevaron a la casa club de los Hermanos Gitanos, la cual era un impresionante recinto en el corazón de Los Ángeles. Unas vallas de dos metros de altura coronadas con alambre de cuchillas bloqueaban la vista desde afuera. El lugar parecía una maldita prisión, y me aterraba pensar que, una vez adentro, tal vez nunca saldría.

De repente, mi pequeño apartamento junto a la playa me pareció lo mejor que me había pasado en toda la vida.

John y Dornan me guiaron a un pequeño dormitorio y me dejaron sola, con la puerta cerrada con llave desde afuera.

Me senté en la cama matrimonial que olía a sudor y a sexo y miré el teléfono que descansaba en el buró.

Mamá. Papá. Karina. Pablo. Luis. Este.

Recité sus nombres al ritmo de mi corazón.

Miré el teléfono. Había escuchado a Dornan decir que ninguna de las líneas del cabaret figuraba en la guía de teléfonos. No se podían rastrear.

¿Sería lo mismo aquí?

¿Debería arriesgarme?

Marqué el número que me había aprendido de memoria desde pequeña. Mi corazón se detuvo y clavé los ojos en la puerta mientras la línea sonaba con una lentitud agonizante. Un timbre. Dos timbres. Estaba a punto de acobardarme cuando una voz de mujer contestó.

Era mamá. Me tapé la boca con una mano; me salían lágrimas de los ojos. Ahogué un sollozo cuando repitió el saludo, tal vez pensando que la conectarían con una operadora.

La puerta se abrió. ¡Mierda! Dornan se precipitó hacia mí al mismo tiempo que yo azotaba el teléfono y me ponía de pie, retrocediendo tanto como pude.

Su rostro mostraba una furia incontrolable. Llevaba una camiseta blanca sin mangas, con manchas rojas en el frente, y unos jeans; la culata de una pistola era visible debajo de su camiseta del algodón. Era aterrador. Se había puesto ropa limpia después de darle una paliza a Murphy, ¿y ahora tenía más sangre encima?

—¿Quién era? —dijo mecánicamente.

Me presioné contra la pared a mis espaldas.

—No dije nada —tartamudeé—. Lo juro, Dornan...

Rodeó la cama y me agarró a pesar de que ilusamente traté de detenerlo.

—¿Quién era? —rugió con las manos alrededor de mi cuello, apretándolo.

Entré en pánico y le rasguñé las manos. No se inmutó ni un ápice.

—¿Era tu padre? —preguntó entre sus dientes apretados.

No podía hablar porque me estaba ahorcando, así que sólo asentí como pude.

Aflojó su agarre y miró hacia otro lado por un instante, sumido en sus pensamientos. Finalmente asintió y se humedeció los labios. Quería preguntarle por qué había sangre en su camisa, pero no podía respirar, por no decir hablar.

Me presionó contra la pared; su cuerpo era como una sábana sobre el mío, y me sacudió con violencia.

—Con una mierda; te lo advertí, Ana —me dijo al oído—. Te dije que no contactaras a nadie. ¿Y prefieres desobedecerme? ¿Después de todo esto?

Trataba de disculparme, pero sus manos estaban alrededor de mi cuello. Respiraba con dificultad y me sacudía mientras las lágrimas caían por mis mejillas.

Asintió de nuevo, como si reafirmara una idea para sí mismo.

—Te mostraré lo que le pasa a la gente que me desobedece, ¿te parece? Ésa es tu primera y última advertencia, cariño.

Me soltó y caí al piso de forma aparatosa; mis brazos y piernas no tenían nada de fuerza. Logré sujetarme sobre mis manos y mis rodillas al tiempo que tosía con esfuerzo. Mi garganta se sentía herida, magullada. Luciría una linda huella en la mañana, seguramente. Si a eso le agregábamos el chupetón con el que Murphy me había marcado, sería un perfecto muestrario de moretones y de abuso.

Tosí y farfullé; dejé escapar un chillido ronco cuando una mano me tomó del cabello y me jaló hacia arriba.

—Levántate —gruñó. Me puse de pie con dificultad y tropecé sin ver por dónde iba mientras me sacaba de la habitación. Mi corazón latía con tanta fuerza que pensé que me desmayaría, pero no había tiempo para eso. Me llevaba a lo más profundo de la casa club, junto a hombres vestidos de cuero que desviaban la mirada cuando veían a su vicepresidente arrastrar a una niña a la que probablemente estaba a punto de masacrar.

Sollocé mientras seguía jalándome. Me llevó por escaleras y corredores, hasta que me pareció que dábamos vueltas en círculos. Estábamos en el sótano, a juzgar por la falta de ventanas. Dornan se detuvo frente a una puerta; descansó una mano sobre el pomo mientras la otra aún me sujetaba del cabello.

—Recuerda —dijo con voz queda—, cuando la gente nos miente, los matamos. Pero si tú me traicionas, Ana, no te mataré tan rápido. Haré que el proceso dure días, ¿me entiendes?

Asentí.

—Por favor —susurré—, sólo vámonos. Prometo que nunca más lo haré.

De alguna manera sabía que había algo horrible del otro lado de esa puerta, y que era algo que nunca podría olvidar.

Pareció calmarse por un instante. Escuché un grito a través de la puerta; un grito de mujer. Quienquiera que estuviera ahí, sufría.

Dornan pareció pensarlo mejor; el grito lo sacó de su estupor.

—Prométemelo —dijo bruscamente mientras me jalaba el cabello a un lado y otro.

—Lo prometo. ¡Lo juro! Sólo me asusté después de lo que Murphy trató de hacerme, y cometí un error. Dornan, lo siento.

Respiró con fuerza; la mujer detrás de la puerta seguía berreando. Lloré y me tapé los oídos con las manos para tratar de apagar el sonido.

—Por favor —imploré—. Por favor, Dornan.

La mujer dejó escapar un grito que me heló la sangre y Dornan regresó a la realidad.

Comenzó a arrastrarme de regreso por donde habíamos venido, de vuelta hacia la gente y a la seguridad del club. La seguridad. Sonaba ridículo, pero sabía que era preferible estar ahí con esos motoristas que en el sótano de la tortura. Gracias a Dios.

Me jaló hasta la habitación y cerró la puerta, aplastándome sobre la cama.

—Quédate aquí —ladró. Hizo por retirarse, pero luego se giró y arrancó el cable del teléfono de la pared y se llevó el aparato.

Cuando la puerta se azotó a sus espaldas, comencé a llorar sin contención. Al poco tiempo estaba histérica. Pero lo último que necesitaba era llamar más la atención.

Me deslicé fuera de la cama y me metí debajo de ella, recostándome entre años y años de polvo y otras cosas más desagradables. Presioné mi rostro contra mis rodillas y me hice un ovillo. Me escondería aquí. Me escondería aquí y lloraría, y tal vez nunca nadie me encontraría.

Sólo me quedaba tener la esperanza.

47

Dornan

Bela era un desastre. Literalmente. Alguien la había enterrado un par de clavos en la frente, convirtiéndola en un zombi balbuceante. Sus ojos no podían enfocar y su sangre estaba por doquier. Gracias al cielo había entrado en razón antes de abrir la maldita puerta y enseñarle a Ana. Era algo que nunca hubiera podido superar. Ver a Bela en este estado la habría arruinado de por vida.

Dornan sacudió la cabeza. Quienquiera que hubiese hecho esto era un maldito retorcido hijo de puta. Ni siquiera él podría haber hecho esta mierda, y eso que él mismo era un mal engendro. Esto parecía ser obra de su padre. Ese hombre estaba tan muerto por dentro como esta muchacha pronto lo estaría en todos los sentidos.

Desenfundó la pistola del cinturón y le disparó dos veces en el corazón. Murió de inmediato, lo cual le dio gusto.

Mariana

Cuando Dornan regresó estaba más tranquilo y se quitó la camisa. Yo aún estaba escondida bajo la cama. Lo primero que hizo después de cerrar la puerta fue empujar la cama hacia un lado y acuclillarse frente a mí.

—Vamos —dijo ofreciéndome una mano.

Temblé al verlo. Cuando me tocó, me encogí de miedo.

—No te estoy preguntando —dijo.

—¿Qué hiciste? —susurré.

Me jaló del brazo y, a regañadientes, me desenrosqué y dejé que me ayudara a pararme.

Ignoró mi pregunta, pero había alcanzado a escuchar dos tenues estallidos, y de alguna manera sabía que él los había ocasionado.

—¿Le disparaste a alguien? —pregunté—. ¿Vas a matarme?

Relajó la mandíbula al mirar de la puerta hacia mí con las manos descansando de forma posesiva sobre mis hombros.

—Acabé con su agonía —dijo—. Ya estaba perdida. ¿Entiendes?

Asentí. A decir verdad, no tenía idea de qué estaba hablando.

Pero entonces… Recordé los papeles del cabaret, y me atraganté.

—¿La contadora? —pregunté sin que el lastimero tono de desesperación en mi voz me pasara desapercibido—. Era ella, ¿cierto? Ay, Dios. Dios mío.

Me alejé de él y comencé a pasearme por el cuarto con nerviosismo. La contadora que había maquillado los libros había muerto de forma lenta y horrible.

—Murió por mi culpa —dije mientras me pasaba los dedos por el cabello—. ¡No era mi intención que muriera!

Las manos de Dornan me agarraron y me jalaron hacia su pecho para abrazarme con fuerza. No sabía si trataba de consolarme o simplemente de aprisionarme.

—Necesito vomitar —dije con debilidad. Me soltó de inmediato y llegué al bote de basura justo a tiempo para decidir que no necesitaba vomitar después de todo.

Antes había tenido un poco de esperanza, pero los gritos agonizantes de la mujer me la habían arrancado de raíz para sustituirla por nada más que miedo y desesperación.

Me levanté y Dornan me pasó un vaso de agua. Me lo tomé y se lo devolví.

Me tomó de los hombros mientras lo miraba; vi en sus ojos la mirada salvaje que normalmente significada una cosa. Ay, Dios. No podía. No en este momento. Rompí en llanto, sacudí la cabeza con frenesí y lo empujé.

—Sólo quiero abrazarte —dijo. Presionó mis brazos contra mis costados al mismo tiempo que me apretaba una vez más, un abrazo que me dejó sin aire y me hizo jadear. Me besó en la coronilla y me estremecí ante el gesto tan íntimo. *No quiere follarme*, me di cuenta con un sobresalto, de repente comprendiendo que había malinterpretado la ferocidad de sus ojos. Quería consolarme.

Después de unos momentos me soltó; me tomó el mentón con un dedo para que mis ojos encontraran los suyos.

—Estás muy pálida —dijo colocando su palma bajo mi quijada—. Te estás consumiendo, Ana.

Me tragué el nudo en mi garganta y unas cuantas lágrimas se me amontonaron en un ojo para después caer por mi mejilla.

Está tratando de protegerme de este mundo monstruoso.

Esa noción me dio vueltas y vueltas en la cabeza, como en un grotesco carrusel con luces llamativas de tonos rojo sangriento. Me incliné hacia él mientras pasaba su pulgar por mi pómulo. Me confundía mucho que estuviera dispuesto a arriesgarlo todo por protegerme. Me ponía incómoda, porque me gustaba.

—Nunca me dejas salir —susurré al ocultar mi rostro en sus manos. Estaba triste. Estaba muy, muy triste. Y sí estaba pálida; tenía razón. No tener contacto con el sol y regodearme en el mundo artificial que él había construido para mí había hecho que mi piel bronceada y tostada se tornara en una enfermiza palidez blanca.

Estaba atrapada. Para siempre. En un mundo que giraba en torno a la muerte y la sangre. Me estaba hundiendo más y más profundo en un abismo que reclamaba mi vida, una gota de sangre a la vez. Algún día, pronto, me ahogaría con toda esa sangre.

Me besó pero yo titubeé demasiado. Niña estúpida. Su mano se apretó sobre mi cuello, lastimándome. Le rogué con los ojos que me soltara, pero no cedió.

—Dime en qué piensas ahora —ordenó. Estaba muy asustada para mentir. Estaba demasiado asustada, en ese momento, de la posibilidad de que ya estuviera leyendo mis pensamientos.

Me soltó lo suficiente para permitirme tomar aire y susurrar mi respuesta.

—Tengo miedo —dije; mi rostro estaba lleno de lágrimas.

—Humm —dijo apretándome contra la pared, besándome bruscamente y a la fuerza en el cuello. Apretaba sobre mi piel sus labios a través de mis lágrimas. Marcándome. Porque le pertenecía—. ¿Qué más? —preguntó entre un beso y otro. Su aliento se sentía caliente sobre mi cuerpo frío; me estremecí con violencia.

Me atraganté.

—No me obligues a decirlo —imploré fuera de control. Pensé de nuevo en la contadora muerta del sótano, y se me revolvió el estómago.

—¿Qué más? —repitió apretándome el cuello otra vez.

—Creo que estoy enamorada de ti —susurré sin contener el llanto. No sabía si lo decía en serio. Dios. Estaba tan cerca de perder la cabeza que sentía que me amarraban una camisa de fuerza imaginaria por la espalda. Pero lo que sentía por este hombre, la manera en que me hacía latir el corazón con furia, la emoción que me disparaba por el cuerpo cada vez que sus dedos tocaban mi piel… no había forma de negar todo lo que nos provocábamos el uno al otro.

Sonrió. Una mirada de placer que contenía toda mi existencia dentro de ella. Porque le pertenecía. Y no había nada que pudiera hacer al respecto. Me tensé cuando me sujetó la nuca; me relajé cuando entendí que sólo quería descansar mi cabeza sobre su propio hombro. Un gesto que pretendía ser confortante.

—Por supuesto que me amas —dijo mientras paseaba su pulgar por mis labios. En ese momento, alguien golpeó la puerta con fuerza. Me encogí al escuchar la voz de Emilio.

Dornan se apartó de mí al tiempo que Emilio abría la puerta.

—¿Interrumpo? —dijo con una ceja levantada; pasó los ojos de Dornan a mí, y luego de regreso.

Dornan me empujó con tanta fuerza que me estrelló contra la pared.

—Efectivamente —dijo—. ¿Ya no hay privacidad para que le chupen la verga a uno?

Adopté una expresión vacía en el rostro —mi expresión favorita cuando estaba cerca de Emilio, al parecer— y me senté en el borde de la cama. Mis mejillas ardían mientras esperaba que Emilio se apresurara y se fuera para terminar con mi ansiedad.

—¿Le disparaste a la puta agonizante? —le preguntó Emilio a Dornan, claramente refiriéndose a la contadora.

Dornan asintió y le mostró la salpicadura de sangre en su piel.

—Sí, papá —dijo—. Y ahora voy a ducharme.

Salió del cuarto, pasando junto a Emilio, quien no se movió de donde estaba, frente a mí. No me atreví a mirarlo, pero el peso de sus ojos me quemaba la piel.

—Habla, niña —dijo después de un rato. Presioné mis manos a ambos lados sobre el colchón para dejar de temblar.

—Sí, señor —respondí al encontrar sus fríos ojos negros.

Me examinó por un momento mientras yo inspeccionaba su forma de rata. La nariz larga y su manera de hablar me recordaban a un roedor.

—¿Te están tratando bien en la casa de los Hermanos Gitanos? —apretó los labios y me analizó un poco más.

El miedo me recorrió toda la piel; recordé todas las historias que Dornan me había hecho aprenderme.

—Por favor —le rogué a Emilio—, no quiero hacer enojar a ninguno de ellos…

Ladeó la cabeza y levantó una mano para callarme.

—No te preocupes por ellos —dijo—. La única persona a la que nunca debes hacer enojar es a mí.

Asentí y me humedecí los labios.

—Sí, eh, bueno… a muchos de ellos les gusta hacer cosas… cosas extrañas. Cosas que nunca antes había visto —mentía con descaro. Nunca antes de hoy había siquiera entrado a la casa club.

Sonrió como el gato de Cheshire.

—¿Ah, sí?

—Todos se turnan —dije con las mejillas en llamas. Una completa y excesiva mentira. ¿Se la creería?

—¿Te lastiman? —me preguntó con unos ojos tan iluminados como árboles de navidad. Probablemente se conseguiría una rubia para satisfacerse después de escuchar mis cuentos de desviaciones sexuales y sumisión a manos de sus empleados. Me acomodé el cabello detrás de la oreja, agradeciéndole al señor de los cielos haber nacido morena.

—Sí —murmuré.

Su boca se abrió bastante; mostró los dientes. Parecía capaz de desmembrarme poco a poco con esa dentadura. Especialmente con el diente falso. Luché por no estremecerme con asco.

—Qué bien —dijo—. Algún día tendré que hablarle a tu padre para contarle todo al respecto —lo miré con confusión mientras me sonreía—. Ah, no —continuó—. Es cierto. Creen que estás muerta.

Hijo de puta.

—Supongo que ya sabes qué le pasó a nuestra antigua contadora —comentó sin interés.

Me tomó un instante comprender el cambio de tema. Ah, sí. La chica en el piso de abajo que había gritado tan fuerte que aún podía escuchar el sonido rebotando en mis orejas. La chica que ahora estaba muerta gracias a Dornan.

—Sí, señor —dije de nuevo.

—Que te sirva de advertencia —dijo Emilio girando sobre sus talones y caminando hacia la puerta—. Que te sirva como lección de lo que no debes hacer; con eso llegarás lejos.

Cerró la puerta tras él. En cuanto se fue dejé escapar un suspiro de alivio y me tiré en la cama.

Esto era demasiado peligroso, pensé para mis adentros. *Este modo de vida era aterrador.*

En ese momento deseé que Dornan estuviera ahí. Él sabría qué decir. Él siempre tenía las palabras adecuadas —o el tacto— para deshacerse de mi miedo.

Dornan

No quería abandonar el cuarto y dejarla con su padre. Era buena con los libros, tan buena que Emilio tal vez la consideraría valiosa y la conservaría con ellos. Mientras tanto, no obstante, le correspondería a Dornan mantenerla a salvo, cuidando al mismo tiempo que su padre no se percatara de lo que sentía por ella.

Estoy enamorada de ti.

Sus palabras se repetían en su mente, una y otra vez, llenándolo de miedo, de furia salvaje. Cuando llegó al pequeño baño se encerró y tiró sus ropas sangrientas al suelo por segunda vez en las últimas horas.

Mierda. Deseaba que estuviera aquí con él. Si estuviera aquí, la tiraría sobre estos azulejos, amarraría sus piernas alrededor de su propia cintura y se introduciría en ella hasta sentirse bien de nuevo. Porque cerca de ella lo único que sentía era excitación y miedo, miedo de que se la quitaran, miedo de perder lo mejor que le había pasado en la vida.

Dornan abrió la llave del agua y se metió a la ducha; la reconocible ira que sentía contra su padre se mezclaba con su constante necesidad de aprobación por parte del viejo. *La sangre llama,* dijo para sus adentros. *La familia es primero; la chica va después.*

Pero incluso mientras repetía esas palabras para sí mismo, sabía que no las decía en serio. Necesitaba la aprobación de su padre, pero su corazón lo sabía. Lo que sentía por Mariana nunca antes lo había sentido con nadie. Era una situación peligrosa, enamorarse de una mujer que le pertenecía al cártel. En cualquier momento, Emilio podría decidir moverla o simplemente matarla, y no había nada que Dornan pudiera hacer al respecto.

La última mujer que en verdad amó no pertenecía al cártel, pero aun así se la habían quitado. Ocho años, y nada. Su recuerdo se burlaba de él mientras pensaba en Mariana, mientras se preguntaba si sus destinos serían iguales.

Gruñó y soltó golpes con los puños. Hizo contacto con el duro mosaico; sus nudillos estallaron en dolor en cuanto se estrellaron contra la despiadada pared; el dolor le trajo una extraña sensación de calma, un poco de claridad frente al caos que se arremolinaba en su interior. Tal vez no podía controlar lo que le pasara a Mariana, pero al menos debería intentarlo. Después de todo, había mantenido a Emilio alejado de John todos estos años; había evitado que matara al hombre que, en palabras de Emilio, tenía muy buena conciencia como para ser parte de su mundo, y aún más para estar a cargo de los Hermanos Gitanos. *Sí*, decidió Dornan; *podía hacerlo*. Lo haría, por ella, porque había estado aterrada al dejar salir de sus temblorosos labios esas palabras —*estoy enamorada de ti*—, y no soportaba la idea de que ella pudiera enamorarse de un hombre como él sólo para recibir una bala en la cabeza como castigo.

Aguantó la tarde con paciencia, sin atreverse a volver al dormitorio para buscarla. Cuando llegó el momento de partir, entró al cuarto y la encontró aún sentada en la orilla de la cama con los ojos clavados en sus manos. Cuando lo vio, el alivio en su rostro era palpable. Casi se le rompía el oscuro corazón cuando ella lo miraba así... cuando ella se ponía tan feliz de que su maldito héroe monstruoso regresara.

No hablaron. La llevó hacia abajo, al garaje, y apuntó a su motocicleta con el pulgar. Su corazón latió con fuerza cuando ella se subió detrás de él.

Cuando regresaron al apartamento, actuó con normalidad. Después de todos estos años, aún no sabía si estaba paranoico, o si los ojos de su padre en verdad lo seguían a todos lados. En cuanto la puerta se cerró detrás de ellos, señaló el baño.

—Métete a la ducha —ordenó—. Ahora.

Por primera vez, ella no discutió. Tal vez había notado la desesperación en su voz. El miedo. La siguió, como un león que acecha a su presa, lento y metódico.

Ella se desvistió rápido, abrió la llave y se paró bajo el chorro. Esperándolo. Su verga se movió al ver su cuerpo desnudo, la manera en que sus pechos le pedían que los agarrara, las ligeras ondas de su cabello castaño oscuro que le recordaban las veces que lo había enredado sobre su puño para jalarlo.

Se desvistió, colocándose junto a ella, aliviado de que finalmente pudieran hablar en un lugar seguro.

La atrapó contra la pared e inclinó la boca hacia su oreja.

—Eso estuvo cerca hoy —murmuró—. Demasiado cerca.

Ella asintió febrilmente ante sus palabras.

—Si mi padre se entera de nosotros, te matará. Lo sabes, ¿cierto?

Otro movimiento enfático de la cabeza. Dornan retrocedió para contemplar su rostro.

—Me moriría si algo malo te pasara —dijo con firmeza, y los ojos de ella se sorprendieron al escuchar su confesión—. Debemos ser más cuidadosos, ¿entiendes?

—Sí —dijo; se mordió el labio—. Sí, lo entiendo.

Estoy enamorada de ti. Sus palabras volvieron para acecharlo.

—Y cariño… —agregó. Ella levantó las cejas en respuesta.

Sonrió; colocó una mano en el hueco de su garganta al tiempo que la acorralaba contra la pared.

—Yo también te amo con locura —presionó sus labios sobre su frente; sabía que con su propia admisión probablemente estaba condenándolos a ambos a un infierno.

Se alejó para ver su reacción y se rio cuando vio la sonrisa de superioridad en su rostro.

—No sé si te creo —le dijo con tono de broma, paseándole un dedo por el brazo—. Supongo que tendrás que demostrarlo.

Su sonrisa se expandió tanto que estaba seguro de que su cara se rompería.

—Me vas a matar —gruñó mientras la sujetaba y la levantaba sin esfuerzo. La clavó a la pared, llenándola de besos mojados en el cuello.

—Oh, Dios —gimió debajo de sus caricias—. Se me ocurren peores maneras de morir.

Continuará en *Capo*...

Cártel, de Lili St. Germain
se terminó de imprimir y encuadernar en junio de 2016
en Programas Educativos, s. a. de c. v.
Calzada Chabacano 65 a,
Asturias df-06850, México